岩 波 文 庫

31-079-1

太 陽 の な い 街

徳 永 直作

岩 波 書 店

目　次

太陽のない街

太陽のない街

街

1　ビラ

電車が停《とま》った。自動車が停った。——自転車も、トラックも、サイドカーも、まっしぐらに飛んで来ては、次から、次へと繋《つな》がって停った。

——どうした？

——何だ、何が起ったんだ？

密集した人々の、至極単純な顔と顔を、黄色っぽい十月の太陽が、ひどい砂埃りの中から、粗っぽくつまみ出していた。

人波は、水溜りのお玉じゃくしの群のように、後から後から押して来ては揺れうごいた。

——御通過だ——摂政宮殿下(1)の高師《こうし》(2)行啓《ぎょうけい》だ！

最前列の囁《ささや》きは、一瞬の間に、後方へ拡がって行った。自動車は爆音をとめ、人は帽子を脱《と》った。

十五分あまりが経った時、最前列にいたものは金ピカの警部と、堵列《とれつ》した警官の挙手の間を五台の自動車が、フィルムの影のように音もなく走り去るのを見た。漆黒《しっこく》の幌《ほろ》に菊花の紋が一つ輝いて埃りっぽい光線の中に、キラリと群集の眼を射た。しかし、後方のものには警官の帽子が見えただけであった。

遮断線が解かれた。

人波が、堰《せき》を弾じいて、流れだした。その時、

——痛えッ、コン畜生ッ、気を付けろッ！

流れに揉まれていたモジリ(3)を着た男が、飛び上るように叫んだ。黄色いレインコートを着た男が突然彼の胸にぶっつかったからである。

——何しやがるんでい。——同じようにぶっつかられた二、三人が一度に叫んだ。

モジリは、屈強な腕をのばして、この乱暴な洋服男の、レインコートの端をつかんだ。

——そいつを捕えろ！

しかし、レインコートは、つかまれながら、群集の肩越しに右腕をつき出して、そ

う叫んだ。

——そいつを捕えろ！　彼は叫びながら群集の中を泳いで、前の方につき進もうとした。その瞬間——ヒラヒラと、三尺あまりの高さに、サッと舞いあがった、まっ白な紙片が、ひらひらと頭の上に落ちて来るのを群集は見た。

——そいつだ！　その袢纏《はんてん》を捕えろ!!

刑事らしい男はまた叫んだ。足を踏まれたモジリは、びっくりして手を離した。が今度は眼の前にとび出して来た制服巡査が、したたか彼を蹴飛《けと》ばした。彼は気が付いたように怒鳴った。

——泥棒だッ！

人波は、めちゃくちゃに混乱した。倒れた自転車の上に、のめったトンビ(4)が折り重なった。

——スリだ！

——そうじゃねえ、社会主義者だ！

制服や、私服が、群集を突き飛ばしながら、犯人を押えようと跳び廻った。が、どこにもぐったのか肝腎の袢纏姿はもういなかった。

——ビラをあげたかね、さっきあいつが撒いて行った……。

レインコートは、息を切らしながら、制服に聞いた。

——見えませんが……

——そんなことはない、馬鹿な——

彼は不興気《ふきょうげ》に首をふって、うしろをむこうとした。

——アッ、それだ!!

突っ転がされた老婆が、地べたに落ちていた紙片で、泥になった前褄《まえづま》を拭こうとしているのであった。

——これじゃないか？　これだ！

キョトンとした老婆の周囲に、群集が寄って来た。私服は、ビラを老婆の手からふんだくった。


親愛なる小石川区民諸君!!

並《ならび》に東京市民諸君に愬《うった》う!!

われわれ大同印刷会社従業員三千、家族一万五千人の争議団は、横暴なる大資本家大川社長の奸策《かんさく》によって、鋳造課《ちゅうぞう》三十八名の馘首《かくしゅ》を名とし、われわれの組合出版労働を根本より打ち砕き一万五千の糊口《ここう》を飢餓に陥れんとする悪辣《あくらつ》なる魔手に対抗して、既に五十余日を闘って来た。われわれの所属する全日本労働組合評議会及び全国の労働者団体より熱誠なる支持応援を得て、あくなき大資本閥大川と闘い、全日本無産階級の最前線におけるわれわれの牙城《がじょう》を一歩も退《ひ》かしめざるべく、必勝を期しているものである。

親愛なる小石川区民諸君‼

並に東京市民諸君‼

諸君は、賢明なる諸君は必ずやわれわれ争議団の正義に味方されるものと信ずる。個人の利得によって、一万五千の糊口を窮地に陥れ、ひいて小石川区内、白山《はくさん》御殿、久堅《ひさかた》、戸崎の各町の商人諸君をまで困乏に追い込み、あらゆる悲惨事を生ぜしめても恬《てん》として省みざる彼大川の貪慾を憎悪排撃される者と信ずる。

われわれは正義の名において愬《うった》う。

諸君の支持応援と、また諸君の輿論《よろん》において、この不徳漢を葬り、われわれ争議団の勝利に尽力せられんことを！

一九二六年十月十日

大同印刷争議団(5)
小石川区民有志

私服の眼は、梢上《しょうじょう》の小鳥のように、活字と活字の間を飛んだ。

——これだッ！

制服に、何か囁くと、彼はすぐ、左側の商店へ入って行って、自転車を引ッ張り出すとどこかへ消えた。

自動車がラッパを鳴らした。電車が動き出した。しかし、群集は、小学生が使ったケシ護謨《ゴム》の痕《あと》のように、まだ小汚なく、十字路のあちこちに落ち散っていた。そして不安そうにささやき合った。

——きっと、何かあったんだぜ。

ビラ一枚に、あんな騒ぎは不当であった。群集は、交通整理や、制服に追い散らされながら、それでも、商店の軒下、ポストの蔭などに、好奇的にへばりついた。

――来た、来た！

急短な爆音を立てて、サイドカーが疾走《はし》って来た。サーベルを杖にした署長がのっていた。

サイドカーは、緩いカーヴを描きながら、現場を一周した。やがて一人の制服が、署長の面前に挙手の礼をした。署長は、口早に何か命じた。サイドカーは、そのまま電車通りから約一丁、正門まで砂利を敷き詰めた、東京高師の、構内へ消えて行った。

十分も経たないうちに、二十名あまりの制服が、駈足《かけあし》でやって来た。そして現場から高師正門までまるで写真のような無表情さと正確さとで、ズッと立ち並んだ。

2　上と下

摂政宮殿下は、御機嫌であった。

満庭の生徒一同へ、設《しつら》えの御座所より、御挨拶遊ばされたとき、謹厳な老校長は、あぶなく涙が滾《こぼ》れそうであった。

秋の陽は晴れていた。殿下は御先導申上ぐる老校長の後から、記念の御手植え遊ばさるべく、校内の前庭へ歩を運ばれた。

自然の丘陵を均《なら》し、闊《ひろ》い大池を中心にした前庭は、鬱蒼《うっそう》とした樹木に囲まれていた。楢《なら》、柏《かしわ》、松、杉等の大木が、昔のままの山の名残《なごり》を見せて、枝を交えている——迎賓橋は水のない渓谷に架けられたものであった。

随伴《ずいはん》のシルクハットや、長剣を佩《お》びた武官やが、瀟洒《しょうしゃ》なモーニング姿の殿下の後に随《したが》って迎賓《げいひん》橋の半ばまで、歩いて来た。

殿下は足を停めさせられた。老校長は、びくりとして殿下を仰いだ。後にいた事務官が、心得顔に校長にいった。

——いい景色です。……東京市内に、こんな絶景があろうとは全く意外です。

まったく! 迎賓橋上から、東南を眺めた景色は、確かに殿下の御足を停めさせ奉《たてまつ》るものがあった。足下から、駈け下りた森林は、ただ一色の枝葉を差し違えたま、また向うの山まで一息に駈け上っている。紺紫のつばさに銀白の腹部を、チラと覗かせた巨大なつばくらが一翔《ひとかけ》(6)りに掬《すく》ったように。

——向うは、昔、幕府時代には、白山《はくさん》御殿と云いまして、徳川公の御殿跡であります。もっとも、別荘と云ったものでありましょう。それから右へ、細川公の下屋敷、阿部侯の上屋敷等があったところと、承知しております。

随伴の人々は、動いてゆく老校長の指の方向を、呆気《あっけ》にとられて見惚《みと》れた。

――それから少し下って、山腹ともいうべきあの森林が、植物園でありまして、昔は徳川公の薬草園、真向いになる、こちらの山は、本校構内に連なって右へ、松平公一門の上屋敷跡で、現在でも通称、清水谷《しみずだに》と申しております。

殿下は、興味深そうに聴いていられたが、フト校長へ言葉をかけられた。

――向うの山と、こちらの山との間に、谷がある訳だが……見たいものじゃ。

――ハッ。

と云ったが、老校長は恐縮してしまった。白髪の、顱頂部《ろちょうぶ》まで禿げ上った額へ、そっと手を当ててから、思い切ったように、申しあげた。

――え、以前は千川《せんかわ》上水と申しまして、立派な渓谷の形態を保ち川も綺麗でありましたが、現在は田圃《たんぼ》や、河ふちを埋めたてまして、工場も出来、町も四つ程出来まして、三、四万の町民が生活いたしております。

シルクハットが駭《おどろ》いた。

――ホウ？　あの森の間にですか、ホウ？

軍服達も、ビックリした。職掌柄、望遠鏡でもあったら、その森の間に、それほどの空間があるかどうかを見たであろうが……肉眼では、とても、想像すら不可能だった。

しかし幸いに、殿下は、それだけの御下問《ごかもん》で、足を移させられた。老校長はホッとした。

そうした世事には、比較的疎《うと》い勅任官従四位《じゅしい》の老校長といえども、あのやっと一平方哩《マイル》にも足りない谷底に、東京随一の貧民窟トンネル長屋があり、十数年前の千川上水が、現在では、あらゆる汚物を呑《の》んで、梅雨期と秋の霖雨《りんう》には、定《きま》って氾濫《はんらん》しては、四万の町民を天井へ吊《つる》し寝床《ねどこ》を造らせている。千川改修問題が、市会議員や区会議員の立候補の演説材料にはなっても、市会の議題には上らないで、今春も町内の娘子軍《じょうしぐん》が、市庁へ押し寄せて示威運動をやったことも知っていた。まして、四ヶ町の労働者、小商人《こあきんど》の生死の浮沈となっている、目下の大同印刷争議が、日々に悪化し、予期し得ざる危険が、今夜にも勃発《ぼっぱつ》しないとも限らない現状を、彼老校長といえども知らざるを得なかったからだ。

太陽は、山から山へかくれんぼした。

「谷底の街」は事実「太陽のない街」であった。

千川どぶは、すっかり旧態を失って、無数の地べたにへばりついたようなトンネル長屋の突出に、押し歪められて、台所の下を潜《くぐ》り、便所を繞《めぐ》り、塵埃《じんあい》と、コークスのカラと、空瓶《あきびん》や、襤褸《ぼろ》や、紙屑《かみくず》で川幅を失い、洪水によって、やっとその存在を示しているに過ぎなかった。

その千川どぶが、この「谷底の街」の中心であるように、それから距《へだ》たり、丘陵に沿うて上るほど二階建もあり、やや裕福な町民が住んでいた。それは、洪水を避け、太陽に近づくことであり、生活の高級さを示すバロメーターのようなものであった。役付《やくつき》職工、事務員らは松平という華族と門を並べている大川社長の邸宅が、山の頂辺《てっぺん》にある事等からおしても、ごく自然なことと考えていた。

大同印刷会社は、街の中心にあった。そしてその裏門から通ずる三間幅の道路は、丘陵の傾斜面とトンネル長屋との間を縦断して、唯一の表通りとなっていた。

小商人達は、その表通りへ並んでいた。一膳めしや、酒場、魚屋、呉服屋、雑貨店、薬屋、酒屋、等等等……

魚屋も、八百屋も、市場への買出しには朝早くは出掛けなかった。午前中の魚河岸《うおがし》で、青物市場でこのトンネル長屋に向く、魚や野菜はなかったからだ。彼ら小商人達は、需要者のコツと、懐《ふところ》中加減をよく知っていた。

職工達は、昼間と夜間の半分を、工場の板の間で過し、夜のホンの一時間ばかりのうちに、一日の享楽を貪《むさぼ》らなければならなかった。飯を食い、酒場でアクどい酒を呷《あお》りつけ、銭湯の中で酔を発酵さすことが、最も順調な一日であった。

太陽の目の通らない六畳一間に、五人も六人もの家族が寝起した。妹が嫁にゆき、弟が片付くかしなければ、兄は三十になっても嫁を貰えなかった。

――だって、お前、いちいち夜半に眼を覚まさせるのは罪だからな――。

しかし、笑って出来る話ではなかった。彼ら男女は、ほとんど工場で知り合い、彼らの多くは「工場の恋」であった。だが、争議が始まってから以来、彼らは、お互がひどく変った自分達を発見した。顔色が青ざめて、しなびていた。工場でのお互は元気があり綺麗に見えた。作業服の上っ張りに、白い前垂《まえだれ》を当てた様子も、労働服の上着を脱いでシャツ一枚の姿も、ひどく頼もしく思えたのだった。

しかし、そのそぐわない、疲れたような、すぐ怒鳴り出しそうな顔色は、彼ら若い男女ばかりではなかった。気むずかしく傲然《ごうぜん》と、がらんどうのくせに威張ったような工場の煉瓦《れんが》の建物を取り巻く、この「太陽のない街」全体がそうだった。

表通りの小商人達も、長屋の嬶《かかあ》達も、子供の小遣《こづかい》で食っているしんこ細工(7)やも、飴《あめ》売《うり》の婆さんも……すべてがそうだった。

彼らは咽喉仏《のどぼとけ》のところで、何か、絡《から》まりついていて、ひどく性急《せっかち》になっていた。彼らは咽喉仏のところに何が絡んでいるかは判らないが。

——糞ッ、やっちまえッ！

と、怒鳴り出したい憤りが、すぐ顔に出た。

3 住民

——だからね、お爺《とっ》さん、姉さんが帰って来てから、相談なさいよ。わたしには、とてもそんなこと……

お加代は受太刀《うけだち》になっている。それで姉の高枝が帰って来たら……というのだ。お加代は内気なだけに、姉ほどに病父を云い負かすことは出来ないものの、この争議を裏切るなんてことは思いもよらないことだったが、顔色変えて威嚇《おど》かしたり、口説《くど》いたりする父親の前では、つい姉を引合《ひきあい》に出してしまうのである。それほど、姉は、父親にききめがあるのだった。

——駄目だ。あんな狂人に、何を云ったってわかるもんか……なァお加代。

病人は、寒さに沁《し》みる関節の疼痛《とうつう》を、顔色にまで現わして、薬罐《やかん》を持って起《た》とうとするお加代を、また眼で坐らせた——。

——お前までが、近頃は、二言目《ふたことめ》には、裏切だとか何とか云うが……そんなこたァねえ。

病父は、執拗《しつよう》だった。彼はぜひお加代を、工場へ入れなければならないと思った。彼は恩人(彼は恩人と考えている)である職長の吉田に、約束したことを果さねばならなかった。

——俺達、親子は、あの会社には深《ふ》けえ恩があるんだ、死んだ母親だってそうだし、お前らだって会社の飯で、今日まで育って来てんだぞ。

お加代は、他の事を考えていた。はやく夕飯の支度《したく》をしておかなければならない。行商隊で、さんざ歩き廻っている姉が、もう帰って来る時分だった。

——ナァ……事によれば、高枝の奴、勘当したって構わねえ……お前が承知すりゃ、表通りの吉田さんが、争議団に知れねえように明日でも迎えに来てくれる。え?

彼女は、びっくりして顔をあげた。

った。

——とんでもない！

探るような、病父の眼《まな》ざしが……彼女を、親子としての愛着をさえ、失わせてしまった。

——お父さん、吉田さんと約束したのね……そうでしょう？

お加代は、浮腰《うきごし》になって、父の眼をキッと見返した。少女らしい豊かな頬が、青ざめている。

——じゃ、お前、いやだってぇのか！

病人は、半ば起しかけた身体《からだ》を伸ばして、お加代の着物の前褄《まえづま》を摑《つか》もうとした。

彼女は、怯《おび》えて後ずさりしながら、フト、いつの間にか、帰って来た高枝の姿を見て喜んだ。

——どうしたの？　加代ちゃんが喧嘩するなんて、えらくなったわね。

高枝は、笑いながら、足袋《たび》の埃《ほこ》りを払って上って来た。

病人も、ギクッとした。しかし、今日はいつもと違って、すぐ退却しそうな気勢を見せなかった。

高枝に移した眼は、いまにも飛びつきそうだった。

——とても、外方《そと》はひどい風よ……アア、くたびれちゃった……

彼女は、べったりと坐り込みながら、快活な調子で、

——トンネル長屋といえども、たしかに、外方よりは暖かいだけ、家賃十二円五十銭也の値打《ねうち》があるわけだわね。

高枝は、丸きり親子喧嘩を眼中においていなかった。

——加代ちゃん、すみませんが、お腹が空《す》いて動けないから、御飯をね……

お加代は、それを機会《しお》に、立ち上ろうとした。

——坐っとれッ……

噛《か》みつくように、病父が怒鳴った。お加代は、もじもじした。

——どうしたのさ？　いったい？

病父も正面から訊《き》かれては、ちょっとつぎ穂がなかった。

——え？　加代ちゃん、馬鹿に悄《しょ》げてるじゃないの？

三つちがいの姉でありながら、お加代にとっては母代りの姉であった。

——きっと、また、お父さんが、いつもの世迷言《よまいごと》始めたんだろう。いいよ、いいよ、ナァニ、精神に異状ありと思ってりゃ腹は立たないよ。

お加代も、思わずクスリと、可笑《おか》しさが、口許《くちもと》へ浮いて来た。

――ナニ？　この狂人阿女《きちがいあま》！　汝《てめえ》こそ狂人だ、親を馬鹿にしやがって！

病人は、左手で枕許《まくらもと》にあった湯呑茶碗《ゆのみぢゃわん》をとると、いきなり投げつけた。茶碗は、高枝の小びん(8)に当って、背後へ落ちた。

――お、痛い。

彼女は、片手で押えたが、別に腹もたてなかった。

――お父さん、わたし、何も親を馬鹿には決してしないわ――だから、お父さんも、子供を馬鹿にしないでね。

お加代は、流し元へ行って、夕飯の支度を始めた。高枝は、行商隊用の石鹸《せっけん》や、万年筆を入れたズックを片付けながら、

――ね、お父さん、お父さんは、二口目《ふたくちめ》には、狂人阿女って怒鳴るけど、そりゃお父さんが間違ってるわ、お父さんが……会社の先々代喜兵衛さん時代に可愛がられて、断截機で手首を失《な》くしてしまった時代とは、いまは、まるきり違うんだわ。

高枝は、小びんの痛みをさすりながら、おだやかに云った。

――お父さんから見れば、わたし達は狂人か知れないけれど、わたし達から云うと、

お父さんは全く精神に異状ありと云いたくなるのよ。

病人はそっぽ向いてしまった。

電灯が点《つ》いた——。

お加代は、小さいちゃぶ台を病人の横に運んで来た。

いつもなら電灯の点く頃は、会社の鐘が鳴りひびき、稼ぎ手が帰って来るこのトンネル長屋は、一斉に騒々しくなり、赤ん坊や女房達が、追い込まれたばかりの豚小舎《ぶたごや》のように賑《にぎ》やかに騒々しくなるのだが、この頃はゼンマイの毀《こわ》れたボンボン時計のようにとっつきの悪い空気につつまれて、日が明け暮れしていた——。

——売れた？

病人へ食物を当てがってから、お加代は姉と向い合って箸《はし》をとった。

——大したこともないわ、だけどね、近頃は皆、平均に売上げるわ、馴れちゃったんだネ。

——だったら馘首《くび》になったら、製本女工なんか止《よ》しちまって、行商人になるといいわ、五、六人一緒に組んで！

——そして唄を歌って、太鼓たたいたらそっくりだね。

――ナニさ？

――孤児院の生徒に！

二人が一緒に失笑した。お加代はすぐ笑いが止らなかった。笹の葉が動いても、可笑《おか》しい十八の彼女であった。

色白で、眼鼻立《めはなだち》の整った、日ごとに美しくなるようなお加代を、……この娘は、幸福にしてやりたい――。

と高枝は思うのだった。

彼女はふと、思い出して、

――今日ね、宮池さん達に逢ったわ。

――どこで？

お加代は、顔をあげてききかえした。

――本郷の動坂《どうざか》で……四、五人連れ立ってたわ。萩村さんなどもいた、他の人はいちいち知らないけれど、皆特務班の人らしかったわ。

――そうあの人達は、いったい何してんでしょう？

お加代には特務班の性質が判らなかった。

——わたしにも、よくわかんないわ、特務班は何もかも、絶対秘密だからネ。

——怖いことをやるんじゃないかしらん?

お加代は、姉は知ってると思った。

——わかんないね、幹部同志だって知らないでしょう、またわかったたって団の秘密なら云えないいじゃないの——

彼女は、すぐ調子を変えて、

——そんときね、宮池さんが、あんたのことを訊いたのよ。

——まァ。

お加代は、顔を赧《あか》らめた。

——そしたらね、他の人達に、ひやかされちゃって宮池さんひどい目に逢ってたわ。

高枝は以前から、宮池とお加代の恋仲を知ってるだけに、姉らしい気持で、かるい嫉妬《しっと》に似た気持も交えながら、団員の噂にも上るほどの、好一対の恋愛の行末に、何となく不安を感じていた。

二人はいつか黙って夕飯を終った。

まだ怒っている父親を残して、二人は銭湯へ行った。高枝は自分自身に、妹の事ごとの動作に浮き浮きした調子や、念入りに化粧する鏡の前の後姿などに、いちいち探索するような気持があることを不快に思った。

——自分も、宮池に、恋を感じている——

それを、意識することは、嫌だった。彼女は先にたって、お湯を出てしまった。

千川橋の上に、近所の若者が五、六人集まっていた。もう橋の上では、寒い気候でも、彼らの集合する空間は、ここきりしかなかった。

——ヨウ、高ちゃん、お湯か。

黄色いセーラーのズボンを穿《は》いた労働服が、小生意気に帽子のつばを反《そ》らして、高枝に声をかけた。

——誰だい？　ナァンだ、慶公か、餓鬼《がき》のくせに生意気ね。

彼女は、差し出したセーラーズボンの手を握ってから、グイと手を伸ばして、帽子をヒンめくった。

——おい、おい、高ちゃん。どぶゥ投《ほう》り込んじゃ駄目だよ、おい——。

慶公は、唇を反らしてあわてた。他の連中が、手を叩いて喜んだ。

——いいじゃないの、こんな小汚い帽子、女こさえんだったら、モッといいのを買っといでよ。

高枝は、この小生意気な十七ばかりの少年を、からかうのが、ひどく愉快だった。

慶公は、高枝の腕に飛びついて来た。

――ナニ、腕ずく、よし来い！

高枝は、慶公の首っ玉に両手をかけて、グイグイ押しまくった。笑っていた他の若い者が今度は、

――慶公うまくやってやがんな。

と云い出した。二の腕までまくれて、彼女の腕が、宵闇《よいやみ》の上に白く動いた。

――今晩は、皆さん。

お加代が追っついて来た。

――ヤァ、随分美しくめかしたね、ちょっと握手――

帯を尻の上に結んだのが、近寄った。

――マァ、いやらしい三ちゃんね……いやよ、およしなさいってば……。

お加代は、振り払って、ぼんやりハーモニカを口へ当てて眺めている喜ィ公の傍《そば》へ行った。低能の喜ィ公は、ニタニタした。

――何か、吹いてちょうだいよ……キャラバンでもいいわ。

喜ィ公は、反ッ歯《そっぱ》を白く光らせながら熱心に吹きはじめた。

――駄目、駄目……赤旗がいいわ、赤旗……

高枝が、慶公の首ッ玉を、小脇にかい抱《いだ》くようにして近づいて行った。

――いいね、赤旗の歌。

彼らも、所属こそ違え同じ争議団であった。

黒い千川どぶの水が、少しずつ川の方へ動いて行った。陶器のかけらや、魚の頭などがしろく光った。

空には、鎌の形をした下弦《かげん》の月が、中空に舞台のバックのように、釘付けになっていた。

――民衆の旗、赤旗は――

低く、広く、だんだんに盛りあがってゆく皆の揃った唄声のように、幾百幾千の長屋がどんなに圧《おさ》えられてももっと低く、もっと低く、おしだまって、闇底にうずくまっていた。

その長屋の、数列がつきるところに、お伽噺《とぎばなし》に出て来る、魔の城のような煉瓦《れんが》の建物が、彼らの睨《にら》んでいる、歌声をたたきつけていた焦点だった。

――卑怯者《ひきょうもの》去らば去れ――。

橋上の男女は、次第に声に熱を帯び、手を振り、足踏みをしながら、橋板を蹴った。

喜ィ公は、涎《よだれ》を垂らしながら、懸命に吹き鳴らした。

対峙する陣営

1　争議団運動会

『未曽有《みぞう》の大争議となった小石川区久堅町《ひさかた》大同印刷会社争議は、未だ何ら解決の曙光《しょこう》を見ず既に工場閉鎖以来五十日を経過したが従業員三千の争議団側は結束固く、日本労働組合評議会は全国の所属組合より資金の寄附を募り、大阪及び北海道方面応援の闘士は、その筋の警戒網を潜《くぐ》って、続々入京しつつある模様である。……会社側も第一回の交渉決裂以来、方針を変え腰をすえてあくまで左翼組合員の排除を目的としているものの如く……これらによって多大の影響を被《こうむ》るのは、附近各町の小商人《こあきんど》達であって、大同印刷争議はひいて、各町内の繁栄に打撃を与え、同区内有志達は、寄々《よりより》協議し、輿論《よろん》に訴えて、何らかの対策を講ぜねばならぬ成行《なりゆき》になっている。……』

東京日日も、朝日も、読売も、報知も、東毎も、全東京市のすべての新聞が、こうした同じような記事を掲載した。

しかし、市民は繁忙であった。彼らは、この未曾有の大争議が、ほとんど二、三日ごとに、大きな活字で彼らの眼前に出現しても、それをいちいち脳裡《のうり》におさめることはできなかったからだ。

国会議員の選挙経過、政府与党の動揺、不安な赤いシグナルをめがけて突進しているような、経済界の変動、等、等、等。

善良なる東京市民が、もし健忘症でなかったら狂人になったであろう。彼らは幸いにも、電車内に置き忘れた新聞と同様に、身辺に渦巻いているあらゆる大事件も、大部分は完全に置き忘れて、秋日和《あきびより》の晴れた午前を、忙しく走り廻れたのである。

まったく、秋晴れのいい午前であった――。

音羽《おとわ》の護国寺境内《けいだい》の、山門のあたりから、山下の墓地の辺まで、大同印刷争議団の全員が犇《ひし》めき合っていた。一班から、七班まで、特務、通信、新聞、食糧の各班を除くほか、総計二千七百余人が、一日の屋外集合によって鋭気をさらに新しくしようためだった。

てしまった。

神寂《かみさ》びた落葉の裏山も、朝霜《あさしも》をおいた庭園も、瞬《また》く間に、工場の土間と同様になっ

——源ちゃん、わたしと組んどくれよ。ヨウ?

大福餅みたいな頬ぺたをしている女が徳利《とっくり》のような足で、地団駄《じだんだ》踏みながら、傍《そば》の男に強請《せが》んだ。

——やだい、お前みたいなお尻の太《で》っかいの負《お》んぶしたら、決勝点まで行かんうち潰《つぶ》れちゃわあ。男は、にべなく撥《は》ねつけた。

——ケッ、弱虫! 馬鹿野郎!

にわかづくりの運動場の樹の上に、「各班選出、盲目馬競技」と貼り出されたのだ。滅多に拝めない太陽の下で、皆はもう青白い顔に血の気を見せて逆上《のぼ》せていた——。

——馬は男子で、盲目になり、乗手《のりて》は女子で唖になるんだぞ、いいか、わかったね。決勝点に早く着いた順から一等、二等となるんだ、三等までタオル半打《ダース》だ、いいかね、各班委員は、毎回三組ずつ、届け出ておくこと——。

メガホンが、怒鳴って歩いた。彼らは運動競技の種類を知らなかった。リレーなどに至っては少くとも老人達にとっては、舶来の薬の名とよりひびかなかった。

左右は、二丁あまり人垣で、ラインが作られた。彼らは太陽と友達にでもなったように今日は晴れ晴れとした顔をしていた。脱がれた上被《うわぎ》や、女の羽織等が、樹の枝、石の上に置かれて、その周囲を制服や私服が警戒していた。

大抵は、恋人同士が組んでいた。痩《や》せた土筆《つくし》んぼみたいな労働服が、肥《ふと》っちょの女を背負って、息を切らしてるのもあった。

——いいか、一、二、そらッ。

赤い旗が、サッと振られて、歩きたての赤ン坊みたいな危なっかしさで、彼らは駈け出した。

合図と、歓声とで、馬は夢中で、左右の人垣に首を突っ込み、乗手は眼を吊り上げて、馬の耳を引ッ張った。

一組が乗手もろとも転がると、その上に、二組も三組も折重なった。馬は泥まみれになり、乗手は赤い裾まではだけて、無惨に投げ出された。わっという歓声。拍手と呼び声のはいった声援。それにはげまされて、勇敢なる乗手達は、赤いけだし(9)の塵《ちり》もはらわず、あわてる馬をひきたてて、また駈け出した。

皆と離れて、萩村達は、裏山の塔の蔭にいた。

今日の集合の責任者である萩村を、蔭に呼んだ二人の男は、組合本部の山本と、副団長の石塚だった。彼らは今日の集合を、ある目的のために、提供しろと云うのであった。

——駄目だよ、そりゃあ。

性急で吃《ども》る、色の黒い石塚の言葉を待ってから、彼はたたきつけるように云った。いかに訓練されてるとはいえ、またいいチャンスだったにしろ、戦術からしてもあまりに拙《せつ》だと彼は思った。しかも、最幹会議の指令もないではないか？　——また例の策動だ——彼は反感を顔まで現わして、傍でニヤニヤ笑っている、まだ二十歳くらいの、山本を睨《にら》んだ。

——なぜだ？　最幹会議の指令がないからか？

石塚は、詰め寄る気勢を見せて、

——こんな絶好なチャンスを！　自然に誘発されたデモだとすればいいじゃないか。

石塚は、山本に合図するように、振り返って同意を求めた。山本は、彼一流の人の眼色を読むような、気味の悪い笑《えみ》を見せながら、

——君は、近頃臆病になったって評判があるぜ。

この若僧は、口の利き方に、ひどく老成《ませ》た調子を見せた。萩村は黙って見返した。そしてフト塔の後方に跫音《あしおと》を聴いた彼は、ポケットから煙草《たばこ》を出して火を点《つ》けた。跫音が遠のいた。

萩村は、感情的になるまいと我慢した。以前は彼と同じく工場勤めだった山本が、いわゆる職業的運動家になってから、理論はともかく、感情では何もかもチグハグだった。

——じゃ、君、班長連を集めて、意見を聴くとしようよ。

山本はやはりニタニタしていた。しかし、そんな組織を無視した決議は出来なかった。

——駄目だよ、俺ァ最幹会議に責任があるからあくまで反対する、第一、君らや、中井君達一味の策動が気に喰わないよ。

ずばりと、彼は立ち上った。

——大きく出るない、ダラ幹(10)め。

石塚が、顔色を変えて、詰め寄って来た。

——ナニ?

彼も向き直った。

――まあよせ、よせ――

山本は萩村の右腕を摑んで止めた。萩村はそれを振り払って歩き出した。

――卑怯者《ひきょうもの》！

背後で石塚が怒った。彼は振り向かないで、サッサと皆のところへ来た。

――オイ萩村、どうだ馬になって駈けないか――班長達も噪《はしゃ》いだ調子で、彼を呼んだ。

――ヨシ、やろう！

彼は所属の五班へ行って相手を探した。が、彼は最幹の一人であり、あまり所属班にいないだけに馴染《なじみ》が少かった。

――誰か、負ぶわれてくれる者ないかなァ。

上被《うわぎ》を脱いでいるところへ、高枝が来た。

――わたし、負ぶさるわ。

彼女は、足袋跣足《たびはだし》になって、頰っぺたまで赧《あか》くしていた。

――あら、いいわね、ヨウ、ヨウ。

傍《そば》で皆が、手を叩いた。

出発点で、目かくしのまま、グルグル廻しにされて、高枝を負ぶったとき、彼は何もかも忘れて顔が熱くなった。

——まだ、まだ、まだってえのに、

係は、声を嗄《か》らして怒鳴っている。脾《ひ》弱《よわ》い質《たち》だと思っていた高枝も、負ぶってみると意外に重かった。背後に組んだ掌《てのひら》から汗が滲《にじ》み出た。

——ヨウ、萩村頼むぜ。

——高ちゃんしっかり！

ワンワン耳が鳴った。それに高枝が、耳を引ッ張るので、なおワンワンした。何が何だかわからぬうちに、ドッドッ足音がして、十幾組の馬が走り出した。背後から押されるように彼も駈け出したが足が宙ぶらりんで、滅茶苦茶に駈けると、前に転んだらしい馬にけつまずいて身体《からだ》を立て直す間もなかった。いきなり鼻と口とに泥を喰ってしまった。無意識に目かくしをとると、無惨に投げ出された高枝が、白い向《む》う脛《ずね》をさすりながら起き上って来た。

——はやく、はやく！

勝気な彼女は、怒鳴りつけるようにすぐ彼の背中へ飛び附いて来た。彼は額に汗を滲ませながら駈け出した。

と、ふと彼は腕を摑まれた。

――よして、萩村さんよして……

高枝が叫んだ。彼は眼かくしを脱《と》った。すると眼前に見覚えのある大塚署の刑事が二人突っ立っていた。

――ど、どうするんだ？

彼は、昼寝を揺《ゆす》ぶり起されたときのように不機嫌に云った。

――何で、検束するんだ。

刑事はにやにやしながら、無言で引ッ立てた。

彼は訳がわからなかった。一瞬の間に、あたりの様子が変っていた。ライン代りの人垣は崩れて、そこ、ここに格闘が起っているではないか――。

――訳を云え、訳をッ。

彼は、逆に捻《ね》じ上げようとする刑事の手を振り払おうとした。

――生意気ナッ。

モ一人の刑事が、素早く飛んで来て、左手を捻じあげた。

――サッサと歩けッ、署へ行きぁ判るんだ。

彼は、左右から引ッたてられて、身動きも出来なかった。

皆が、そこに一団、ここに一団となって押して来た。

萩村の周囲へも十重二十重《とえはたえ》にとりまいて、刑事ごと揉み倒して、奪い返そうと押して来た。

――待ってくれ、よしてくれ、すぐ帰るんだから！

萩村は、余計な犠牲者が出ることを恐れて皆を止めた。

山門の前に、二、三台の自動車が口を開けて待っていた。

――萩村さん、帽子――。

高枝が、飛んで来て、帽子と上被《うわぎ》を、刑事の肩越しに投げた。

――おい、お前の情婦はなかなかシャン(11)だね、え？

私服は、上被を着る間、手を離しながら、彼をひやかした。

――何を云ってやがんだい。

萩村が、こう云い終らぬうちに、彼の身体は、自動車の隅ッこに突きのめされた。

大塚署の前で自動車から降りると、ちょうど、反対の方向から同時に着いた、これも検束自動車から降りて来た団長の高木と鉢合《はちあわ》せした。

――オウ。

――どうしたんだ、いったいこれは？

高木は何か云おうとしたが、彼はそれを聞きとる事が出来なかった。すぐ別々に、引ッ立てられてしまったから……。

彼は檻《おり》の中へ入れられるまで、なぜか、この突如の検束に、意味がありそうな気がしてならなかった。

留置場の中は、薄暗くて、明るい外部から急に飛び込んだので、ちょっと見当がつかなかった。高木始めやられたところを考えれば、かなりたくさんの幹部が、検束されたに違いなかった。

――何だろう？

だんだんはっきりして来た檻の中に、そのとき、フトすぐ傍《そば》に、壁に頭を凭《もた》せて、ウツラウツラしている若い男を見出した。

それは、守家という、特務班の男だった。

――オイ。

彼は、監視の眼を偸《ぬす》んで、声をかけようとしたが、その瞬間、つかえていた胸先から、おくびが、スッと湧き上って来たように、彼の頭脳に直覚的に感じたものがあった。

それは昨晩――ある地点で、最幹会議散会後、その家の表へ彼が出て来たとき、ヒョッコリ暗がりから手を出して握手を求めた男があった。その男は、彼の親友、特務班の宮池だった。

無言で別れたが……そういう個所では、多くの場合、無言を守る規則になっていただけあまり深く気にも止めなかったが――。

あるいは、その握手が、ある訣別《けつべつ》の意味を含んだものではなかったろうか……。

2　二つの訪問

留置場の眼窩《がんか》のような窓から、暁方《あけがた》のしらじらした明りがさしこむまで、萩村はほとんど眠れなかった。徹宵《てっしょう》、どの留置場の鉄扉も、手荒く開閉する無気味な音に、内部の者は、押太《おしぶと》く眼を閉じていても眠れはしなかった。萩村が入れられるとすぐ守家は、引き出されたまま帰って来なかったので、暁方まで、事件の内容は、想像以上には出ることが出来なかった。

——誰か連中のものが、入って来ないかナァ——彼は、欠伸《あくび》してから、ゴロリと横になった。

非番召集で徹宵させられた制服達が、署の階下でごったかえしていた。彼らは国会議員選挙だけでも、既に繁忙であった。

——畜生、争議団の奴らのお蔭で、やっと十日ぶりの子供の顔が、フイになっちまいやがった。

火の気のないストーヴのそばで、腫れぼったい眼をした制服の一人がこぼした。

明るい陽光がコンクリートの外壁をすべって階上の署長室の磨硝子《すりガラス》を透した。室内は、スチームの暖気でいっぱいに温まっていた。

大きなテーブルの上に、いま小使がおいていった湯呑《ゆのみ》から、香りのたかい湯気がしずかに、ゆっくりのぼっていた。署長は充血した眼をあげて、右手の壁の方を見た。真四角な時計は午前三時をさして止っていた。

扁平《へんぺい》な、下《か》顎骨《がくこつ》の出ッ張りを鬚《ひげ》で蔽《おお》っている署長の顔は、凧絵《たこえ》の武者人形のようであった。彼は、不機嫌に、テーブルの端の釦《ボタン》をたたいた。ベルの音の止まないうちに、扉の処へ、小使の老人が畏《かしこ》まった顔を出した。

――司法主任に、調べが済んだら、来て下さいと云って来い、それから新聞はどうした。

署長は湯呑をとりあげた。硬《こわ》ばった鬚が湯気に絡《から》んだ。新聞は来たが、司法主任はすぐ顔を見せなかった。彼は生欠伸《なまあくび》を嚙みながら新聞を拡げた。果して、どの新聞も、昨朝の一件を、誇大に書きたてていた。

大川氏邸に放火――犯人は大印争議団員？――

どの新聞も、ほとんど一様であった。しかし犯人が兇器《きょうき》を所持し、その前夜から床下に潜《ひそ》んでいたという事は、どれも書いていない。

――あまいもんだ――。

彼は、心の裡《うち》で軽蔑した。しかも――未だ犯人は捕まらず――という殊更《ことさら》に、警察側の手腕を揶揄《やゆ》するような文句が、余計に彼を不機嫌にした。

――馬鹿め、足はついてるんだ――。

そこへ、司法主任が入って来た。前額の禿《は》げ上った五十近い眼の小さい彼は、丸腰のまま元気よく入って来た。

——お待たせしました。どうも手間とらせやがるので……。

署長は、下僚に対する寛容な笑顔を無理に作りながら、傍《かたわ》らの椅子を押してやった。

——御苦労！　どんな具合だね。

司法主任は、調書を束にしたやつを、署長の前にさしおいて、

——どうも奴ら強情でしてね。容易に目ぼしがつきませんよ。

——フーム——。

署長は、バラバラ調書をめくりながら、

——どうだね、真犯人は、奴らのうちにいないかね？

司法主任は首を振った。

——一わたりしめてみましたがね——大体幹部級には、これに直接関係がないらしいですね。

署長は、むっつり黙って、目の小さい男の顔を見つめた。

——所轄《しょかつ》の富坂署に、高等主任が打ち合せに行ってますがね、帰れば、綜合して少し見当がつくと思うんですがね——。

署長の顔をおずおず見上げて、

——争議団の組織というのが、何だか従来の争議と違ってるようですね……ちょっと、この調書を見て下さい。これ……。

——これは守家という若い奴なんですがね、こいつは、争議団の特務班という……。ちょうどそのとき、跫音《あしおと》に振り返った扉の所に小使が顔を現わして、一枚の名刺を差し出した。

——署長様、ただ今、こんなお方がお見えになりまして、御面会を……。

署長は、うるさそうに手にとったが、それには、東京印刷同業組合理事、東京市会議員、井下源一とあった。東京凹版印刷の社長で署長も政党関係で知ってる男であった。裏には「大同印刷争議のことで、至急御寸暇を拝借いたしたい」と鉛筆で走り書きしてある。

——ちょッ、拙《まず》いところへ来たナ。

署長は迷惑らしい顔をした。それはきっと昨日の一件に話が及ぼうからである。しかし追い返せる訪問者でもなかった。

司法主任は、遠慮して席を外した。そして去り際に、ちょっと後戻りして来て、署長に何か耳打した。署長は、眼をしばたたいていたが司法主任と顔見合せて「大丈夫だ……」と云って大きく肯《うなず》いて見せた。

訪問者は二人であった。

――ヤァしばらく――御多忙中をどうも……。

チョッキのかくし(12)に、親指を挟んで胸を少し反《そ》らした色の浅黒い細面《ほそおもて》の、敏捷《びんしょう》そうな眼付、短く刈りつめた口髭《くちひげ》の紳士が、井下であるらしかった。

――サァ、どうぞ……。

署長は、上着の釦《ボタン》をかけながら、ちょっと腰を浮かした。

――御紹介しますが、こちらは、東京印刷の社長、皆山専造氏です。こちらは本署の署長で僕の友人、室戸氏――。

紹介された顋の長い、長身の紳士も、署長もお互に威容を失せぬ程度で会釈した。

小使がお茶を持って来た。すすめられた椅子に坐ってから、

――どうも、大事件を惹起《じゃっき》しましたね。

井下は、キンキンした声を出した。署長は自分の責任のように苦笑したきりで、黙っていた――。

――しかし大川君も、あまり因業《いんごう》だからなワッハハハ。

顔色を読み、官僚的な尊大さをおっかぶせるように笑い声を爆発さして、相手を煙《けむ》に巻くのが、この市会議員の、官吏《かんり》を相手に今日の資産を造ったといわれる彼の得意とするやり口であった。貴族院議員であり、三井財閥の巨頭として知られている大川を、君づけに呼び棄てることも、彼の技巧の一つであろう。

皆山は、一緒に笑ったが、署長はやはりむっつりしていた。もし相手が市会議員でなかったら――御用件は？　多忙ですから――と云うところだが、顔色だけで控えていた。

――ときに、お願があるんですが……実は、昨日検挙された争議団のうち幹部の二、三人の身柄を、今日午後から、借していただけるならと思いましてね。

井下は調子を変えて切り出した。彼は署長も知ってる通り、この争議の調停に立っている一人であった。同行した皆山もその調停者団の一人であった。その調停団を代表して来たが、今日午後から会社側との交渉をするについて、ぜひ二、三人だけ身柄を借してもらいたいというのである。

――サァ……そいつぁ困りますね、まだ取調べも済んでいませんし……

もちろん、官吏気質《かんりかたぎ》というものが「そうですね、何とかしましょう」という風に、例えば出来るにしても、アッサリと出て来ないのを、よく呑み込んでいる井下でもあった。社会の安寧を紊《みだ》すかかる大争議に対して、己《おの》れの名誉職からいっても、一日も早く解決したい。その微衷《びちゅう》(13)をくんでぜひというのだ――。

窓の磨硝子《すりガラス》を透す日射しが強くなって来た。とどのつまり署長は、

――本庁の意嚮《いこう》も一応訊《き》かなければ……

というところまで漕《こ》ぎつけた。

――それじゃ不躾《ぶしつけ》ですが、午後、電話いたしますから、どうぞよろしく……。

こう云って、二人の訪問者は署長室を去った。玄関前には、新しいパッカード(14)が、快い響《ひびき》をたてていた。

――大丈夫でしょうかね?

馳《はし》り出してから、隣りの井下に皆山が云った。

――ナニ、官吏なんてものは……ハイ承知しました……とは到底云えない代物《しろもの》ですよ。

市会議員は、事も無げに笑った。

一直線の音羽の通りを、自動車は、大和講談出版社の社長国尾氏の邸内へ、音もなく消えて行った――。

* * *

大川の朝起《あさおき》は、彼の伝記中の逸話《いつわ》の一であった。彼は決して洋服を用いないし、雪《せっ》駄《た》か、フェルト草履《ぞうり》の以外に、他の履物《はきもの》を用いなかったことも、逸話の一つであったろう。

彼は、その日も、朝の五時に起床した。女と酒を遠ざけている彼の精力には、毫《ごう》も若い時代と変化はなかったが、年齢のせいか、近頃はどうかすると、三時頃から眼が冴《さ》えて眠れなかった。

むっつりと、一文字に結んだ口は、顔面の下半部を占めて、著しく発達した下顎骨、赧《あか》ら顔《がお》の鬚《ひげ》の少い大きな顔、背は低い方だが、この顔を真正目《まとも》に見ることの出来るものは、彼の活動する社会ではホンの二、三の人に過ぎなかった。

勅選の議員中でも、新男爵の候補者として、内閣の更迭《こうてつ》ごとに噂される彼の、剛愎《ごうふく》と、明晰《めいせき》な数理的頭脳とは、後輩者の偶像的崇拝の内容でもあった。

彼が目を通した考課状なら、プレミヤムが附くと云われた。彼は、朝食を済まして午前七時には、書斎に入って、一わたり関係会社三十いくつかの報告書に眼を通す。彼は自分の秘書にすら、命令以外には何も話さなかった。

　彼は、昨朝の出来事に対して、新聞にすら無関心であった。経済面と政治面を一応めくると、すぐ小間使を呼んで、衣服を改めた。

　秘書が扉の外から云った。

——渋阪様から、お電話で、自邸でお待ちしましょうか——ということですが——。

彼は、袴《はかま》の紐《ひも》を結ばせながら振り返って、

——渋阪氏が電話口に出られたのか？

秘書は「そうです」と云った。彼は電話口へ自分で出て行った。

——あの老体も、朝は早いな!!

五分も経つと電話をおいて室《へや》に入って来た彼は、晴れやかにこう云って破顔《はがん》した。滅多に笑わない彼にしては珍らしい機嫌であった。

　両雄の会見!!　秘書は心底で、ハッキリとそう考えた。三菱財閥の総帥《そうすい》ともいうべき渋阪男爵とは今日まで種々な事業方面で、しのぎを削ってきた間柄であった。

　それが突如として、大川の方から会見を申し込んだのである。秘書は緊張して、書生に自動車を命じた。

午前九時――丸ノ内仲通八号、日本工業協会事務所に大川は秘書を従えて頭取室《とうどり》に入って行った。

その室には七、八人の紳士が、彼の入来を迎えて、椅子からあわてて腰を浮かした。大同印刷、日本電球、大同出版、王子製紙、大川機械製作所、大川護謨《ゴム》、等、等、等。彼は頭取席に腰を下ろすと呼び集めた家子郎党《いえのころうとう》を一わたり見渡した。彼ら七、八人の紳士は、支配人、専務、副社長といった肩書を持っているが、一人として名義株だけで、ホンの使傭人《しようにん》でないものはなかった。

むっつりした大川は、不意に、

――古谷君、争議の経過を話して下さい。

と云った。ひょろ長い、蝶《ちょう》形の黒ネクタイで首と胴の区別をつけているような紳士は、大同印刷の専務古谷であった。彼は予期したように、鞄《かばん》から日誌や、書類や、争議団で撒《ま》いたビラなどを拡げて説明し始めた。

だが、大きな安楽椅子に、儼然《げんぜん》とした大川は空間にジッと眼を据えたきり、一語も発しなかった。

古谷専務は、一段落して彼の言葉を待ったが、黙っているので仕方なく、大小取交ぜ、ビラの文句まで、細かに読み上げねばならなかった。

日本電球や王子製紙なぞは、何のために大同印刷争議に、自分達まで呼び出されたかが、不可解であった。

はるか、下界を疾駆《しっく》する自動車の、新鮮な爆音が、物静かな七層楼の建築物を這いのぼって、明るい廻転窓から忍びこむほかは、威圧するような荘重な静けさであった。

大川が、やっと口を開いた。

――今日の調停者団への回答は中止なさい!!

「ハッ」と云ったが、それだけなので、古谷専務は取りつく島もなかった。

――王子製紙や、他の諸君は、現在のストックで、何日くらい、製造中止をしても持耐《もちこた》えられますか?

これは意外の質問であった。彼らは一様にあわてた。彼らは、各自に、各地方取次店の在庫品や、会社倉庫にある製品の概算を申し述べた。

――よろしい。これから渋阪氏と会見するのですが、諸君は、すぐ帰って、正確に在庫品の整理をして、明日から争議が起っても間誤《まご》つかぬようにしておいて下さい。

彼は、秘書に目くばせした。煙草《たばこ》も喫《す》わない彼は、古谷専務が渡してくれたステッキを受取って、頭取室を出た。

螺線形《らせんけい》の階段を、彼は先に立って降りて行った。彼はエレヴェーターが嫌いであった。ビルジングの大玄関へ出たとき、彼はふと、不審な男が眼に入った。

それは向うの建物の蔭から、ジッと己《おの》れの顔を見究めているらしい労働服の男であった。そして距離はあるが、視線が触れようとしたとき、その不審の男は、咄嗟《とっさ》に身を退《ひ》いたのであった。

彼は自動車に近づいた。

秘書は後方に立ち、運転手は頭を下げて、扉を開けた。その瞬間であった。

——アッ！

と叫んだ秘書の驚愕《きょうがく》した声と同時に大川は、歯を剝《む》いた労働服の男が、弾丸のように己れに躍《おど》りかかってくる凄《すご》い形相《ぎょうそう》を見た！

——馬鹿ッ！

彼は、ステッキで支えながら怒鳴った。咄嗟《とっさ》に走り寄った運転手や秘書の腕が、労働服の胸倉《むなぐら》を摑んで、押し距《へだ》てた。

――大川ッ！

吐き出すような怒号が、労働服の口から飛び出すと同時に、最後の息をひき取る病人のように、がくがくと大きく開いた口が痙攣《けいれん》した。その瞬間、労働服の右の手が高く上ったかと見ると、サッと光線を切って、白く光ったものが、大川の右頬《みぎほお》を掠《かす》めて飛んだ。

もつれた腕と足とが、ゼンマイ人形のようにころんだ。不自然な叫び声、唸《うな》り声が、無気味に四辺《あたり》の空気を揺すぶった。

建物の中から、自動車の蔭から、人々が飛んで来た。もつれた腕が離れ、労働服の足が空《くう》を蹴《け》ったと――思うと彼の身体《からだ》が毬《まり》のようにころがった。そして不意と建物の蔭に姿を消した。

逃がすなッ！

逃がすなッ！

飛んで来た人々も、ビルジングの裏通りを走って行った。

階上から、古谷専務始め、皆顔色変えて駈け降りて来た。警官も飛んで来た。

大川は、先刻から不機嫌に突っ立ったきりであった。

秘書が戻って来た。

――お怪我《けが》は？　大丈夫ですか？

彼は息を切らしている。

――丸ビルの中へ逃げ込みましたから、大丈夫捕まるでしょう。

警官が、秘書に種々訊《き》いた。モ一人の巡査は電話口へ飛んで行った。

――アッ、こんなものが？

古谷専務が、玄関の右手の円柱の下に落ちている、光る物を拾い上げようとしたとき、

――そのまま、そのまま動かさないで、

巡査があわてて遮《さえ》ぎった。それは刃渡り三寸くらいの海軍ナイフであった。

――ホウ⁉

皆は、魂を奪われたように、それを見戍《みまも》った、そのとき――

――モウ十一時だ――約束の時間に遅れるといけない、用意したまえ。

大川は、落着いて自動車に乗った。

徐《しず》かに辷《すべ》り出した車上の大川の後姿を見送りながら、古谷専務は、電柱のように不

動の姿勢を執《と》った。

――争議団の奴らも凄いが……たいしょうはどうだ。眉毛《まゆげ》一本動かさない！

3　婦人部会

外部は凄《すご》いこがらしであった。植物園坂下の安楽寺という小さい寺院の一部が、争議団の第三本部に当てられていた。真暗《まっくら》な廃寺にちかい寺の入口には、電灯もない闇の中を、二、三人の制服が眼だけを光らせて立っていた。

――度胸のいい阿女《あま》どもだ！

ぼろっきれの団《かた》まりのように丸くなって、風に追いまくられてやってきた女達は、寺院の内部に吸い込まれるように、制服達を尻目にして入って行った。

内部では、婦人部役員会が始まっていた。高枝が顔を出したときは、議案は半ば済んでいた。火の気の少いだだっぴろい室内の片隅に坐った彼女はあまり浮かぬ顔で、同志に会釈《えしゃく》した。

――こんばんは……遅刻してすみません。

低声《こごえ》で、隣りの黒毛糸の襟巻《えりまき》から眼だけ出してる房ちゃんに云った。

――あんた、皆勤手当フイよ……。

おでこの下から、つぶらな眼玉を覗かせた房ちゃんは、ふざけた眼で睨《にら》んだ。

――いいわよ、徹夜で取り返すから……。

議長席では、婦人部長の大宅《おおや》女史が、冗々《くだくだ》と喋っている――室内は三十人あまりの婦人部員が、不揃いに筆記したり、質問したり私語したりしていた――。

――議長、私語を禁じて下さい。

不意に、高枝の右隣りで、松ちゃんが怒鳴った。高枝は――いやな奴が傍《そば》にいる――と思った。部長の乾分《こぶん》で皆に嫌われてるこの赤い頭髪を縮《ちぢ》らかした松ちゃんは、鯨《くじら》のように小っちゃい眼を光らせて、キンキンした声を立てた。

――議長ッ、採決、早いとこやっとくれ――

房ちゃんは、済んだ議案の筆記を高枝に貸してやりながら、松ちゃんに、しっぺいがえしに怒鳴った。――モグモグ一人で喋りやがって、私語もないもんだ。赤ッ毛奴《め》――。

房ちゃんは、松ちゃんに当てつけられたのが癪《しゃく》にさわるばかりでなく、頭のあまり良くなさそうな女学者の部長にも腹を立てていた。

――議事進行ッ。

向う側の、整版部や、鋳造部代表の部員達からも、弥次《やじ》が飛んだ。

――何を云ってやがんだい。ガラッ八《ぱ》ちのでこ房め！

松ちゃんは、房ちゃんに怒鳴り返した。がそれは、やっと聞きとれるくらいの低声《こごえ》だった。松ちゃんはおでこの房公より、いま写し終って顔をあげた高枝の方が強敵だった。親分の大宅のぶ子すら、彼女を恐れているだけに、従って松ちゃんの声も低かったのだ。

高枝は、お加代と萩村のことが、頭に残っていた。大川邸放火の一件が、あるいは宮池ではないかと、お加代は気遣っているし、訊ねれば多分知ってるだろうと思われる萩村も、昨日護国寺の境内から検束されたまま、まだ帰った様子がなかったからだ。

――それでは、一括して、採決します。

大宅部長は、隣り机の書記と打ち合せてから少し反り身《そみ》になって云った。

「永遠の処女」というニックネームを持ってるこの女は、ふちなしの近眼鏡をはずしたことはなかった。まるい鼻に始終、脂肝《あぶら》が滲《にじ》んでいた――だからね、犬みたいに、すぐ嗅ぎつけては、人を疑ってるのよ――アンチ部長派はいつもこう云っている。そしてくびれたあぎとと、(15)老嬢《オールドミス》らしい脂ぎった皮膚――。

――第一の行商隊は、明日も平日通り、各受持委員の指揮通り行動すること、第二の鋳造部高橋まつ君より提出の「裏切の危険ある小川せん外三名に対する応急処置の件」は、班長会議に移牒《いちょう》し細胞松山こと、(16)戸倉むつ二名を委員として適宜の処置を執《と》らしむること、第三、「各班内士気の鼓舞方法を講ずる件」は、イ、婦人部遊説隊を組織すること、ロ、無産者芸術聯盟(トランク)劇場に依頼してアジ的な演劇を各班に巡演してもらうこと、部長他二名の委員に附托すること――以上であります。賛成の方は挙手……。

小学生のように、皆が手を挙げた。大宅女史が、「よろしい」と云って書記に眼くばせした。

障子《しょうじ》をへだてた縁側の雨戸が、ひどく揺すれて、凩《こがらし》が一しきり激しく音をたてた。

――ああッ、眠くなっちゃった。

房ちゃんがそっと囁《ささや》いた。高枝もつりこまれて出る欠伸《あくび》を押えて云った。

――本部報告には、今晩誰が来るの？

房ちゃんは首を傾《かし》げた。

——誰か知らないわ……まだ交渉の目鼻はつかないらしいのね……少し凄いとこを見せてやりゃあいいんだわ。

房ちゃんはジリジリした調子である。誰も同感であった。

——本部報告は、また今晩も十一時ですか？

障子際《しょうじぎわ》に、上っ張り着たままで風邪声の桃割《ももわれ》(17)が怒ったような声で質問していた。第二整版課のおぎんちゃんだ。

議案は片付いた。肝心の本部報告は、いつでもおそくなってから、最幹会議の誰かが一人やってくるのが例であった。

——議長、休憩を希望します。

つづいて、障子際に向い合って襖側《ふすまがわ》の方からも、二、三人疲れた声が出た。だが、「永遠の処女」は、不機嫌に黙り込んでいて、すぐ休憩と云わなかった。

彼女は先刻から計画していた。右側に、寺院らしい白地に墨絵を描いた襖に肩を寄せて、疲れたようにウツラウツラしている、赤い襟巻《えりまき》を捲き付けた銀杏返《いちょうがえ》しの女を睨んでは、頭脳に陰謀をデッちあげていた。

——淫売《いんばい》女が役員なんて——とんでもない——。

彼女は、銀杏返しの青白い横顔に侮辱《ぶじょく》を投げた——これから帰途に、例のカフェーで、一稼《ひとかせ》ぎするんだろう。お眠いはずだ、淫売め——。

——議長ッ、緊急動議——。

松ちゃんが、不意に怒鳴った。皆はおどろいて、その声の方へ視線を集めた。高枝も「何だろう?」と思った。部長は、待ち受けたように、顋をしゃくった。

——動議の内容は——。われわれ争議団婦人部において、しかも役員である婦人が、団の体面を汚《けが》す所業を犯していることを、告発したいのであります。

皆が顔を見合せた。「こりゃあ面白そうだわね」房ちゃんが、高枝に囁いた。議長は、少しも顔色を変えなかった。彼女は計画が順調に進んだと思っていた。

——わたしは、率直に云います。この席上にある者の一人で、女子として最も恥ずべき貞操を餌《えさ》として、金銭を受取っているという、団の体面を省《かえり》みないある人を、わたしはこの部会に摘発して、その人の自決を促したいと思うのであります。姓名はもし……。

「お待ちなさい」議長が、そこで手をあげて止めた。赤ッ毛の七三頭髪[18]は、責任を果したような顔で、議長の眼鏡を親しく見た。

――いいです。内容はそれで十分です。

議長は飲みこんで松ちゃんを坐らせてしまった。皆は、その議事法を無視した議長のやり口が判らなかった。判ったのは、その告発される当人が、製本部のきみちゃんだということだ――。銀杏返しにいつも結《ゆ》ってる顔色の悪い彼女だということには気が付いた。彼女は、松ちゃんの説明中に、青ざめて俯向《うつむ》いたきりであったのだ。

高枝はびっくりした。彼女は、おきみをよく知っていた。告発された内容も、あるいは事実か知れない。しかし、それがなぜ告発されなければならないのか。勇敢とはいえないが、真面目で、責任は十分に果している、あの淋しい気質の娘を、どうして告発しなければならないのか？　彼女は五人の家族を扶養しなければならない義務を持っている――彼女の顔色が青いのも、銀杏返しを崩さないのも、虫のせいや、癇《かん》のせいじゃないんだ。――とんでもないことを言い出しやがった――。

彼女は、お加代のことが気掛りなため、とかく今夜はおとなしくしていたが、グッと熱いものが下腹から湧いて来た――。

――動議提案者に注意しますが、内容が、その人の一生に関する重大問題ですから、後刻議長へ個人的に申し出られて、この動議は撤回されてはいかがですか？

「永遠の処女」は、にこやかに、赤ッ毛の方へ微笑を送って云った。高枝は気がついた。「畜生ッ、芝居をしてやがる!」

赤ッ毛は、撤回しないと云い張った。皆の視線は松ちゃんの小っちゃい鯨の目から、議長へ、それから襖際に、消え入りそうに顔を伏せてるおきみの上へと、どうどうめぐりしていた。

――白山さん(赤ッ毛の姓)お待ちなさい。撤回しないなら、その以前にわたしの意見を述べさして下さい。

議長がキッとなって云った。赤ッ毛は坐ってしまった。房ちゃんが高枝の膝を小突《こづ》いた。「妥協してきみちゃんを窘《たしな》めるつもりなんだね……畜生ッ」房ちゃんも高枝もきみちゃんと同じ製本部であった。

――白山さんは、撤回しないと云いますが、これはその当人にとってどれほど重大な打撃だかということが判りませんか……もしあんたの云われるように本人がこの席にいられるならば、これだけで当然、自決されるだろうと、わたしは思いますから、撤回して下さいと云うのです……。

「永遠の処女」のふちなし眼鏡は、おきみの横顔を射すくめていた。彼女は得意であった。彼女の貞操観念論は、完全に一人の同志を放逐《ほうちく》することに成功したのだ。

――この際に、わたしは云いたいのですが、われわれ労働婦人は、大体貞操観念があまり薄弱であります。わたし達は、朝夕、工場においても、また現在のような非常時においても、全く男子から、女郎や淫売婦と同様に、露骨な侮辱を浴《あび》せられている。それはわたし達が余りに貞操に無頓着だからと思います。

「永遠の処女」は観念的にも貞操論者であった！「議長ッ」房ちゃんが堪《こら》え切れずに怒鳴り出した。他からも声が起った。しかし、議長は横暴にも取り上げなかった。

――貞操は、女の命と云っていいとわたしは思います。それほど重大な貞操を、われわれ婦女子はまるで、使い古したハンカチでも棄てるように無雑作に扱うに至っては、全くわたしなど、その人の心持がわかりません。――

「永遠の処女」は一気にまくし立てた。部長派の淑女諸君は謹聴しているが、房ちゃんや、おぎんちゃん一派が怒り出した。

――議長横暴ッ！

――議長念仏をやめろ――

高枝も一緒に怒鳴った。議場は騒がしくなって、議長の説教は聞きとれなくなった。

——議長ッ質問——

高枝が膝を乗り出した。房ちゃんが、おきみのところへ飛んで行った。「いいわよ、しっかりなさいよ。大丈夫よ——」

高枝が、昂奮して怒鳴り出した。

——動議を出した白山さんに質問します。あんたは誰を告発するんですか、誰が淫売したって云うんですか？

高枝はひっつめた頭髪をふるわして、赤ッ毛を睨みつけた。松ちゃんは不意を喰《くら》って躊躇《ちゅうちょ》した。

——サア仰《お》っしゃい——。告発するからにゃ証拠があるのでしょう——さあ、云いなさい。

彼女は詰め寄った。議長は乾児《こぶん》の危急を救う意味からも、しきりとテーブルを叩いて金切声《かなきりごえ》で怒鳴った。「静粛に願います。」

——云うともサ、あんたの方のきみちゃんだよ——。

——何だって？　きみちゃん？　面白い、じゃ証拠を見しとくれ。確かなものを見しとくれ！

高枝は、赤ッ毛の額へ、自分の顔を擦り寄せていった。

——馬鹿馬鹿しい、そんな証拠があるかい——

松ちゃんは、捨台詞《すてぜりふ》を投げつけて逃げようとした。

——馬鹿野郎ッ！

高枝は、いきなり赤ッ毛の頭髪を摑んで引張った。皆が騒ぎ出して、周囲の者が間に入って止めた。

——のぶちゃん!!

高枝は、ついと身体を翻《ひるがえ》して、今度は議長席の前へ突進した。そして女学校を出たとか、退《ひ》っこんだとかいう議長を睨みつけて呼びかけた。議長は内心駭《おどろ》いた。彼女と言論でも太刀《たち》打ちするのは、部内には高枝一人であったからだ。しかも、その凄い形相が、何を仕出すか判らなかった。

——のぶちゃん！　あんたはあの赤ッ毛と妥協して芝居を打ったんだね！

高枝の周囲に房子や、おぎんちゃんを始め、反部長派が集まって来たように、議長の周囲を乾児《こぶん》達淑女派が取り巻いた。議場は全く混乱してしまった。

——何ですって？　そんな馬鹿げた真似《まね》はしません。仮にもわたしは婦人部長です。

議長は、高枝より年を喰ってるだけに、落着いていた。

——嘘吐《うそつ》きッ——ちゃんと顔に書いてあらァ。

部長派の淑女達に、「不良少女の団長」と称《よ》ばれるだけに、高枝の言葉は、すぐ地が飛び出した。

——誤解してはいけません。わたしは部長としてふしだらな部員は、取締る責任がありいます。あんたこそ女だてらに男みたいな手荒なことをするなんて、それで婦人部の役員ですか。——

「まったくだわ」「不良少女」「男蕩《たら》し」部長派の連中が、弥次《やじ》った。高枝はテーブルの処まで進んで行って怒鳴った。

——皆さん、わたしは、部長の貞操論を弾劾《だんがい》します。部長の貞操論は、われわれの同志を陥《おとしい》れようとしているのです。——

「そうだ」と房ちゃん達が応じた。「永遠の処女」と怒鳴るのもいた。

——部長は、わたし達の最も同情すべき同志、きみちゃんを、ブルジョア的な貞操論とやらで、われわれの仲間から放り出そうとしたのだ——。

わいわい両方で弥次《やじ》り出した。部長がテーブルを叩いて、金切声を絞った。

——とんでもない嘘です。春木さん(高枝の姓)は、滅茶苦茶です。わたしのどこがブルジョア的です? サア、どこです。

「永遠の処女」も顔を真赤にしてテーブルから顔を突き出した。唇がワナワナふるえている——。

——ブルジョア的だとも、云ってあげようか——。あんたの貞操論というのは、性慾行為を男子になるべく高価に売付けることなんですよ——。処女でございい、淑女で候《そうろう》ってね。出来得べくんば活版職工より腰弁[19]ぐらいに売上げたいのが、あんたの貞操論よ、これが正真正銘のブルジョア貞操論だわ——。

部長派は急所を突かれた。頓狂《とんきょう》な声でおぎんちゃんが、

「よう、御令嬢!」と怒鳴った。どっとふき出した嘲笑を真正面に浴びて、部長はブルブルふるえた。

——じゃ、春木さん、あんたは、淫売でもなんでもいいって云うんですか?

「永遠の処女」は必死に絡んで来た。

——いいか悪いか知らないよ、だけどね、お前さんの貞操論とかよりずっといいわ。同志として働くための——五人の家族を扶養するための淫売なら、あんた方淑女様の

「神聖なる恋」とかよりゃ、ウンといいわ。

「まあ、駭《おどろ》いた！」「凄《すご》いわね」「さすが団長よ」部長派は侮蔑を顔色に誇張して投げつけた。

――まあ――あんたそれがいいというの⁉

部長は、軽蔑して突っ放す事によって、安全な勝利を得ようとする態度を見せた。が、高枝が逃がさなかった。

――ええいいともサ、あんたがさっき云った古いハンケチのように、無雑作に捨てた方が、「永遠の処女」でございとか何とか云ってさ、腐った缶詰《かんづめ》見たいに持ち古したのよりか、臭気がなくて、よっぽどサバサバしてるわ――。

大宅女史の顔が、シワクチャになった。そして口許《くちもと》がヒクヒク痙攣《けいれん》したかと思うと、クルリと背を向けて、両手で顔を蔽《おお》った。

議場は、全く収拾がつかなくなってしまった。部長派が滅茶苦茶に騒ぎたてた。反部長派が完全に勝ったのだ。

――サァしっかりしなきぁ駄目よ、めそめそ泣かないで、顔を真直《まっす》ぐ上げなさいよ。大丈夫よ――

高枝は、きみちゃんを抱き上げるように引ったてた。

——きみちゃん、サァあんたあの御令嬢達に教えてやりなさいよ——わたし達労働階級の婦人は、われわれ無産階級が完全に解放されるまでは、貞操はおろか、生命まで捧げなきゃならないんだって——ね。

4　犠牲

彼女達が、本部報告を聴いてから、各自の巣へ帰ったのは、十一時近くであった。本部報告には、最幹会議書記の松尾という若い男が来た。彼は最幹のほとんどが検束を喰ってるので、代理して報告に来たのだ。

大同印刷会社労働争議は、資本家が従業員に対する挑戦なりと認め、われわれ全東京印刷労働者は、会社の猛省を促し、直ちに解決せむことを要求す。

右決議す。

大正十五年三月——日

全東京印刷労働者大会

この決議文は、今日神田松本亭に開催された印刷労働者大会の決議文を、代表者が会社へ手交《しゅこう》した帰途に、その写しを本部へ寄越《よこ》したものだ——と若い男の同志は、元気に報告した。

——交渉は、不都合なその筋の圧迫によって、事実上停頓《ていとん》している。しかし、僕達は、この争議をありふれた従来の争議と区別して覚悟しなきぁならない。われわれに課せられるものは最後の決定的闘争なんだ。

痩《や》せぎすの骨張った敏捷《びんしょう》そうな小男は、熱と元気とを煽風機《せんぷうき》のように、彼女らの疲れた体内に吹きかけてから、忙がしく、すぐ姿を消してしまった。彼の報告を待ってる団各部門の集会は、まだいくつも残っていたから——。

夜が深くなるにつれて、風が少しずつ勢力を失っていった。部長派も反部長派も、結局闘争の前では、手を握った。

——びくびくすることあないわよ、きみちゃん。わたしだって必要になったら明日からでも、あんたのようにやるわ——。ね、奴らの搾取《さくしゅ》をやめさせるためには、貞操だって生命だって投げ出さなきゃならないわね。勇敢にね。

高枝の家の三番長屋の露地《ろじ》へ来たとき、連れ立った房ちゃんや、おきみに高枝は云った。ガラッ八の房ちゃんも、黙って聴いていた。おきみもすっかり元気を取り戻して、

――ありがとう――

おきみは、赤い襟巻の中から顔をあげて笑って見せた。

高枝はそこで別れて、家へ帰った。お加代が、お湯に行く支度《したく》をして待っていた。二人すぐ連れ立って銭湯へ行った。

高枝は、今夜の部会での出来事や、本部の報告などを話した。お加代は、桃割の頭髪を伏せがちに、露地の角で軒看板《のきかんばん》にぶっつかったほど、注意深く聴いていた。彼女は自分の心の不安や苦悶《くもん》に対してハッキリした客観的な認識を摑もうと焦っているらしかった。

――姉さんわたしね……きっと宮池さんに逢えないと思うわ――。そんな気がするの……でもわたし――。

高枝はハッとした。妹は、自身の苦痛と勇敢に戦ってるのだ。宮池だろうという直

覚は高枝も否定出来ない団の事情を知っていたからだ。

――でもわたし、何でもないわ――。

子供子供しいほど、高枝には幼く見えるお加代の、そういって、チラと振り仰いだ顔が、抱きしめてやりたいほど可愛かった。

――姉さん……今日の日日新聞見た？

――妻を離別して悲壮の決心――大同印刷争議いよいよ悪化――って出てたわ。誰かそんな人が団員にあって？

高枝は知らなかった。しかし、多数の中には多分あるだろう……。たまに新聞で書きたてられるより、モッとたくさんの事があるに違いない。

――おきみちゃんも気の毒ね――きみちゃんちの男の子は盲目よ……姉さん知らない？

お加代は、おきみと同じ職場で、仕事台も隣り合っておったし、内気な気性が似通っていて、ただ、二つ三つおきみの方が、年嵩《としかさ》なだけの違いであった。

空は星がまたたいていた。颪に拭われたような下弦《かげん》の月が、やっといま、白山の森を抜け出していた。

銭湯は、混んでいた、特に女湯は、十一時頃まで、赤ン坊や、子供達まで喚《わめ》き、立《た》ち罩《こ》める湯気の中で騒いでいた。

お加代が、背を流してくれた。今度は高枝が代り合って湯桶《ゆおけ》を持ってお加代の背後へ廻った――。

――だって、姉さん、それじゃきみちゃんは赤ン坊出来やしないの？

お加代は、振り返って低声《こごえ》できいた。――いつまでこの娘《こ》は、男もあるくせに、ねんねえだろう。

――そりゃあ、出来ないようにするでしょうさ。

姉は笑いながら云った。妹は黙ってそれきりであった。めっきり肉づいて来た肩から腕へ、腰部から肢《あし》へ――弾けはずみそうな肩のあたりを、高枝はタオルを固くして、キュッと擦《こす》った。

――痛いッ！　まあ――。

妹は驚いて振り返った。おどけた姉の顔が笑って云った。

――あんまりあの人の事ばかり考えてるから眠気さましよ――。

姉は快活に笑った。しかし、妹は笑い声に力がなかった。

った。

――サァ、モいっぺん、温まって、あがりましょう。

白っぽく濁った湯槽《ゆぶね》に、すっぽり首をうずめて、高枝はフーッと、疲れを吐き出すように息をした。知ってる顔もいくつも一緒の湯槽にあったが、会釈《えしゃく》するのも億劫《おっくう》だった。

お加代は、石鹼箱を拭《ふ》いてから、こっちへ向き直って湯槽へ近寄って来た――。

そのとき――ふと、高枝は女らしい細心でお加代の裸体から、あるものを発見《みつ》けた。

そして、それが、あるたしかな心証となって、彼女を憂鬱《ゆううつ》にしてしまった。

妹は、妊娠しているのだ‼

夜風に吹かれて、露地の角々をまがりながら、高枝は、重くるしい不安――まざまざと痛ましい悲劇を見せつけられる思いだった。

――云い出して、むしろ前後の考えや、手当を教えてやらなきゃならない――。

相談になってやるがいいとは思ったが、まだかくしているものを、こっちから云い出すのも、姉妹にしても、何となく後《うしろ》めたかった。

モウ十二時だった。

病父の傍《そば》に、貧しい寝床を並べて、高枝はさきへ寝た。そしていつもの習慣で、借りてある本を、二、三頁《ページ》めくって見たが、今夜は、いろんなことが、頭を往来して、眼はさっぱり活字に馴染《なじ》まなかった。

お加代は、かさこそと、まだ何かやっているらしい気配を、うとうとと聞きながら、いつの間にか昼間の疲れで、不覚になってしまった。

＊　　＊　　＊

高枝は、フト、とりとめもない夢の底から、浮び上った。

たしかに物干竿《ものほしざお》かなんか、触れ合った音を聞いたと思った。まだ夜明けには間があった。

――何だろう？

彼女は無気味に思いながら、隣りの妹の寝床を見ると、お加代の寝姿が見えなくなっている――彼女は思わず身体《からだ》を起して、家の中を見廻したが、お加代の姿は見当らなかった。

かなり冷たくなっている寝床の温味《ぬくみ》からいって、便所でもないことは無論であった。

彼女は、病父をおこしてみようかと思ったが、その瞬間、窓の外で、何か音がした。

彼女は昨夜知った事などからして、突き飛ばされるような不安を感じて来た。

窓の外は、千川どぶであった。かすかな物音の中に、話し声が交っている――それは確かに橋の上だ――。

彼女は、そっと起き上って、表戸を押すと鍵は外れていて、音もなく開いた。家の軒についてまわると、すぐ橋の上だった。そこに寒々とした月光を浴びて、男女の影があった。お加代と、モ一つの影法師は紛《まぎ》れもない宮池ではないか！

高枝は、眼を瞠《みは》らずにいられなかった。たしかに宮池だ――だが、どうして、こんなとこへこんな深更に来たものだろう？

彼女は、軒蔭《のきかげ》に身を退《ひ》いて、冷え入る寝衣《ねまき》の襟《えり》をかき合わした。

――危ない？

警戒厳重なこの辺へ――あんな眼につきやすい橋の上に突立っているなんて――。

だが、二人は手をつなぎ合ったまま、凍てついたように、橋の欄干《らんかん》に添って立っている――見覚えのある宮池の茶っぽいオーバーの端にくるまって、赤い扱帯《しごき》の寝衣《ねまき》のままのお加代であった。

五分経ち十分経ったろう――が二人は、やっぱり離れようとしなかった。お加代は、宮池の胸のあたりに顔をうずめて泣いているらしかった。

夜警の拍子木《ひょうしぎ》が、遠くで聞えた。白山《はくさん》の森から抜け出した下弦の月は、いま高師《こうし》の森に近づいて、一散に走っていた――。

彼女はだんだん気が揉《も》めて来た。この危険を冒《おか》して逢いに来るのはまだいいとしても、場所が場所であった。

――自首するつもりなのか?

もし、その筋の眼に触れて、お加代ごと持って行かれたら、まったく眼も当てられない気がした。妊娠中の妹の身が、とてもひどかろうと考えられたのだ――。

理性を失ってる二人である――彼女は咄嗟《とっさ》に思案を決めた。

ツト、軒蔭から身体を現わした――が、橋の上の二人の姿を見ると、思わず、彼女は眼をそらしてしまった――。橋上は、二人だけの世界だったのだ――。

――馬鹿馬鹿しい――。

高枝は、心の中で呟いた。つまんない恰好《かっこう》で、出たりすっこんだりしている自分の姿が、われながら忌々《いまいま》しくなった。彼女はさっさと家ん中へ入ってしまった。

妬《や》いてるのかしらん?

そっと、病父が眼をさまさぬよう、もとの寝床へ潜りこんでみたが、しかし、頭脳《あたま》は落着かなかった。

すっきりした口許《くちもと》、広い額《ひたい》——妹と恋仲だと知ってからでも、対象の異性として、まず思い出される彼の顔であった。

——いやじゃありませんか!!

ひょうきん者の房ちゃんの顔が、ふいとからかってるように思われて、彼女は苦笑した。

枕時計は、三時を半が過ぎていた——彼女は、寝返りうってみた——が、しかし、何とも仕方のない気持だった。

途端《とたん》、橋の上の足が、静かに、軒をめぐって、表戸の前で止った。戸が開いた——お加代が先に入って来た。そして、そっと姉を起しながら云った。

——ちょいと姉さん! 起きてちょうだい。

高枝は、何喰わぬ顔して起きあがった。お加代は黙って、戸口の方を指さした。そこに、宮池が黙って立っていた。

高枝は手早く身繕《みづくろ》いして、羽織《はおり》をひっかけると、上《あが》り框《かまち》のところへ行って、

——お上《あが》んなさい——。

と云った。そして、お加代に戸を閉めて火をおこしなさいと吩《い》いつけた。

病父は、お加代が入って来たときから、眼をさまして、見知らない青ざめやつれた男の顔を迂散臭《うさんくさ》そうにじろじろと見ていた。

——お父さん。

高枝は、枕許《まくらもと》へ行って何か囁《ささや》いた。病父は納得いったような、行かないような顔をして再び頭を枕へ着けてしまった。

——どうしたの？

高枝は几帳面《きちょうめん》に、火鉢の傍《そば》へ坐っている宮池の傍へ来て囁いた。

——どうもこうもない……新聞で見たでしょう。

宮池は、その疲労と焦躁《しょうそう》とに、クッキリと陰影を宿した頬《ほお》に、淋《さび》しい微笑を浮べながら云った。

——失敗です。

高枝は、黙って男の顔を見た。沈黙がつづいた。しかし、その沈黙のあいだに、話した以上に、すべてが判明していた。

お加代が火を運んで来た。彼女は泣き腫《はら》した眼が、まだ電灯にまぶしそうだった。

宮池は、靴下をめくって、小さく折った紙片をとり出した。そして高枝の手に渡した。

――これを、萩村でも、中井でも、どっちかに渡して下さい。それはある任務に就《つ》いてる人からのレポ(20)です。頼みます。

宮池は、高枝を信頼していた。彼女は黙って肯《うなず》いた。宮池がまたぽつりと云った。

僕は夜明を待って、自首します。

――え？

高枝は、ドキンとした。宮池は落着いた調子でまた云った。

――そうすることが、この場合最善ですから――

――それは、最初からの予定だったのだ。この際早く最幹の連中を釈放させることも、これより最善の途《みち》はなかったのだ――。

彼は決心していた。

――……………。

高枝はいうべき言葉がなかった。

つい表の露地《ろじ》を、夜警が拍子木《ひょうしぎ》を鳴らして通りすぎた。つづいて、佩剣《はいけん》のカチ合う靴音がした。

――近頃は、夜警と制服とが一緒に歩くんです――。

と高枝が云った。

――宮池さん、汚いけどあの寝床で少し眠ったら――。

お加代に云われて宮池は、女の寝床を振り返ったが苦笑したきりであった。

――いくら宮池さんが大胆でも眠れやしないわよ、それよりか加代ちゃん、あんた御飯をこさえてあげようよ。

姉妹は、台所へ降りて行って、朝飯の支度をした。二日二晩も、網を潜《くぐ》って苦労した男は、姉妹の後姿を見送って瞼《まぶた》を熱くした。

お加代が給仕をしてくれた。宮池はこけた頬に微笑を浮べて、箸をとった。

――温かいな。

御飯の湯気に絡《から》んで、男の瞼にも、お加代の眼にも、涙がころび出た。幾年の別離になることか――高枝は、表戸を開けて外へ出た。

冷たい暁方《あけがた》の空気が、いつの間にか、白んでいた。高枝は、空を見上げた。そして熱くなる咽喉《のど》のなかのものをグッと呑み込んだ。

宮池が、土間へ下り立って、靴を穿《は》くらしい気配がした。

——元気に、行っていらっしゃい——

お加代のふるえた声が、途中で嗄《しゃが》れた。男は無言であった。

——開けて下さい。高枝さん——。

宮池が激しく内部から押した。後手《うしろで》でおさえた手を高枝が離すと、宮池が、ツと彼女の前へ来て握手した。

——行ってきます。さっきのレポを頼みます。

彼もコムミュニストだった。

ついと踵《かかと》を廻《めぐ》らすと、軒を廻って姿を消した。

——いいよ。みっともない——泣くんじゃないよ。

橋の上を、明け離れてゆく空気の中に、クッキリと後姿を見せて、急ぎ足に遠ざかる宮池を見送りながら、かつて幼かりし日の姉妹のように、姉は泣き入る妹の頭髪を撫《な》でながら云った。

——泣くんじゃない。——泣くんじゃない——。

任　務

1　レポーター

けたたましい号外売りの鈴の音が、街の辻々《つじつじ》を走った——

若槻内閣総辞職!!

電停の赤電柱の前、銀行の入口、工場の通用門、駅のプラットホーム、商店のウィンドウ、新聞社の掲示板——印刷インキのまだすっかり乾き切れないような紙片が、溢《あふ》れ、舞い、翻《ひるがえ》り——それはホンの一瞬の間に——全市に行きわたった。急角度な人々の足音、異常な視線の交錯が、陽ざしの鋭い初冬の午後の街路に、舞い立つ砂塵《さじん》にまじって、不安な空気が昂《たか》まっていった。

——対支政策の破綻と、破産銀行の救済不能——。

これが、内閣総辞職の原因だ!!　ソフト帽の洋服がそう呟《つぶや》いた。鳥打《とりうち》の(21)トンビもそう考えた。自転車を引き摺っているハッピの男もそう思った。詰襟《つめえり》の学生もそう独りごちた。ニッケル縁眼鏡の束髪《そくはつ》も、菜《な》ッ葉《ば》(22)服も、電車の車掌《しゃしょう》も、自動車の運転手も、巡査も、軍人も――。

闕下《けっか》に骸骨《がいこつ》を乞《こ》う(23)た閣僚の顔触れは、何人《なんぴと》も写真や漫画でよく知っていた。己《おの》れの郷里にある祖父や母や、あるいは兄弟よりも、モッと数多く、その特徴ある似顔《カリカチュア》のポイントを、新聞で、雑誌で、絵ハガキで、たたき込まれているえらい人々であった。

大蔵大臣は、大阪の富豪で、大三菱の番頭であることも、彼の肥大した労働者の三人分くらいの面積を有する顔面と、妾《めかけ》や小《こ》間使《まづかい》の脂粉《しふん》の秘密も、新港湾候補土地買占の機敏も度胸も、一切合財《いっさいがっさい》そのかげに蔵《しま》いこんでるような、艶々《つやつや》しい漆黒の口髭《くちひげ》と共に――誰の記憶にも、カレンダーの数字のように、ハッキリしていた。

この、大三菱の番頭は、つい一週間ばかり以前――突如として(不注意な一般民衆にも尠《すくな》くともそう思えた)暴露した経済金融界の大破綻、各種銀行の取付《とりつけ》騒ぎ、一般民衆を驚駭《きょうがい》、周章《しゅうしょう》の頂点に逐《お》いあげたモラトリアムに対して次のような施政方針を、全国大新聞を通じて声明したのである。――欧洲大戦以後、わが国中小資本家の放縦《ほうじゅう》にして、かつ無反省なる各種工業、商業の金融関係は当然(当然と彼はいう)厳密なる精算、緊縮の機会に遭逢《そうほう》すべき運命にあった。にもかかわらず、去る大正十二年九月の関東大震火災は、これら中小資本商工業者の進路《コース》に対して、大《おお》なる一暗転《ダークチェンジ》を与えたかに見えた。しかしながら復興の名の下に行われたる、人為的にして不自然な、放漫なる政友会前内閣の政策を加味したる金融界の円転好転は、恐るべき将来を醸《かも》すに加速度的拍車を加えたに過ぎなかった。

しかも、当時野にあってわれわれ民政党が、しばしば警告を発したるものであることは、人心の未だ記憶に新たなるところであろう。無反省にしてかつ放縦なるこれら中小商工業者の金融関係は、憂うべき今回のモラトリアム(24)を惹起《じゃっき》したものである。

わが政府は、三大政策の一たる財政緊縮方針に基いて、これら憂うべき金融界を、健全なる状態に復帰せしむべく努力することはもちろんである。また、破綻したる銀行及びその預金者に対しても適宜の方法を以《もっ》て、善処するであろう……(略)

民政党の拠って立つ地盤は、全国都市の商工業者にあった。民政党を与党とする政府のこの声明書は、党内にも一大動揺を与うることは必然であった。

しかも、その声明は、遂《つい》に一週間後に既に不渡手形《ふわたりてがた》として、内閣は総辞職をしてしまったのである。しかし、彼、大蔵大臣の声明に従えば、結局、モラトリアムの原因は、中小商工業者の、放縦にしてかつ無反省なる所業によるものであると云うのだ――。

――冗談いっちゃいけねえ――。

腕を通さないで、オーバーを肩からひっかけた八尾が、笑いながら云った。

室《へや》の中には、四、五人の男がいた。若いレポーターの富ちゃんがいま号外を外部から買って来たのだ。

――すると？

富ちゃんは、文選工(25)であった。怜悧《れいり》で敏捷《びんしょう》な、色白のこの可愛いい若者は、熱心に訊《き》いた。

――元々は、大資本家さ、二、三の例外はあったにしても、根本は、商工業の不振――生産過剰だな、それに直接動機は、大資本家が帳尻を占めくくってしまったからさ――。

八尾は、胡坐《あぐら》かいた両脚の真ン中に、号外を置いて、云って聞かせた。一見女みたいな優しい容貌《ようぼう》と声とを持ってるのが、関東地方協議会本部の理論家として知られている彼の特異な点であった。

室ン中は、無気味なほど静かであった。そしてこの室は二階であった。表通りは電車が走っているが、室はレストラン・カナリヤの金看板で、外部と隔てられており、室の入口は、表通りと反対の壁に、小さく切られてあって、そこから狭い梯子《はしご》段《だん》があり、階下のレストランの裏口から——とんでもない、ある小寺院の墓地へ出ることが出来た。モ一つの西口に沿うた三尺襖《ぶすま》は、小さく仕切られたレストランの階上の客間に続いているし、階下の帳場へも降りられたのである。

要するに、この八畳くらいの、古ぼけた静物の油絵一つきりしか装飾らしいものはないこの室は、この室の所有主であるレストランの主人が、女給に特別の収入を得させる場所だったに違いない——

しかし、いま室内にある顔触れは、それらには至極縁遠い連中ばかりなのが、多少、グロテスクな室の面貌《めんぼう》に、かえって興《きょう》が添えられていた。

彼らは、この室内に入るまで、まるでイタチのように、墓地で、垣根で、レストランの入口で、何度も振り返って、自分にあしがついてるかどうかを確めてから入った。従って彼らは室内でも、ごく低声《こごえ》である如く、特殊の人々にだけしか、この室の在所《ありか》を語られなかった。

中井と、綿政とは、小さい机に向いあってしきりと、素人細工《しろうとざいく》な図面を描いていた。

——おい、今度の内閣は誰だと思う？

八尾が、ぽつりと、綿政に云った。

——そうだ！　こいつぁ考慮すべきことだな。

綿政は、顔をあげて振り返った。あぎとのしゃくれた、チョビ髭《ひげ》をどういう意味でか近頃蓄《たくわ》えたこの三十男は、顴骨《かんこつ》の目立った痩《や》せ型《がた》で、しゃがれた、ひょうと鳴るような声を出す。ひたいの皺《しわ》が年齢より老《ふ》けさせるけれど、精悍《せいかん》な気魄《きはく》は遺憾《いかん》なく現れていた。

——俺は、シベリアじゃないかと思う。

綿政は、筒《つつ》ッぽ(26)の和服を着ていた。

——君も、やはりそうか——。

シベリアとだけで、彼らの間で了解出来る人物は、無論、あのシベリア出兵問題の責任者、機密費事件で国民の脳裡《のうり》に鮮《あざ》やかな政友会総裁田中陸軍大将のことであろう。

——俺もそうだ——。

中井が、その渾名《あだな》(春日永《はるひなが》)と云われる馬面《うまづら》を、やっと机から擡《あ》げて云った。

彼らは、評議会本部の三羽烏《さんばがらす》であった。彼らは、たった一度も、大印争議開始以来、争議団のどこへも顔を出さなかった。争議団の者は、彼らの不誠意を洩《も》らしてる者すらあった。

だが、同じ小石川区内にあるこの室ン中へ閉じ籠《こも》ったきり、彼らは既に月余を経ていた。

それを知ってる者は、二、三の者でしかなかった。

――シベリアだとすると、こいつぁちょっと問題だなァ。

綿政は、そういいながら、また、図面を見入った。

――ウフン……。

八尾が苦笑した。彼は強敵が面前に現れると、必ずこの「ウフン」という苦笑をした。

ちょうど、そのとき――壁ン中の戸がコツコツと音をたてた。音は正確に、三つたたかれた。

――入れよ。

八尾が云った。眠っていたモ一人のレポーター清瀬が起き上って膝小僧を抱いた。

萩村が、入って来た――。

――ヨウ?

三人とも、振り返った。何か情報でも? といった顔付であった。

――あるんだ!!

萩村は、ひっちらかされた新聞紙や、紙切れの上に、どっかと坐りながら云った。

――これだ! 早い方がいいと思う。

紙片には、三行ばかりに鉛筆で走り書きしてあった。

――十九日、夕刻頃、会社側は、誘拐した徒弟の全部を自動車で、板橋町のある製粉工場へ、製本器具と共に送るはず――

とだけであった。紙片はすぐ皆の眼をとおった。

――どこから来たんだ?

綿政は、落ちついた調子で訊いた。

――宮池の手から、婦人部の春木君(高枝)を通していま一時間ばかり以前に、俺が受取った。

三人は各自に思案した。「早いがいいな」十九日夕刻といえば、モウ日暮れに間がない。

——こうしよう——え？

綿政が云った。四人の頭が擦《す》れ合って近寄った。レポーターの富ちゃんは、清瀬にささやいた。

——宮池君は、自首したそうだ——。

五分ばかり、協議がつづいた。中井は忙しく指令を認《したた》めた。

——おい、中井君、見とどけ役には、久下平三というのを、俺は推薦する。そいつなら大丈夫だ——。

指令が二通——、富ちゃんと清瀬に一通ずつ渡された。

——急いでくれ——自動車がいいな、注意してね——

八尾が、二人を見送った。二人は壁の中の切戸《きりど》から消えたが、すぐ違った方向へ二つに分れて飛んで行った。

——徒弟家族が、こんなものを会社へ叩きつけたそうだ。

萩村は火鉢へ手をさし出しながら、一枚の紙片をポケットから取り出した。

——こりゃ写しなんだがネ。

綿政が、披《ひら》いて見た。

決　議

今回の大同印刷株式会社の争議を見るに、会社は、全然、従業員の活路を断たんとするものなり、よってわれわれ徒弟父兄は、二千五百名の正義の士に同情して、われらの子弟は絶対に、争議期間中は慎重なる態度を持して、就業せしめざるものなり。

右決議す。

一九二六年十二月二日

徒弟父兄代表　久下源次郎他三十二名

──ホホウ──。

彼らは、覗き込んで云った。

──早く徒弟を解放しなくちゃ──

彼らは、この特殊な徒弟制度を心底から憎んだ。徒弟の搾取《さくしゅ》される程度は普通職工よりなお露骨《ろこつ》であることを、朝夕見せつけられていた──。

——封建時代のギルドが、東洋一を誇る最も進歩的な工場に、三百人もいるんだから凄《すご》いもんだなア——。

綿政も、八尾も顔を見合せて笑った。

萩村も、四、五年以前、第一回の悪法案反対運動の頃から綿政を知っていた。綿政はその後専心運動に入り萩村は工場で引きつづいて働いていたため、この二、三年は顔を合わさなかったが、洲崎《すさき》の埋立地で、あの軍閥の手に殺された川合や山岸、それに綿政らと一緒に検束されて留置場に打《ぶ》ち込まれたのが、萩村の上京最初の記憶であった。

千軍万馬の古武士といった頼もしさが、この筒っぽの(この風俗も、五、六年前は同志間に流行したもの)三十男の額の皺に刻まれてあった。

——あ——君、いいところへ来た。ちょっと手伝ってくれよ。時間が空いてるか？

綿政が思いついたように云った。

——ああ、一時間くらいなら大丈夫だ——何だい？

——工場と工場の周囲の地図を作るってんだ。君ぁ、工場の内容は精通してるはずだな。

中井が、机から顔を離して云った。

――知ってるさ――便所の数まで知ってるよ。

萩村は、机の方へいざり寄って覗いた――。

――周囲の位地は、この東京市内地図で、こんなかっこうに出来上ったんだ――が、この肝腎《かんじん》な白い部分に、工場の内部を大略描き込まなきゃならないんだ。――

萩村は、別の紙を拡《ひろ》げて、概略を描いた。

――この左右の工場を貫く構内道路が、約三丁余、それからこの辺で――丁字形になって、その尖端《せんたん》が、植物園坂下につづき、左右の裏門は、清水谷と伝通院坂下に――ね――工場の内部の出入口は――と――。

萩村は、精細に描き始めた。工場の内容は自分の寝起《ねおき》する室の畳数より、もっと、ハッキリしていた。彼らの生活は大部分がそこにあった。

彼らは、四人集まって、工場の数十の出入口に、いちいち赤線を引っぱったりした。

萩村が来たので、地図は間もなく出来上った。

――何に使用するか――

それは、萩村にも想像出来たし、ほぼ見当がついた。しかし、それは訊ねるべきでなかった。

いつの間にか、室内は薄暗くなっていた。八尾が、電灯のスウィッチを捻《ひね》った。

――もう、かれこれ、その時間だな――

綿政は、レポの帰りが気がかりだった。

途端、室の隅っこで、チリチリと鈴の音がした。

――来た、電話だ!!

八尾が受話器を拾いあげた。

用意周到に、電話も階下へ接続して室の隅に隠されてあった。

――アッ、久下からだ!!

八尾は、振り返って皆の顔を見た。

2　銃　声

小石川指《さし》ヶ谷《や》町の十字路、白山芸者街に入る右手の、公衆電話の赤いボックスの傍《そば》を一人の黄色っぽい作業用のズボンを穿《は》いた少年が、往ったり来たりしている。彼は約一時間前にレストラン・カナリヤの二階で萩村が推薦した、徒弟三百人から選ばれた久下平三であった——。

軒並の電灯が、灯明《あか》りを増してゆく夕暮の街路は、この少年の存在に、何の顧慮《こりょ》も持たなかった。電車が駛《はし》り、自転車が往来し、人が早足に行き過ぎた。

久下は、要領よく、右方を覗き、左方を振り返って、それからゆっくり、赤いポストの辺まで往って、また帰って来た——。

薄汚れた顔や手足、目立って低い鼻が、かえってこの少年を愛嬌《あいきょう》よいものにしていた。

旦那らしい紳士にお供した舞妓《まいこ》の一人が、紅い振袖《ふりそで》をツト避けさして、この少年労働者の傍を通り過ぎた——その咄嗟《とっさ》少年はこの舞妓を押し退《の》けて、左手の雑貨店の飾《かざり》窓《まど》の蔭まで身体を辷《すべ》らした。果然、彼の見やった電車線路のなだらかなカーヴの折れ消えた辺から三台の自動車が、縦列に続いて疾駆《しっく》して来たのだ——。

——来た？

久下は、ズボンのカクシに両手を突っ込んで、出来るだけ背後の飾窓から放射されてる電灯の光線から身体《からだ》を隠すように跼《かが》んだ。

幌型《ほろがた》の、新しいやつが二台、三台目は、彼にも見覚えのある会社の二噸積《トンづみ》のトラックである――。

三台の自動車は、目にも止らぬ速さで、眼を光らせた少年の約三、四間《けん》前方を、疾《はし》り過ぎた――。

こいつだ！　この自動車だ!!

三台目のトラックに、製本器具や折りのままの刷本《すりほん》を積んだその間から、顔だけを覗《のぞ》かせている少年達の顔――見覚えのある同僚の顔――おうーい――と危なく平三は、声を立てるところであった。

2―091　2―091と、トラックの背後に、揺れ動く自動車番号を、少年は大事に読み取って口の中で呟きながら、すぐズボンから取り出した紙片に書き写した。

まっしぐらに――二台の自動車と、一台のトラックは、ほとんど間隔もおかずに、白山の坂上を、かけのぼり、左に折れて見えなくなった。

畜生ッ――皆なをどこに、伴《つ》れて行きやがるんだろう？

徒弟保護の名目の下に、少年達の一部分を争議団から奪い去った会社は、暮夜ひそかにこれらの少年達を、どこへ連れてって、監禁と同様に、作業を強いようとするのだ？

久下は、公衆電話のボックスの、かたい扉を開けて内部へ入った。

——ああ、特本の八尾さんですか？

彼は、明瞭に報告した。——しかし、彼の云うことは、ちょいちょい符号が挟まれてあって、他の者は偸《ぬす》み聞きしても判断はつかぬであろう。

——2—091——え、そうです。新しい幌型の自動車が二台——白山坂上を、左へ消えました。——

——え？　間違いありません。友達の顔が、トラックの中にいました——。

受話器を置いた彼は外へ出た——任務は果した——久下は、しっかりした足どりで口笛を吹きながら、十字路を反対側に踏み切り、植物園坂の暗い闇《やみ》の中に消え込んだ——。

＊　＊　＊

しかし、任務は、まだこれからの、一団があった——巣鴨《すがも》と板橋町の中間、庚申塚《こうしんづか》の、歯の欠けた櫛《くし》のように軒並の電灯が減った町外れに、二台の自動車が、客待ちでもするらしく、ライトを消してうずくまっていた。

真暗な車内には、二台とも三人ずつの若者が眼を光らせている。

前方の運転手台にいた帽子を冠《かぶ》ってない近眼鏡をかけた男がひょいと、首を出して、後方の車内に呼び掛けた――。

――黒岩、お前、六時と七時とを聞き違えたんじゃあるめえな？

声に応じて、鳥打を冠った男が、ヌッと半身を突き出した。素敵に太《で》っかい男である。

――いいや――

云いかけて、彼はごそごそ降りて来て、眼鏡へ顔をよせてゆきながら――

――大丈夫だ。指令書で見たんだ。聞いたんじゃねえ。もし間違いがあれば、留守番から通知が来るはずだ――。

と低声《こごえ》で云う――。運転手が寄って来た。

――君ね、引き揚げる合図は、ラッパでしたがいいね、怒鳴ったって聞えないぞ――。

運転手も、運送部の争議団員であった。肩を叩かれた機会に、眼鏡は道傍にしゃがんだ。

前後の車内から、居残った四、五人が降りて来た。

――が……おい掛川、徒弟がたくさんいたら、自動車に乗せ切れないぜ――。

ずんぐりの坊主頭が眼鏡に云った。

――なァに、ちょっとの間だもの……第一、会社に虜《とりこ》になった徒弟の数が三十人位だから……せいぜい十五、六人だろう？

眼鏡は、呑み込んでいた。この連中では一等年配に見えた――。

――例の大和講談社の「キング」が、刷本のままである奴を、新年号に間に合わせるためなんだそうだ――。

――そんなことしたって追い附くもんか――黒岩が笑った。だが、闘いはいままったく、必死であった。小さく息づき、ちょっと伸びることは、さらに、大きく息吹き返し、無限に生長する黴菌《ばいきん》であった。ましてこの徒弟の場合は、争議団側が、いったん会社に奪い去られたものであるだけに、団員の士気にも影響した。犠牲を払っても、少年同志を奪い返すべきであった。

――おい、用意だ――。

前方の運転手が、輪をつくって打ち合せしている同志に告げた――。

――来たのか？

皆が伸び上るまでもなく、人通りも少くないこの町を疾走《しっそう》して来た自動車が二台、三台――。

――畜生ッ、ありがてえ！

前方三人は眼鏡、後方三人は太《で》かい男が、各責任を分担した。

――２―091――オーライ。

やりすごして、件《くだん》の自動車は、すぐライトを点じた。すさまじい爆音を、ピッタリと止めると、自動車は急角度に、カーヴを描きながら２―091を追いはじめた。

全く夜に入った板橋街道を、だんだん空疎《くうそ》になる左右の人家が、タイヤに触れた小《こ》砂利《じゃり》のように、撥《は》ねちらかされて、闇《やみ》をつんざきつつ、五台の自動車は、無言のまま、物《もの》の怪《け》に憑《つ》かれたように疾走した。

――どうだ⁉　活動写真を、地でゆこうってんだ――。

黒岩が、ニヤリとして云う。前方も後方も車内は、昂奮した空気でつつまれ、皆の顔は青ざめてひきつっていた――。

――おい、何だか、会社の自動車は、俺たちが追い掛けてるのを気付いたらしいぜ――。

運転手台から助手がわりの眼鏡が、車内に声をかけた。彼らだって、会社の工場内へ奪った徒弟を連れ込むことすら不可能なほど厳重な争議団の防衛に、寸時も注意を怠る訳はなかった。

トラックは、赤羽橋《あかばねばし》の踏切を、真直《まっす》ぐ踏み切ってしまった――。これは意外であった。レポによれば彼らの目的地はこの板橋町の××という製粉工場であるべきだ。それは、この線路を踏み切らず、線路に沿うて、右折すべきであった。

――フーム、そうらしいな。奴《やっこ》さんたちまくいく気かな？

躊躇《ちゅうちょ》なく、二台の自動車も、線路を踏み切った――板橋町の家並も、次第に空隙《くうげき》が出来、いつか、両側とも田圃《たんぼ》の街道を駛《はし》っている――五分――七分、板橋町は、既に右手のはるか後方に、わずかに夜空に仄明《ほのあか》るさを止《とど》めて見えるに過ぎない。

――どこまで行くんだ――

次第に、夜風の寒さと、近づいてくる戦闘を前にして、皆の身体は緊張して来た。

――アッ、畜生ッ迂廻《うかい》するんだ。

眼鏡が怒鳴った。後方の黒岩が首を突き出した。

――占めたッ！　追い抜けッ。

彼は、口いっぱいに風を喰《くら》いながら怒鳴った。

――用意ッ。

前方から彼方へ、命令が伝わった。この機を逸《いっ》しては、不利だと眼鏡は考えたのだ。

――さあ、この玩具《おもちゃ》の拳銃に、口を利《き》かせるのが俺の役目だ。

前方の車内で、ずんぐりの坊主頭がシャツ一枚になって身支度した。しかし、この拳銃が玩具であるか真物《ほんもの》であるかくらいは、彼の凄《すご》い面附《つらつき》が問題にしてなかった。

自動車は、全速力で砂塵《さじん》をまいた！　十間、八間――五間――。

街を左折した。飯能《はんのう》へ通ずる旧国道は、いまにもパンクするかと思うほど、車体を飛び上らせた。

――徒弟諸君、いまゆくぞッ。

声は浚《さら》われて、闇の中を、後方へすっ飛んだ。

――三間――一間――トラックを抜いた⁉

――止れッ。

先頭の車内から、坊主頭が、一番先頭の運転手台へ、拳銃を突きつけた――。

瞬間――彼の腕が感覚を失ってしまった。やられたのだ！　しかし、自動車は突きのめされたように急停車した。

——きさまッ。

黒岩が、トラックの上に飛び上って、棍棒《こんぼう》を持った黒い影に組みついた——。トラックは追突《ついとつ》を避けようとして、田圃の中へ片輪を辷《すべ》り込まして、斜めにゆがんだ——。

闇の底は、いちめんの刈田《かりた》であった。会社の自動車から飛び出した男は三、四人いた。彼らは棍棒を持ち、兇器《きょうき》をかまえて、刈田の中を暴れ廻った。

——焦《あせ》るな、用心しろ!?

眼鏡が、味方へ怒鳴った。乱雑に放射されたライトの光線が、傷ついた獣《けもの》のような、敵味方の顔を写し出した。

——早く降りちまえッ、早く。

片手を利《き》かなくした坊主頭が、怯《おび》えている徒弟を会社の自動車から降ろしてしまった。味方は苦闘であった。敵は兇器を持っていた。黒岩は組みつくことが出来ないで、じりじりしながら、田圃の中を追い廻された。

——野郎ッ。

辷《すべ》った拍子《ひょうし》に摑んだ石塊《いしくれ》を、振り向きざまに刃物を持った男に投げつけた――が、石塊は外《そ》れて闇に落ちた。――敵は真背後《まうしろ》で刃物を振り上げた。

――危ないッ。

眼鏡が飛んで来て、持ってた棍棒を抛《ほう》った。敵のひるんだ、少し仰向《あおむ》いた顔面へ、二度目の芥子《け》礫《しつぶて》が見事に当った。

――捲《ま》けッ、取り巻けッ――

眼鏡は指揮した。刈田の闇の中は異常な不規則な音響に顫《ふる》えた。礫《つぶて》が飛んだ――芥子礫が、味方の得意とする戦法であった。少年達が、各自に受取った礫で、掩護《えんご》射撃をした。敵が暴力を稼業としてる輩《やから》にしても味方は多数であった。途端――闇の中に、マッチを摺《す》ったような尖火《せんか》が閃《ひらめ》いた――。

――畜生ッ。

黒岩が、背後からその男に組みついた。二つの団《かたま》りが転り合って黄臭《きなくさ》い煙が漂った。

――引き揚げろッ。

黒岩を援《たす》け起《おこ》して、眼鏡はまた怒鳴った。自動車のラッパがけたたましく鳴った。

二台の自動車の中に重なり合った彼らは、夜気迫る旧国道の闇の底に、眼を血走らしていた。

――糞ッ。

片手で眼を抑えて、よ、う、よ、う、土堤《どて》へ這い上って来た暴力団の一人が、自棄糞《やけくそ》に左手をグッと伸ばした。

瞬間！　二台の自動車は走り出した。バッ!!　と、硝子板《ガラスいた》を圧搾《あっさく》するような音響が、闇を劈《つん》ざいた。

――アッ――。

一番最後に乗り込もうとして、身体を浮かした眼鏡が、叫びをあげて、内部へ倒れ込んだ――。

淡い、黄臭い煙が、すぐ風にちぎれた。

闇――

灯を消した二台の自動車は疾風《はやて》のように、夜気を揺すぶりながら見えなくなった

――。

仮面を脱ぐ

1　市会議員

眠かった。無性に眠くて、萩村は、推理的に考えを纏《まと》めようと思いながら――それが不可能なほど眠かった――寒国育ちの犬の首っ毛のように、ふかふかした枯草《かれくさ》の中に頭をおっつけていると、ひとりでに朦朧《もうろう》として来た。

――いけない――努力して首を動かした――彼ら調停者団は、要するに、本質としては、同じブル(27)勢力だ。大和講談社長にしても、井下にしても、石川にしても、誰にしても同じだ。結局決定的な対陣として見る場合は、彼らは断じて中立ではない――中井はそう云う――だが、そう簡単に片付けていいか――講談社長国尾氏は、顧客《とくい》としてほとんど絶対的な権力を持っている、他の印刷資本家にしろ、出版業者にしろ、それぞれの牽制《けんせい》力を持っている、大正十三年度の争議の経験は、この大きな特殊性を利用したことに、一つの勝因があったように、高木達は解釈している——特殊性は要するに特殊性であって原則ではない。蹴ッ飛ばしちまえッ！　今日の客観的な情勢は、もう見限《みき》りを付けるべきだ。

——と中井はさらに云う、大正八年以来の高木や俺たちの頭脳に黴《かび》が生えたのか！　それとも中井に誤謬《ごびゅう》があるのか……。

——おい起きろ——。

犬ころのように丸くなっている彼の背を、誰かが泥靴で揺すぶった。

——よせったら——

萩村は、なお丸くなって、快味に離れかねた。が、思索は朦朧となり、推理は乱脈になった。

——ああ、眠いな——畜生ッ、誰だ、蹴っ飛ばしたのは——

彼はこう云ったが起き上るのではなかった。自棄《やけ》に欠伸《あくび》と一緒に大きく背伸《せのび》したが——そのとき陽のまぶしさを避けて細かく開いた彼の眼界に、御殿女中風な、綺麗な女が、下手《しもて》の古めかしい太鼓橋を渡って来るのが映った——。

午前の太陽に、彼らの寝そべってる築山《つきやま》の枯草も暖まって、周囲の灌木《かんぼく》や、自然の地形を利した中腹が、凸レンズの底のように、陽だまりをつくっていた。

市内の中央に、これはまためずらしい仙境であった。山があり、樹木があり、谿《たに》があり、橋があった。数人の庭師と、庭僕は、この一万数千坪の庭園の無数の樹木の虫を除《と》り、庭上の塵《ちり》を掃《は》き清めることによってのみ、この自由平等の聖代《せいだい》に、その生存を許されていた。

電車の騒音も、自動車の喚《わめ》き声も、この仙境からは遠ざけられていた。

――おい萩村、起きろ――

丸められた枯草が、彼の顔を埋《うず》めてしまった。萩村が、不機嫌に口に入った枯草の屑《くず》をペッペッ吐き出しながら起き上ると、そこに山浦と、亀井が笑っていた。

――チェッ、この野郎！

投げ出されてる山浦の泥靴を摑むと、萩村はグイと引ッ張って築山を駈け下りた。山浦は、ぼろっ屑のように転がりながら、笑い声を咽《む》せばせてあやまった。

築山のてっぺんの阿家《あずまや》で、皆が萎《しな》びた蜜柑《みかん》のような顔をならべていた。高木、中井、石塚、山本、寺石、安藤、鶴見、上野山――彼らは、人間が何日眠らなかったら狂人になるだろうかと云うような問題で、自分達の眠気《ねむけ》をさまそうとしていた。眠気を利用して罪人を白状させることや、また同一な作用で、子守娘が主人の赤ン坊を揺籠《ゆりかご》の中で窒息《ちっそく》さしてしまったという露西亜《ロシア》の小説や、また極度の眠気に錯覚を起した数百人の労働者が、猛獣のように唸《うな》り喚《わめ》く数十の輪転機に鉄棒を振りあげて躍りかかっていったという西欧の小説等――。

――俺達も錯覚でも起すかな――

高木が、ひびきのない嗄《しゃが》れた声で笑った。そこへ先刻の御殿女中風の女が、コーヒーを持って現われた。鄭重《ていちょう》で、謙遜《けんそん》で、それで白歯を見せない女中は、すっかり買い馴らされていた――。萩村達が、灌木の間から出て来た。

――おい萩村、コーヒー飲めよ。

高木が怒鳴った。女中は、一人一人に、銀製の水注《みずさ》しみたいな恰好《かっこう》したもので、注《そそ》いで廻った。

――たくさんだ――、モウ昨日の昼から、コーヒーばかり五十杯も呑んだぜ。

萩村は、ずけずけ云って、腰掛《こしかけ》に割り込みながら、透明なガラスみたいに底を見せない女中を睨《にら》みつけた。

――萩村君、あまり睨むなよ、薙刀《なぎなた》持って来られるぜ！

高木が茶化《ちゃか》したので、さすがに女中も失笑した。全く、女中、書生までが、大和講談社式に造作《ぞうさく》されていた。

こんな場合にも、笑わないのは中井であった。春日永にちょっと曇《くも》りを見せて黙り込んでいた。彼の好敵手に技術印刷社長の皆山があった。

——いい場面(馬面)だな。

と山本が、昨夜のシャレを思い出して、そう云いながら女のような笑い声をたてた。皆も一緒に失笑した。それは昨夜、争議団側交渉委員の控室に皆山が来て、会社側の回答の遅延するのを申訳《もうしわけ》に来たとき、中井が、同じ程度の荘重《そうちょう》さで応対したのだが、そのとき鶴見が——いい場面(馬面)だなと洒《しゃ》落れたのである。さすがに中井も苦笑しながら熱いコーヒー茶碗の湯気を吹いた。

——ときに、どうするね。

高木が改まって云った。調停者達は、鄭重な紳士的態度で、招致しておきながら、会社の回答を未だに齎《もた》らさず、夜も明けてしまったら、さらに午前十時まで待ってくれと云う。

——今、午前九時だ——調停者側の三回目の申出を承諾して十時まで待つか、また引き揚げてしまうか、制限してそれだけを決定しよう。

亀井が起《た》って行って、四辺《あたり》を見張った。問題は簡単だが、そこにブル調停者との懸引《かけひき》があった。それが労働者達を悩ました。彼ら短気な職工達は、いわゆる「腹芸《はらげい》」なるものが不得手《ふえて》であった。彼らは純理論に立ち戻ってはまた出直さなければならなかった。

——ちょっと中止しろ。

亀井が怒鳴った。彼は、ホンのすぐ間近の灌木《かんぼく》が不自然に揺れ動くのを発見したからだ。皆が、亀井の方を振り向いたとき、学生服でキチンとした少年が、ヒョコリと飛び出して来た。

——電報です。

少年は、高木のところへ紙片を差し出した。彼は、本部付のレポーターであった。

高木はすぐ封を切った。

ゴ一シトウキヨウエキツク、オタ

紙片が皆の手をグルグル廻った。微笑が、萎《しな》びた彼らの顔をくすぐった。

——帰っちまえッ——

電報は大阪の総本部からであった。中央委員長の小田が、今日やって来るというのである。

——じゃ調停者団に対する態度は、さらにモ一度小田君を加えて討論することにして、今日は引き揚げよう——。

中井は、黙って肯《うなず》いた。この男は滅多に口を利かなかった。彼の調停者に対する意見は、明確な推理の堆積《たいせき》であった。彼は確信が付かなければ口を開かなかった。

そして、この長面《ながづら》の男は、例のレストランの二階の室《へや》と、争議団表面の組織との楔子《くさび》となって重要な役割を果していたのだった。

彼らは、仙境から解放されて、子供のように築山《つきやま》を駈け下りながら灌木の茂みに消えたが、やがて大玄関前の車寄《くるまよせ》のところで、見送って如才《じょさい》ない笑顔を振り撒く井下や、皆山に簡単に挨拶して引き揚げてしまった。

＊　　＊　　＊

——争議団の諸君は、帰りましたか——

井下と、皆山が座敷へ帰って来たとき、国尾氏が云った——純日本風な室内は三十畳もあろうかと思われる広さであった。欄間《らんま》の結構と、天井板《てんじょういた》の木目《もくめ》が、室内をひどく落着かせていた。取手《とって》に朱房のついた一間唐紙《いっけんからかみ》が、維新当時まで、大名の邸《やしき》だったという経歴を、その色紙模様に、支配階級の変遷を物語っていた。室内には六、七人いた。国尾氏は、肥大した体軀《たいく》を紫綸子《むらさきりんず》の褥《しとね》に据えて端然《たんぜん》としていた。井下は、自分の座にすわりながら、気軽に微笑《ほほえ》んで、

——どうも、職工諸君は性急《せっかち》ですからな——ときに、少しお寝《やす》みになれましたか?

室内の人々は、寝不足の舌には、何も美味でないことを考えていた。

——いや、どうも——眠るには眠りましたが、風邪が抜け切れませんでしてね——国尾氏は、コントラバスのような太い声を出した。そして言葉の切れ目に、咳《せ》き入ると、その二十吋《インチ》くらいの肥った咽喉《のど》が、雨蛙《あまがえる》が鳴くときのようにふくらんだ。

——いけませんね、お見受けしたところ、大層お丈夫のようですがね——もっとも、今度の争議じゃ、御心労も手伝うでしょう。

市会議員はお饒舌《しゃべり》であった。

大顧客の国尾氏の意を得ることに凹版印刷社長は努めたが、しかし、バスケットボールのような顔は、徳利《とっくり》みたいな掌《て》で、雅《みや》びた古青銅《こせいどう》の火鉢に、銀の火箸《ひばし》を突っ立てたまま、悠揚《ゆうよう》迫らざる態度を失わなかった。

彼ら紳士達は、昨夜から既に五回室《へや》を取換えた。この邸内には五十くらいの室があった。洋風、支那風、純日本風――そのたびに飲物を換え、食物を改めた。紳士達は種々な遊び方を知っていた――室内の装飾の変化ごとに、新しい話題が持ち出された――。しかし、この多芸多能な紳士達にしても、不審不可解なのは、争議団の幹部連中であった。長屋の塵埃箱《ごみばこ》から首を突き出したような、あの労働者達は、昨宵《ゆうべ》から今朝まで、コーヒーだけで坐り通していた。しかも彼らは看板を隠さなかったにもかかわらず争議団の腹ン中は、井下ですら読めなかった。ハッキリしていながら不明だった。その職工達と話していることは、燃え沸ぎる、急行列車の汽缶と向い合ってるようなもので、いつ炸裂《さくれつ》するか判らなかった。

――あの職工達は、よく「当然」という語を用いるが、われわれの「当然」と、彼らの「当然」は全然違った意義を持っているようですな。

ある有名な社会運動家で、Oという男に、仏蘭西《フランス》行の旅費を恵んでやったことによって、日本の社会運動は保護者《パトロン》によってなされているのだという見解を持ってる婦人界社長の松本氏は、この新発見を提唱した。

彼らは蛙のように、皆、口が大きかった。そのうちでバスケットボールが、蝦蟇《がま》であった。殿様蛙、青蛙、赤蛙、縞《しま》蛙、雨蛙——蝦蟇をはじめ、この「当然」の意義についての新提唱にも、興味を持たなかった。彼らはふくれて、会社へ使者にたってる常陸《ひたち》印刷社長と、経済新聞ダイヤ社長からの報告すらないことに、苛立《いらだ》っていた。出版業者——特に国尾氏にとっては、解決が一日遅れることによってだけでも、数万円の損害は確実なのであった。

バスケットボールの背後に、「是信是義」と書いた金泥《きんでい》の大横額があった。彼の所有する、数十台のトラックは「雑誌報国」の文字を連ねて、東京市街の交通危険率の何パーセントかを増していた——全国の出版物総数二十パーセントを占《し》むるといわれる講談社の各種の雑誌、単行本、教科書の類は、すべて大同印刷会社の製作であり、大同印刷会社一千万円の資本は、この大顧客によって、その株価をつりあげてさえいた——米国のカーチスと日本の国尾——完全に世界的出版王国の君主として、このバスケットボールの肖像を、全国の大新聞が、やがては全国小学児童の教科書材料たらしむべく、掲載報道したことも、あえて誇張ではないであろう。

しかし、こまったことは、この世界的バスケットボールを悩ますものに、世界的流行のストライキがあった。「是信是義」彼が五百万の読者階級に普《あま》ねき立志伝の「五十円の古本屋」から始まって今日に至るまでの苦闘史中「満身是胆」を以《もっ》て、動かぬものはなかったが、この世界的流行ばかりは、施《ほどこ》す術《すべ》がなかった。彼は「雑誌報国」の精神からしてもこの世界的流行を撲滅《ぼくめつ》しなければならぬと考えた。毎月の刊行雑誌五百万部を以て「四条畷楠正行《しじょうなわてくすのきまさつら》」の尽忠を説き、「君子二宮尊徳《にのみやそんとく》」の勤勉を教えた。だが、この世界的流行は、ますます蔓延《まんえん》の兆《きざし》を昂《たか》めるだけであった。しかも、今回の争議では、まさに、従来の記録を破った長期間であり、また大規模であった。彼はかつて、自分の愛子二人が、一度に流行チブスに襲われたときのそれよりも、モッと憂鬱になっていたのだった。

各種の刊行物は、遅延したり、あるいは休刊したりせねばならなかった。少数ずつ、他の会社へ分担しても、大同印刷ほどの生産能力がなかった。

――どうです、印刷工場を、御自身で経営になったら――

松本婦人界社長が、とりなし顔に勧めた。

――われわれと違って、たくさんの出版物だから、その方が御利益でしょう。

事実、そうであった。他の印刷会社の株までかなり買い込んでいる彼としてみれば、それを計画してみないではなかった。だが、彼も低能ではなかった。労働者を使用することは彼の会社に使用している編輯《へんしゅう》事務員や、記者たちのように、従順ではなさそうに思われた。世界的流行は自他の区別等は、毛頭なさそうに考えられたのだ——事業者間に定評ある彼の従業員操縦の手腕を以てしても、到底自信はなかった。

——いやとても、われわれ輩には資力がつづきません。

バスケットボールは、危なく脱げそうな「忠臣孝子」の仮面を、女性的な謙譲によってやっと繕《つく》ろった。そこへ、書生が襖《ふすま》を開いて、閾《しきい》に手をつかえた。

——井下様に、お電話でございます。

「ほう来たかな」井下は気軽く立ち上った。他の者も、どんな回答だろうと予期した。彼らは各自《てんで》に自分達の有利なように考えた。

——出版業者は、何でも早く、一日も早く解決すればよかった——印刷業者は、交渉が決裂して、長びけば有利であった——この矛盾した利害の相背離《あいはいり》は、印刷業者の顧客抱き込みの野心によって繫がれていた。そしてその背景《バック》には、印刷同業組合の葛藤《かっとう》——いい換えれば、反大川熱《アンチ》、すなわち財閥の暗闘という変則的な詭計《トリック》があった。

井下は、解せぬ顔《げ》して、すぐ座へ戻って来た——そして皆が口を切らぬ以前に、

——渋阪男爵から、至急来いという電話ですが——どうも変だ。

彼はバスケットボールに、会釈しながらさっさと身支度した。

――ちょっと一時間ばかり失礼さしていただきます。用事が出来ましたら、京橋第一相互ビル八五号室へ電話して下さい。

市会議員は慌てていた。渋阪は彼の親分であった。すぐ玄関前に廻された自家用のパッカードに飛び込んだ。

彼は揺れる車内で、先刻《さつき》の電話に出た渋阪の秘書が、「若大将がね――井下にも似合わぬぼんやりしたことをやる――ってぷんぷん怒ってるぜ、とにかく都合のつき次第、早く御機嫌を奉伺《ほうし》した方がいいな」と云った。友人の秘書なればこそ、注意したのだろうが――ハテそんなドジをふんだ覚えはないつもりだが――。

自動車は、江戸川橋から九段《くだん》へ抜け、宮城下の濠端《ほりばた》を沿い、馬場《ばば》先門《さきもん》から左折して、中央郵便局を左に見、右折して京橋の、星製薬の七層楼と対角に聳え立つ第一相互のビルジングの前で止った。

ちょうど、それまで、遅れるでもなく、追い抜けるでもない一台のオートバイが、そこで、スッと転廻して、東京駅方面へ――激しい交通車馬の間に見えなくなってしまった――が、井下は、毫《ごう》も気がつかなかった。

もちろん、自分の自動車番号――5―713を、どんな深夜でも、また規定以外の速力で疾走しているときでも、その番号の行衛《ゆくえ》を監視するところの機関が、自分が「うまく料理」してるはずの争議団に、組織されてあろうなどとは、夢にも知らなかったであろう――。

2　崖下の家

渋阪一門の御曹子《おんぞうし》は、若き代議士であり、帰朝早々の急進的新思想家として有名であった。デモクラチックなタイプと、ケムブリッジ仕込みの水際立った手腕とは、親父男爵の築いた礎石の上に、さらに新時代的な「アダム・スミスの富国論」に、色変りの花を咲かせていた。もし彼の直接面倒を見ている「東洋紡績」と「名古屋汽車会社」と「東京計量器製作所」の三模範工場がなかったら、わが内務省社会局の「工場労働調査」は、モッと貧弱になり、あるいは国際労働聯盟よりの、労働時間万国協定におけるわが日本の特殊例外の撤廃督促は、より厳重であったかも知れなかった。

しかし、この「新興日本」を代表する若き代議士は、昨夜、嗜《たしな》みある名流紳士としてのドライヴの帰途を、ある最も「芸術的なミュージックホール」で反デモクラチックを以て、平素の鬱憤《うっぷん》晴らしをしてしまったため、今朝は、すっかり疲れて不機嫌になっていた。

——井下君を呼んで下さい。

三、四人の面会者を処理して後、モウ一時間も先刻から、控室に待っているはずの井下の名刺を一瞥《いちべつ》してから、彼はボーイに云い付けた。

——サァどうぞ——お待たせいたしました。

案内のボーイより、モッと臆病になってる井下を、チラと見やってから、ちょっと腰を浮かして、二ツも大テーブルを隔てた廻転椅子を指した。(読者は御承知かも知れないが、かかる名流紳士が大きなテーブルを用いるのは芸術的教養と、事務的必要からのみでなく、彼の雅量と寛大を示すため、労働者の至極危険なる分子とも対坐する場合、その危険を防衛する意味から用いらるるものである) もっとも井下の場合は、この顧慮《こりょ》は不必要であった。昨夜の脂粉の臭気を、そのまま対客に、無遠慮に打ち掛けたりする東洋流からは、すっかり洗練されている御曹子であった。キチンとした英国風の服装に、隙《すき》を見せなかった。

——お電話だったものですから、とりあえず参上いたしましたが——

井下は、まだ「ぼんやりしている」自分の正体が、考え出せなかった。若き代議士は不機嫌に安楽椅子《ソファー》に身を起しながら、

――貴君《あなた》は、未だに、大同印刷の争議団に援助していられるそうですが、左様ですか？

「ええ」井下は、思わず尻を浮かせながら――

――援助？　援助と云いますと？

彼は、解せない顔付であった。

――こういう意味です――会社側と争議団側との中間に介在する、調停者としての貴君達《あなた》が、争議団の要求をかなり高度に支持して会社側を苦しめるような――たとえば意識的でなくとも、それが結果からしてもですね？

井下は、すっかり面喰《めんくら》ってしまった。

――それは当然でしょう――市会議員は電話で威嚇《おど》かされていなければ、口に出してこういうところであろう。もちろん、職工達を援助する意志などは毛頭ない。ないどころの騒ぎじゃない――が今日までの印刷同業組合内の財閥的経緯――しかも、こんどの事には、間接ながら、父男爵の息吹さえかかっているのではなかったか？　ま

して、彼自身は心中軽蔑《けいべつ》してはいるけれど、この若大将だって労働問題の研究者とか、デモクラシィの本家だとか、変なものを担ぎ出す人ではなかったか？

——井下君も、案外、古い考えを持っていますね——

代議士は、華奢《きやしゃ》な指で、チラと眼鏡のふちをいじくってから——この自分より年配の頭の悪い男をいじ悪く覗き込んだ——。

——では、君は、父が一昨日、大川氏と、自宅で会見したことなども知りませんね。いよいよ判らなくなった。——井下は威厳も体面も失ってしまった。

——貴君《あなた》の工場には、あの争議団が所属する左翼労働組合の組合員が、どれくらいいますか——判っていますか？

市会議員は、今度はあわてた——。

——二、三十人くらいいるかと思うんですが、ナニ別に大した……

彼は、ボーイが汲んで出した紅茶の上へ、危なく手を置こうとした。

——アッハハハ、それだからいけない！

「それだから、ぼんやりしていると云うんですよ」御曹子の眼は云っていた。彼はしかし口へは出さずに、徐《しず》かに、側の銀製の小匣《こばこ》から葉巻を出して、火を点じた。それからゆっくりとした態度で、鄭重《ていちょう》に「失礼します、貴君《あなた》もお点《つ》けなさい」と云って、深くクッションに腰をおとした態度は、井下の「ぼんやり」した個処《かしょ》を指摘するには百パーセントの効果を挙げていた。

——父と大川氏との会見は、むしろ私がすすめたんです。事業上のことはとにかく、この争議の一件についての——そう——会見は私が父を説き、大川氏へも一応通じたものなんです。

紫煙の間から壁装飾の銀糸の刺繍《ししゅう》のかかった大きな薔薇《ばら》が、カーテンから首を突ん出して嘲笑《あざわら》っていた。

——ハハア。

市会議員は、まだ話のあやが、呑みこめなかった。

——私も一通りは、労働組合の性質、機能というものを研究したつもりですが——いま貴君《あなた》の援助とか調停とかしていらるる争議団は、露国系統の労働団体ですよ。労働団体というよりは、むしろ思想団体といった方が近い!!

井下は、探していた人の顔が、チラと通り過ぎたように感じた。

——露国系統の労働組合といいますと——。

若い代議士は、じれったそうに――。

――ロシヤ社会主義聯邦共和国の息吹《いぶき》が、かかっているというんです！

市会議員は仰天《ぎょうてん》した。

――すると、共産党という――

――でもないでしょうが――あるいはそれに近いかも知れん！

若き代議士は、得意であった――。しかもその推察が外れたにしろ、その責任を持ち込んで来る尻はなかったし――しかしとにかく、この新思想家の見解に従えば、彼が英国仕込みの社会学知識の範疇《はんちゅう》においては、彼らはまさに「赤に属するものであり」彼の「研究・指導」の埒外《らちがい》に、容赦《ようしゃ》なく刈り捨てらるべき「毒草」であった。

――御承知の如く、私の所属する政友会は、今日中にも、大命を拝受するかも知れません。さすればこの大川、渋阪の会見は、あるいは政友会新内閣の政策の一機縁とならぬとも限らないでしょう！

市会議員は、小学児童のように、無邪気で臆病で畏《かしこ》まっていた――。

――いずれ事業上の協定は、後日にやるということに、父と大川氏の腹は、まとまっているそうです――で、その上また何とか、父から、あるいは私からか、お話いたすことにしましょう。とにかく、すぐ貴君《あなた》たちの印刷同業組合関係者は、あの調停者団から手をひかれたがよいでしょう。

――ハァ承知しました。

市会議員は、もうめりもはりもなかった。

――それから、至急、貴君《あなた》の工場のみでなく印刷同業組合に属する各印刷工場に、あの労働組合に所属する組合員が、どれくらいいるか調査して、その報告を、明日午前中までに通告して下さい。私はそれに基いて、ある政治家と会見いたす手順になっておりますから――

若き代議士は、事務的にどんどん話の極《きま》りをつけて行った。

――いやどうも、種々御配慮下さいまして――何とも年甲《としが》斐《い》もなく申訳ありません。

「ぼんやりしている」個所を、すっかり指摘されて、市会議員は悄《しょ》げ込んでしまった。

＊　＊　＊

「太陽のない街」から、二哩《マイル》も離れた地点に最高幹部会議が開催されていた――それが東京市内であるか、市外であるか不明であった。ただ彼らはある通信機関によって、×と○と△の印だけで、指定の地点と、家とを探し出すのが、毎夜の例であった。

それ故に、二十名足らずの彼らが、欠員なしに出席することは不可能であった。のみならず彼らは昼間の義務的行動の途中において、あらゆる他動的な障害が待ち設けていたのだ。

夜はすっかり更《ふ》けて小止《こや》みない空風《からっかぜ》が闇の中を狂い廻っていた。ふと、轟《ごう》ッ——という物凄《ものすご》い響《ひびき》が、頭の上に起った。六畳の室内にあった彼らは、驚いて顔見合せた。——が、それは、最終の西部郊外電車が通過したのだと判って苦笑した。なるほど、この小さい、蝦蟇《がま》がつくばったような平家は、鉄路沿いの崖下にあったことを思い出した——。

見合せた顔が七ツしかなかった——時刻は既に午前零時半であった——。

——もう三人来れば始められるんだがナァ。

高木が、三時間も坐り通しの退屈さで云った。

——珍客は、どうした——来るかい？

会計の松崎が、禿《は》げた頭を、黒い襟巻《えりまき》から覗かして語った。高木が、用心深く肯《うなず》いて見せた。

——やあ、遅くなりました。

石塚、中井、萩村、山本の四人が一緒に入って来た。

——なあんだ、これは——。

変装のつもりらしい山本の褞袍《どてら》の袖を、引っ張って皆が失笑した。

——よせよ、これでも当人は真剣なんだから。

石塚が、弁解するのか茶化すのか判らぬ調子で云った。

笑い声は、目白押しに坐った彼らの中で、噛み殺された。激しく風が打《ぶ》ッつかるたびに、不用心な雨戸が、ガタリと音をたてた。

——サァ始めるぜ——

高木は、ズックから、班長会議報告書、特務班指令通告書、新聞班、食糧班、警備隊各種の報告書を、書記に渡して、今夜の議題を云い渡した。
　1　調停者団に対する態度決定
室内は、煙草の煙で、皆の顔がぼんやり見えるくらいであった。議題は、皆を緊張させた。低声《こごえ》に、各自の意見が述べられたが、昨晩に比べると、山浦や亀井らも、中井の意見に同化していた。明《あきら》かに、高木、萩村一派の意見は少数となっていた。

中井は、黙々としていた。萩村もモ一度自分の質疑を確かめたら、自己の意見を撤回してもいいと考えた。

――俺はネ、本当を云うと調停者団を蹴飛《けと》ばすことそれ自体には、さほど重きを置かない。モッと、心配なのは、俺達(いわゆる、幹部全体をいう意味)が、あまり理論に拘泥《こうでい》しすぎて、ひどい逆宣伝の中に、争議団そのものまでが、不利に導かれやしないかと云うことだ――。

彼は、云ってる中《うち》に、いつだったか、ずっと以前の事だが、中井に「君ぁ、組合主義者となってしまおうとしている」と云われたことを憶い出した。

――俺達幹部は、組合員の過去一年半においてなされた訓練の価値をあまりに高価に見過ぎていやしないか――寺石君らのように「失業者がウンと出れゃ革命が早くなってなおいいや!」なんて、理論そっくりを皆の前に投げ出すなぞは、あんまり労働者の感情を踏みづけにしたものだ!!

「これは少し偏見だ」という気も萩村はした。しかし、云わずにいられなかった。山本や、石塚の顔を見ると、少し興奮さえして来た。

――第一回の好機を取り逃したことは、全く痛手だと俺は率直に云いたい――。さらに、団員全体は元気な顔で働いてはいるが、疲労はそう無限に働かせておくものではない。

後から後からのしかかるようなあるものが、彼の言葉をつづけさせた。皆は黙って萩村の顔を見入った。今日までの集会で、これほど手痛い自己批判は始めてだったからであろう。

——馬鹿な！

中井が、つぶやくように云った。萩村はギクッとした。彼が、こんな激越《げきえつ》な言葉を、討論の場合用いたのは、例がなかったからだ。

——萩村君の言うような気持は、萩村君だけではない——仮にそうしたくも、敵はそれは許さないじゃないか！

中井は、じいっと萩村の目を見入った。萩村は中井の馬面《うまづら》に光る小さい眼に、涙に似たものが、チラリと掠《かす》めたのを見た。しかし、それは瞬間だった。

——萩村君や高木君は、十三年争議の勝利の亡霊に取っ憑《つ》かれてるんだ！

中井の眼は、燃えていた。萩村は、不思議とその悪態に反感が起きなかった。

——俺達は、五十日間の闘争中に、急激な資本の攻勢に追い詰められたということを意識しなければならない——。第一回の会社の譲歩的な交渉申込みにしろ、あれは一時の休戦勧告に過ぎない――俺達は争議開始当時の一歩退却是認は、事実上、誤まった見解だったことを、この五十日間で実験したんだ。

皆は荒れ狂う外部の嵐の騒音の中に、自分の心臓の鼓動を、ハッキリ聴き知った。

――五十日の間に、われわれを、決定的闘争にまで追い込んだ客体は、第一に、国会議員の総選挙の結果において、軍閥派の政友会が著しい多数を占めたことと、第二に未だに不安の域を脱しない銀行の破綻、これらの綜合した内閣の総辞職がその第三だ――。

中井はそれで、しばらく黙ってしまった。誰かが、戸外に足音を聴きつけて、注意したからだ。

――よう――

待ち兼ねていた三人の男が、ヌッと顔を現わした。一等年配の肥ったいが栗坊主が、総本部の委員長小田であり、若い洋服の男が、評議会随一の雄弁家鍋川であり、モ一人の見すぼらしい和服の男が大阪印刷労働組合の美田村であった。

――御苦労――

無言の握手が、一わたり済むと、小田は、その人の好さそうな顔を、ニコニコさせながら皆の前に出して云った。

――ちょっと、挨拶する前に、報告したいがね――。

議長の高木が肯《うなず》いた。

――こんなニュースをある処で摑んで来たんだ――。例の調停者団から印刷同業者だけが手を退《ひ》いたということだ――。

――？　………。

皆は、眼を集めた――。

――下手な道化役者奴《め》ッ。

萩村は、響かない嘲笑《ちょうしょう》を、口の中でつぶした。疑惑の種だった、大川が渋阪を訪問したという一昨日の報告――また、今日、井下が渋阪の悴《せがれ》の所へ呼び付けられたという報告――

――来やがったな――

高木が唸《うな》った――。中井は、黙って天井板の切れ目を睨《にら》んでいた――。

―決―定―的―闘―争―

という文字を、皆は一様に空間に描いて凝視《みつ》めた――。

戦線

1　検束

荒れ狂う寒風が、清水谷《しみずだに》の丘陵からと、白山《はくさん》の森からの、両面から落ち込み、ぶっ突《つ》かり合って、呻《うめ》きをあげて渦巻きながら、雨に曝《さら》されたボール箱のように、ボソボソした長屋の群の頭上で竜巻《たつまき》のように舞い上った――。

――来たよゥ――おーい。兵糧《ひょうろう》が来たよゥ。

一番長屋の共同水道栓の傍《そば》で、赤い都腰巻(28)の女房が、洗いかけのおしめをたかくさしあげて怒鳴った。

電車道を突っ切って、馬の尻尾《しっぽ》のように跳ね上りながら、まだ暁《あかつき》の、この「太陽のない街」の中通りへ突進して来た一台のトラックを発見して、女房はおしめの滴《しずく》を、あたりへ振り廻しながら怒鳴ったのだ。

トラックは、見覚えのある寒冷紗《かんれいしゃ》の長い旗を樹《た》てて、米袋や、醬油《しょうゆ》、味噌樽《みそだる》等を満載していた。長屋からも五人も六人も、女房達や、ウソ寒い寝まき一枚の子供達までが飛び出して来た。

——どれ、どれ、あれは、あれはな——。

でしゃばりのおたつ婆さんが、皆の前へ突ん出て来て、大声で云った。

——聯盟のトラックだ。関東消費組合聯盟のトラックだよ——。

自分の名でも漢字で書かれては読めないおたつ婆さんが、眼前を激しい振動で走り過ぎるトラックの上に翻《ひるがえ》る旗の文字だけは、その恰好で見覚えがあった。

——ばんざあい。

トラックの上で、二、三人の男が幾本もの手を差し出した。

——ばんざあい。

女房や、子供達が、一斉に応じた。——なあ、見ろい、他の商人《あきんど》達の店はつぶれたって、どうだい、俺達の消費組合はあの通りだ、豪気《ごうき》なもんだ。

その朝も、お加代は青ざめた顔をして、寝床を脱《ぬ》け出した。彼女は、近頃宮池の夢ばかり見た。台所へ行って、竈《かまど》の下へ火を点《つ》けてから、顔を洗ってみたが、まだ夢の中の宮池の顔がこびりついていた。

　頭が重く、吐き気が胸先へ閊《つか》えていた。しっかりと、気を緊《ひ》きしめていても、千切《ちぎ》れてバラバラになるかと思うほど、手足がだるく感じられた。姉が妊娠という生理的な作用だと慰めてくれた。お加代はなるべく姉に、面倒をかけまいと思った。いちいち愚痴《ぐち》っぽいことを並べることは、勝気な姉の前で気がひけた。

　彼女は、近頃になって、時たまびっくりするほど胎児の動きをハッキリと下腹部に感じた。一月以前までは、その居場所さえさだかでなかった塊《かたま》りが、モウ動かせない、下腹部いっぱいの存在となって、ひょっとした空虚心に、つき飛ばされるような胎児の動きを感じて、彼女は子供のようにあわてた。会場で同僚と一緒に働いているときなどホンのねんねえに過ぎない桃割《ももわれ》の彼女の顔に、当惑とも、喜びともつかぬ不安な憂鬱《ゆううつ》が蔽《おお》いかぶさった。

　しかし、それも戦線におけるわずかの一瞬であった。食糧班や、行商隊の補欠に狩り出され、班内ではまた各種の任務が彼女を待っていた。

　昨日の午後から、第三班のお加代達の会場へも次のような決議文が新たに貼り出された。

決議

今回の大同印刷争議は、今春以来、会社側において計画されたる、労働組合掃滅《そうめつ》の、具体化であることは、該《がい》争議の発端《ほったん》よりこれを見るに明《あきら》かである。而《しか》して、この会社側の挑戦的態度は、疑うべくもなく、わが国資本家階級が、無産階級に向って放ちたる資本攻勢の第一矢である。しかも、彼ら資本家階級の過去において犯したる社会的罪悪は、今日に至り、既に蔽うべからざる政治的、経済的破綻となり、彼らはこれを労働者階級に転嫁し、失業と飢餓に陥《おとしい》るるの暴挙に、あえて出《い》でざるを得ざるに至らしめたものである。

今や、わが国無産階級は、虎狼《ころう》に等しき彼ら資本家の大攻勢の危険の前に曝《さら》されていることを意識せなければならぬ。この意味において大同印刷争議は、その使命の重大なるものあることを自覚しなければならぬ。

日本労働組合評議会第一回拡大中央委員会は、大同印刷争議に対して、全国の加盟組合に指令し、全評議会の闘争力を挙げて応援することを決議し、深刻化せんとする決定的闘争に絶対の捷利《しょうり》を期するものである。

右決議す。

一九二六年十二月五日

日本労働組合評議会第一回拡大中央委員会

この決議文は、一昨日上京した中央委員長の小田が自ら持参して来たものであった。闘争は明かに第三段に展開して、死命を決する白熱化は、極度の疲労にある争議団員をさらに勇気づけた。

各班の会場は、小石川を中心にして転々した。会社側とその筋の圧迫は、班会場を一週間と、同じ場所にとどめておかなかった。転々する会場へ、団員は朝七時から点呼を受けた。

お加代の属する第三班の会場は、小石川の延命院から柳町の寄席《よせ》へ転じ、さらに指《さし》ヶ谷《や》町の倶明寺に放逐《ほうちく》され、続いて本郷の神明会館へまで逐《お》われなければならなかった。

班組織は正副の班長に指導され、班委員会ですべてが決議された。各種の班自治機関の他に、班細胞があった。班細胞は、特務班に属し、直接最幹会議の統轄を受けて、あらゆる攻撃から班を守りまたは直接行動に出た。

各班は、三百人ないし四百人くらいずつに分割されていた。班は一つの社会組織であった。彼らは各自の危険を救済し合い、夫婦の葛藤《かっとう》をさえ、班裁判で決裁した実例を持った。彼らは一面ひどく無茶であったり、事大主義者であったりするが、どうかすると叡智《えいち》にも似た克明な批判力を持っていた。

班委員会を中心にして、班内に常に、活動する一つの輿論《よろん》があった。雨雪に堪え、嵐をふせいで、その輿論は、いつも班全体に君臨していた。最幹会議の指令書は、まずこの班の輿論に照合されなければならなかった。

しかし、輿論は、ごく稀《ま》れではあるが、会社側の流言や密偵の逆宣伝に、その中心を炸裂《さくれつ》されたかに見えることがあった。闘争の白熱化に従って班輿論は、咽喉《のど》まで石炭を呑んだ汽缶《きかん》のように、灼熱《しゃくねつ》して破裂せんばかりにふるえ沸《た》ぎることもあった。

会社側の密偵は、班細胞の針のように尖った眼さえ偸《ぬす》む巧妙さと大胆さがあった。密偵は、班の重要な役員に喰い入り、最幹会議の指令書を偽造し、班全体を奈落《ならく》に沈めんとする計画をすら実行しかけたことがあった。

また、班は彼らの家庭であった。朝、彼らは会場を掃除し、下足を揃え、所持品を監督者に預けた。任務期間外の者は余興の番組を造り、「彼らの演劇」も行った。彼らは意外の演出上手であり、また批評家でもあった。昼は、食糧係が、握飯《にぎりめし》を配って来、番茶を勧めて廻った。貧しい演壇は、彼らの議場であり、舞台であり、厳《おごそ》かな裁判廷でもあった。

恋物語がバラ撒かれたり、班救済委員会が班員達を粛然《しゅくぜん》とさせるような悲惨事を報告することが、また日ごとに多くなった。スパイは、要所に割り込み、制服は気弱な女子達を場外に追い散らし、流言は頻々《ひんぴん》と飛んで、輿論の咽喉を締めようとした。

班を聯絡《れんらく》して班細胞は、神経を尖《とが》らしていた。

一人の伝令が、自転車を三班会場の入口にほうり出すと班委員会へ飛んで来た。

――おい、今朝十時ごろ、この班委員会から、警備補欠の人員十名を借りるという依頼書を出したか?

鳥打《とりうち》に、半オーバーの青年は、顔を真赤にしている。居合せた班委員は、書類をめくるまでもなく、言下《げんか》に云った。

――出した覚えはない! 第一そんな必要がないんだ!

伝令は重ねて早口に云った。

——しかし、若林君、君の署名で、しかも、判が押してあるぞ——。

鳥打は、凍《こご》える手先を握り合わして、詰問《きつもん》した。班委員が皆で口を揃えた。

——断然ない——誰が、その依頼書を持参したんだ？

事態は判然した。依頼書を持参して第五班へ行った男達四人は、昨日から点呼帳簿に欠となっており、班訪問隊の報告書は、四人共申し合わしたように、「昨夜帰宅せず」——「家人の言明による」となっているのだ——。

班細胞は、直《ただ》ちに会場の電話で、特務班に移牒《いちょう》し、第五班の班委員会へ報告した後、伝令は再び自転車で争議団本部へ飛んで帰った。

その日の昼食後、お加代は、変な男に手招きされて、場外へおびき出された。色の黒い脂肪肥《ぶと》りのしたずんぐりぜいの三十五、六の男はインバネス(29)の下から、はだけた褞袍《どてら》の襟を覗かしていた。

彼女は、団員とばかり思った。気味の悪い男だと思ったが、他班から、この班内にいる女房らに面会に来る例は、ほとんど毎日だったから、彼女は、何気なく出て行ったのだ。

——君、お加代ちゃんでしょう？

彼女は不安な面持で、この気味の悪い男から、一歩退《さが》った。

——宮池君がね、あんたに言伝《ことづて》があるって云うんだが……

この男はスパイだ——彼女は誑《たぶ》らかされなかった。ツイと踵《きびす》を廻《めぐ》らすと逃げ出そうとした。

——ちょっと待てッ。

その恫嚇《どうかく》は、射すくめるような響《ひびき》があった。立ち止った彼女を睨《ね》めて、無気味な男は近付いて行ったが、がらりと調子を変えて、またニヤリとした。

——聞きたいことがあるんだ！

スパイは、そう云ったが、会場の入口ではちょっと拙《まず》いらしく、四辺《あたり》を見廻した。

そのときちょうど、大宅や、高枝や、松ちゃん、房ちゃん達が、ひょっこり電車道からやって来た。彼女達は、婦人部の遊説隊で、いま第三班へ廻って来たところだった。

——どうしたの？

高枝は遠くから発見《みっ》けて飛んで来た。

——会場へ入っちゃいなさい。あんなところへ愚図愚図してることはないわよ。

高枝は妹の肩を抱くようにして無気味な男の前から連れ去った。

――あんたありゃスパイよ。――何か訊《き》いてたわね。

お加代は、微笑《ほほえ》んで見せた。

――え、宮池さんのことを廻りくどく聞くのよ。だけどわたし、何も知らないって云ってやった。

だが、彼女は恐怖が、胸のあたりに残っていた。高枝は腹立たしくて、も一度その男を振り返って睨みつけたが、その男は依然、二人を見送ってニヤニヤしていた。

――ビクビクしなくってもいいのよ。あんな奴、いちいち怖がってたら、往来は真ッすぐに歩けやしない――だけどなんて嫌味《いやみ》な笑い方をするんだろう。

高枝は、赤ンべいでもしてやりたかったが、そのまま妹と一緒に二階になってる会場へ昇って行った。

――加代ちゃん、気をつけなきぁ駄目よ。

会場では、大宅部長が、例のまるっこいあぎとを突き出して、熱弁を揮《ふる》っていた。婦人部では、こののぶ子女史と、高枝が一対《いっつい》の雄弁家であった。

控室で、お加代も一緒になって場内を見ると、そこからは、皆の顔だけが、レンズの底のように、押しかたまって見えた。

まる二ヶ月も、苦闘に耐えてきた皆の顔が、ここで見ると余計親し気に見えた。弁士の熱と、皆の眼とが、チカチカと火花のようにもつれ散って、それが二、三度、皆の間に落ち込むと、やがて怒濤《どとう》のような叫びと拍手となって場内を揺《ゆる》がした。

高枝は、皆の顔と、自分の喋《しゃべ》る下書《したがき》とを交互に頭脳の中でもつれさせていると、突如、臨監(30)制服の鋭い声が響いて「中止ッ」……同時に場内が動揺し始めて、制服の佩《はい》剣《けん》がけたたましく鳴ったが、すぐ、落着いた班長の声が、それを押えてしまった。

——次に、同じく婦人部員春木高枝君を紹介します。

新たな拍手が起った。その拍手がやまないうちに、高枝はお加代を控室に残して、演壇に出て行った。

——争議開始以来、今日を以《もっ》て既に六十三日完全に二ヶ月をわれわれは闘いました、争議の勝敗はまず措《お》いて、われわれは、かかる資本の攻勢に対して、満身の闘争心と、団結とを以て、わが国労働運動史上に光輝ある記録を残し得ることは、単にわれわればかりでなく、日本全国、否、世界無産階級のために、万丈《ばんじょう》(31)の気を吐くものであります——。

語尾のくくりを、拍手の音に嚙みとられながら彼女は、ひっつめの洗髪を振りたてた。彼女の癖はテーブルの端へ片手を掛けて揺すぶることであった。熱して来ると、彼女の身体《からだ》は、聴衆へ向って突進して行きそうでもあった。彼女は、百パーセントのアジテーターであった。聴衆の心臓を摑むことは彼女が恋人の心臓を摑むことより巧妙であった。

彼女は、全争議団員のうちに起った種々な悲惨な実例を挙げた。そしてまだこれくらいのことで屁古垂《へこた》れてはならぬと云った。獄中にある犠牲者をわれわれは背負ってるのだと云った。

佩剣が、ガチャリと鳴った。「注意」と云われたのだ——彼女は出鼻を折られて、頬をふくらましたが、眼の色はキツく燃えるばかりであった。

——だが、わたし達は、単に犠牲者を犠牲者で終らせてはならぬ。いたずらに悲しむばかりが決して能ではない。その犠牲者を犬死《いぬじに》させぬようわれわれ自身が身を以て実践することだ——。

「中止ッ」ほとんど同時に「検束」という命令がキッと振り向いた高枝の耳を貫いた——駈け上って来た制服が、彼女の肩を摑んで引き摺った。班長が間を隔てようとしたが、遅かった——皆なが演壇に飛び上った。大宅部長も、お加代も飛び出して来た――混乱が……眼と、手と、口と、足とが……素晴らしい速度で廻転した。がしかし、完全な警察の手は、その混乱を片付けてしまうのに、五分と手間取らせなかった。高枝をはじめ、大宅部長や、お加代、その他二、三が、制服や私服に挟まれて、階段から下へ消えた――。

場外へ出たとき、高枝は、始めて、お加代が一緒に検束されてることに気が付いた。彼女は、狂人のようであった。見覚えのあるさっきの無気味な男が、真青になってるお加代の腕を捉えていた。

――その娘《こ》が――その娘が、どうしたというんですか？　その娘は……その……。

高枝は、拘束された身体を自由にしようと悶《もだ》えながら、背後の妹の方に、寄って行こうとした。

――放して下さいッ――放せッ――

彼女は、髪を振り乱し、跣足《はだし》のままで地団駄《じだんだ》踏みながら喚《わ》めき立てた――。

2　配　給

制服巡査と、守衛の五、六人が、厳重に固めている西口の会社の通用門を、先刻の

「関東消費組合聯盟」のトラックが、臆面《おくめん》もなく、酔っぱらった山車《だし》のように駛《はし》り込んで来た。

彼らの消費組合小石川共働社は、会社の構内にあったのだ。会社の事務所と一丁ばかり距《へだ》てて、紙倉庫に繋《つな》がって、彼らの小石川共働社は三本の赤線にPを浮《うか》せた労働組合旗と、COの字模様に、赤い星を染めた消費組合旗とを交叉《こうさ》させて、息塞《いきづま》るような対峙《たいじ》をもう六十日間も続けて来ていたのだ。

——畜生、だいぶ米を積んでやがる——。

請願巡査詰所《つめしょ》の中から出て来た、黒い背広のノッポの男が、トラックを見送って呟いた。この男は以前富坂署に勤務していたことのある警部補上りで、組合(争議団)の幹部らのツラを知ってる等の理由から、現在会社の庶務課長に出世している男であった。

——いかん!

彼は、一つ首を振ってから、大股《おおまた》に事務所の方へ歩いて行った。——合法ってやつが、奴らを、ますます増長させとる!

合法ってものは、いかなる場合に適応さすべきかを、この男はよく知っていた——。

東京府庁認可の購買組合ってぇのが一体なんだ！

共働社の表戸が開いて、十人あまりの従業員がトラックの周囲を護《まも》るように立ち並んだ。彼らは各自に薪《まき》を一本ずつ小脇に挟んでから、馴《な》れた調子で米袋を順送りに搬《はこ》び込んだ――ホイ、来た、ホイ――。

しかし、共働社の内部は、夜逃げした株屋の家みたいにガランとしていた。米倉庫も、薪炭《しんたん》置場も鼠《ねずみ》の出入口までが、すっかり剝《む》き出しになって、そこから冷たい風が破損した水道栓みたいに、シュッ、シュッと音をたてて吹き込んでいた。

六十余日の間に、彼ら争議団員達が、かつて血を以て積み立てた組合財産も、ほとんど最後の米一粒、木炭の一破片《かけら》まで焚《た》き尽した。それに手《て》酷《ひど》くこたえたのは、従来まで取引していた聯盟以外の二、三の問屋筋が、争議が激化して来ると共に、バッタリその供給を絶ったことだ。会社の干渉がそうさせたことは無論だが、覚悟はしていてもあまりにハッキリし過ぎていた。

――だからよ。

搬び終って、指先の除《と》れた軍隊手袋を脱ぎながら、鬚《ひげ》ッ面《つら》の聯盟常務員の広岡が云った。

——だから、一にも、二にも、われわれの聯盟を大きくすることが肝要だってんだ。俺はこの争議の経験からしても、無産階級的な消費組合は、絶対単独仕入を禁止することを主張するんだ。

この荷馬車挽《ひ》きみたいな五十男は、石のように頑丈《がんじょう》で、牛よりも忍耐づよかった。

大正九年頃から消費組合運動に入って、いくつもの労働争議と生死を共にした。弾圧を喰《くら》って放逐《ほうちく》されると彼は郷里に帰って、老母と共に小作《こさく》をした。そしてまだ余燼《よじん》がさめきらぬうちに、また東京へ飛び出して来ては、牛のように忍耐づよく米袋を運んだのだ。

——俺達は、俺達自身を強くしなくちゃいけねえ、まず第一に、農民の諸君と握手しなくちゃいけねえ、輸送機関の、汽車も汽船も、持たなくちゃなんねえ、都会では、まず強大な配給機関を確立しなくちゃなんねえ、各種の鉄工業から、一切合財《いっさいがっさい》の生産工場も、持つようにならなくちゃいけねえ——。

——分った、分ったよ——共働社常務員の伊藤が、手をあげて遮《さえ》ぎるように云った。

——お前に、談じ込まれたら日が暮れちゃうわ——。

傍《そば》へ寄って来た従業員たちがふき出した。事実、彼の執拗《しつよう》さにかかっては、孤児院の押売りだって逃げ出すに違いなかった。

——お前の談議聞いてたら、争議団の連中は涸干《ひぼ》しになっちまう。

今度は、広岡が真ッ先に、ケロリとした調子で、その鬚ッ面に固い皺《しわ》を波打たせながら、麦の穂のように健康な笑い声を立てた。

この男には、憂鬱がなかった。彼には「平時」がないように、いかなる場合も、健康で悠々とした「非常時」であった。

——おい伊藤君、広岡君——。

そのとき奥の当直室で、萩村の呼ぶ声がした。彼は昨夜班長会議の帰途からここへ来て寝ていたのだ。無理算段したり、聯盟の同志的寄附行為によって、今日の兵糧《ひょうろう》も来たものの、従来のように一般に配給することは不可能であった。已《や》むを得ず、班長会議は、もっとも危急を愬《うった》えている部分から、調査の上配給することに決議したのであった。

萩村は、班長会議議長として、各班から提出された調査係の伝票を集めて米袋の数と照らし合わしていたのだ。

しかし、労働組合としての萩村の立場も、独立した消費組合運動の立場からは、あるいは牴触《ていしょく》する意見がないとも限らなかった。消費組合を、単なる労働組合の附属兵糧部とする、誤まった旧《ふる》い観念から脱却すべきであった。

——では、聯盟として、本共働社として——。広岡と伊藤が入って来てから、仕切《しきり》戸《ど》を〆切《しめき》りながら、萩村は相談した。

——この争議の勝敗いかんにかかわらず、消費組合としても、労働組合としても、再組織する根蔕《こんたい》を失ってはいけないと思う、でその点について——。

萩村は、班長会議の決議を報告しながら、二人の意見を訊《き》いた。広岡は異存はないと云った。

——俺に云わせりゃ、モッと早く、そうして引き締めてよかったんだ。それがために消費組合運動の精神に悖《もと》るようなことなんかねぇ、断じてねぇ——。

——伊藤君——そのとき、従業員達が、戸の外から呼んだ。

皆、伝票を持って押しかけて来たぜ——。

——みんな、困ってるにゃ困ってるんだからね。

伊藤が云った。顔馴染《かおなじみ》の皆を、素手《すで》で追い返すには忍びないことだった。

——だが、まだ忍べるものは、何とかして忍ばなくちゃならん——。

萩村は、力を籠《こ》めて云った。云いにくいが、そう云って皆に諒解《りょうかい》して貰うんだ——。

——そうだ、俺が話してやる。

広岡は、真ッ先に立ち上って、仕切戸を開けて、表戸の方へ行った。伊藤も、萩村も後から続いた。

店先には、いつの間にか、三、四十人の、争議団の家族達が先を争って、片手に規定の伝票を差し上げながら殺到《さっとう》していた。

——おい、いい加減にしてくんないかよ。二袋はいけないってんだから、米一袋と、味噌と——。

伝票記入所の窓口にしがみついた婆さんが金切声《かなきりごえ》で怒鳴ると、背後のひっつめ頭髪《がみ》のお内儀《かみ》さんの背中で、後から押されるたびに、赤ん坊が、火のつくように泣き出した。

——伊藤さん——お内儀達は見知越《みしりご》しの彼に甘ったれて云った——あたいのは、ちゃんと書いてあるから、判だけ捺《お》してくれりゃいいのさ。

——駄目だッ——印刷工あがりのこの常任は、無愛想《ぶあいそう》で、おまけに、皆を追い返さなくちゃならないと思うと、余計自分自身に癪《しゃく》にさわって突慳貪《つっけんどん》になっていた。——

お前んち、四、五日前に配達したばかりじゃねえか、帰れ、帰れ——。

——あらッ——

お前と云われた伊藤の友達である喜ィ公の女房が怒り出した。

——四、五日前だから当りまえじゃないか。鳩ポッポじゃあるまいし、一粒ずつ食ってんじゃないぞ。この唐茄子《とうなす》野郎——。

そのとき、表戸を押し開けて、広岡が、持って来た椅子《いす》の上に乗っかると、大きな声で怒鳴りはじめた。

——諸君——。

——いま、俺の云うことを聞いてくれ。いいか、いまみんなが知ってるとおり、米が百袋と、味噌醤油を二樽ずつ運んで来たんだ。

皆は、見知越しのこの鬚ッ面が何を云うのかと思ってちょっと黙った。萩村は已《や》むを得ないにしても、こんな様子を会社の犬どもに見られるのは不利だと考えて、従業員たちにみなの背後で張番《はりばん》するように云いつけた。

——しかし、これだけでは、いままでのように、みんなに配給するには足りねえ——わかるか——すぐ二台も三台も搬《はこ》ぶことは、組合が貧乏になっちまったんで駄目なんだ。

一息に云ってしまう広岡の言葉を聴きながら萩村はみんなの顔をぬすみ見た。

——それでだ。争議団のうちで一等困っている人から順々に、班長会議、知ってるな、その班長会議が調査の上配達することにしたんだ。班長の方へ申し出れば、真実《ほんとう》に質草《しちぐさ》もなくなって困ってる人から、すぐ配給するんだ。

太陽が翳《かげ》ったように、暗い色が、皆の顔を流れるのが萩村達には骨にこたえた。

——おい大将、そいじゃ、今日は米くんねえのか——。

後方にいた老爺《おやじ》が、頓狂《とんきょう》な声で怒鳴ると、他の女房連や、子供達までが一度に、わいわい喚《わめ》き始めた。

——今日だけ渡しとくんなさいよ。

——この次から、そうするから——。

——飯だけ食わしとくれ、腹が減って戦争が出来るけぇ。

皆は銅像みたいに突っ立っている広岡のまわりに取り付くように、押して行った。しかし、この鬚ッ面の、荷馬車挽《ひ》きの銅像は、がっちりとして動かなかった。眉《まゆ》の根も寄せないで、お地蔵様のような顔で皆の顔を見廻してから、落着いたところでまた云った。

――誰かさっき、腹が減って戦争が出来るけぇと云ったな――ところが、俺達の戦争はお腹がクチくてやる戦争じゃねえぞ――なあいいか、腹はペコペコでも、石に齧《かじ》りついても、やらなきゃあなんねえ戦争だ――。

女房達は、この岩のような男の顔を、再びまじまじと見つめた。

――いいか、こう云ったって、俺達の、みんなの消費組合、関東消費組合聯盟は、決して皆が、涸干《ひぼ》しになるのを打っちゃっちゃ置かねえ、しかし、それだと云って甘えちゃいけねえ、何でもかでも、忍べるだけ忍ばなくちゃなんねえ。俺達消費組合聯盟に属する二十いくつの共働社の従業員は、この大印争議の勝利を期するため、「米なしデー」をやっている。「米なしデー」とは麦やなんかを食べて米粒を食わねえんだ。――

萩村も伊藤も、ゴクリと唾《つば》を呑《の》んだ。女房達は差し上げていた手を下ろし、肩を落した。一等前方にいた女房は、また細々と泣き始めた乳足らずの赤ン坊を邪慳《じゃけん》にゆすぶりながら、人混みをくぐって後方へ出て行った。

――それでもみんなは、都会の俺達労働者は、農村の小作人に比べれば楽なんだ。

年から年中、粟《あわ》やら、麦ばかり食って、小作人達はあんなに勇敢に戦っているんだ。なァいいか、みんなも「米なしデー」に参加して、争議が勝利となるまでは味噌汁は薄くしろ、菜ッ葉の代りにおからを使え。——

女房達は俯向《うつむ》いてしまった。広岡は、渋団扇《しぶうちわ》のような、両の掌《てのひら》を皆の上へ差し出しながら云った。

——なァ、みんな、どうにもやりくりがつかなくなったら、班長の方へ届け出な、なあいいか、俺達は命のつづく限り、お前さんたちの米を工面《くめん》する——忍ぶんだ、いいか忍ばなくちゃ、勝利は来ねえぞ——。

俯向いたまま、女房達や、老婆達は、一人去り、二人去った。それ故に、この荷馬車挽きの、あの硬い鬚ッ面の上を大粒の涙が、ポタリ、ポタリところがり落ちたのを、気が付かなかったであろう。

3　毒瓦斯《ガス》

追っ払われて長屋まで帰って来た女房達は、雛ッ子《ひなっこ》を奪《と》りあげられた牝鶏《めんどり》のように、ぶっつかり処のない憤懣《ふんまん》を、角張った頬骨《ほおぼね》に現わしながら、棘々《とげとげ》した調子で云い合った。

——おからを食った、牛みたいに会社の守衛共に、モーと吠《ほ》えてやるか……

喜ィ公の女房は、自分の家の入口で振り返って、甲《か》ン高《だか》に叫んだ。すると、この七番長屋の入口の溝《どぶ》ッ端《ばた》で、散り切れない五、六人の女房達が、一どに振り返って怒鳴り返した。

——吠えたくらいでおっつくか、阿呆……

実際、彼女達は、嚙みつきそうであった。質草だって、モウたんと残ってるわけでねえ——、工場に十年も勤めたために子供の出来ない喜ィ公の女房は、それでも、幅ッ広い肩の真ン中に、萎《しな》びた蜜柑《みかん》のような首を据えて、すぐはじけ出そうになる罵言《ばげん》をじっと抑えた。

——おから食ったり、粟を食ったりした揚句《あげく》に、争議に負けちまったら、眼もあてられねえよ。

袢纏《はんてん》で孫を背負った松太郎ンちの婆は、犬に追っかけられた牡鶏《おんどり》のように、ふかふかした足どりで、溝ッ端と、喜ィ公の女房の間を往来して愚痴り始めた。——また始めやがった。——喜ィ公の女房は首を振った。——この婆は、年中愚痴ってばかりいやがる、七番長屋の毒瓦斯《ガス》め！

そのくせ彼女達も愚痴《ぐち》りたかった。だがしかし、あの鬚ッ面は、彼女達の胴をしっかりと抱きあげていた。彼女は、戸の隙間から共働社の伝票を抛《ほう》り込むと、婆を押し退《の》けながら、女房達の方へ近づいた。そして、さっき広岡の身振りを真似《まね》て、両手を抱きかかえるように突ン出して云った。

——忍ばなくちゃいけねえ、ナアいいか、争議が勝利になるまでは忍ばなくちゃいけねえ。

しかし、戯《ふ》ざけたつもりの、笑ったつもりの彼女の顔面がすっかり笑い切れないで中途で凝結してしまったように、五、六人の女房達の顔も、少しも笑わなかった。

——まあいいや、心配することたあないよ。

吐き出す溜息のように、赤ン坊を抱いた源ちゃんの女房が、ぼさぼさ頭髪《がみ》の首を縮めて云った。

——お太陽《てんと》さまと、米の飯はついて廻るってから、何とかなるだろうよ。

すると、松太郎ンちの婆が、首だけ皆の背後から突ん出して、すぐ言い返した。

——ところが太陽《てんと》さまだって、この長屋にゃ顔を出さねえよ。御覧な——ほら、あの通り外《そ》ッ方《ぽ》向いているよ。

空ッ風の凪《な》いだ正午過ぎの、おだやかな白山の森の上に、弱々しい陽光が落ちているきりで、このトンネル長屋にはいつものように死人の眼のように濁った灰色の雲が蔽《おお》いかぶさっていた。長屋の軒や、溝ッ端に無数のおしめの襤褸《ぼろ》ッ切れが、滴《しずく》を氷柱《つらら》にしたまま棒鱈《ぼうだら》のようにぶらさがっていた。

――おお、寒い――。

源ちゃんの女房は、泣きもしない子の背をたたいて首を縮めながら、そのくせ、家ン中に入ろうとはしなかった。

火を燃せ、火を――

喜ィ公の女房は、ふと気がついたように、溝ッ端の、古び朽ちた木橋の丸太ン棒や、セメント樽の箍《たが》を外して持って来て、火を点《つ》けた。そしてブスブス燻《くすぶ》る煙の上に、パッと裾をまくって背後《うしろ》向きになりながら、都腰巻の赤いやつを、両肢《りょうあし》で踏みはだかって云った。

――ナァに、お太陽《てんと》さまが、外《そ》ッ方《ぽ》向きゃ、下から、どんどん火を燃して、黒焦《くろこげ》にしてやるよ。

てさ。

——そうだ、そうだ。お太陽《てんと》さまの黒焼は、一度喰ったら、生涯お腹が空かねえッ

今度は、皆が笑い出した。地べたの黒い霜柱《しもばしら》が解けて流れ出した。勢いよく燃え上るセメント樽の箍《たが》の火の粉が黒く凝結した溝の中へ、はじけ落ちて、じゅうじゅうと音を立てた。

——おや？

そのとき、女房達は、異様な物を発見した。

——何だい、あれは？

松太郎ンちの婆が、喜ィ公の女房んとこへ近寄って囁《ささや》いた。六番長屋から廻って来られるこの七番長屋の、一等向う端の家の前に不意に出現した二、三人の、毛色の変った貴婦人達があった。

コートを着た束髪《そくはつ》と丸髷《まるまげ》が一人、モ一人の洋服を着ている女が一等年嵩《としかさ》らしく、毛皮のついたオーバーを着て、帽子を冠《かぶ》っていた。女房達は眼を瞠《みは》った。

——薬売りでねえかよ。カバン持ってるよ。

婆が囁いたけれど、喜ィ公の女房は首を振った。薬売りでもない、産婆が三人も一

緒に来る訳はない、第一、あんないい着物は着ていない。

——あいつぁ、余《よ》ッ程《ぽど》金高の張る着物だよ。

喜ィ公の女房は、源ちゃんの女房に云った。

——うん、こんな処にちょいちょい来る代物《しろもの》じゃないねえ。

ところが、この貴婦人達は、念入りに、向う端から一軒ずつ、丁寧に声をかけ、そして返事がないと、ガタビシする引戸《ひきど》を開けて家ン中を覗き込んでいる様子であった。

——あらッ、おらんちを覗き込んでいるよ。

松太郎んちの婆さんはあわてた。——誰もいねえのに——。

——あわてなさんなよ、婆さんち盗まれるようなもの何もありゃしないじゃないか。

他の女房の一人が云った。奥様達は、だんだんこっちへ近づいて来た。そして、この焚火《たきび》をしている女房の一団を発見すると、年嵩の洋装が、まず足を停《と》めて、他の二人の奥様を顧《かえり》みて囁き始めた。

女房達は、不安な眼と口を開けたまま見《み》戍《まも》った。そしてすぐ、年嵩の洋装を先頭に、三人の奥様達が彼女の方へ歩いて来た。喜ィ公の女房は、いそいで裾を下ろして、都腰巻を押し包んだ。

――お見受けしますところ、争議団の御家族の方々のように思いますが……洋装は、馴々《なれなれ》しい調子で、小さい金具《かなぐ》の光るオペラバッグとかいうやつを持ち変えながら、深い毛皮の中で、福々しくくれたあぎとをうずめて微笑《ほほえ》みかけた。

女房達は、小学生が途中で校長先生に行き逢ったときのように、黙って、もじもじした。今度は洋装の背後で、女優のように綺麗な二人の奥様が丁寧に、女房達へ会釈《えしゃく》した。松太郎ンちの婆は自分達の方を顧みてから、決心したように、ペコンと一つ、頭をさげた。

――それで……、わたし共は――。

物馴《ものな》れた口調で、一枚の名刺を、押しつけるように、婆さんに渡してから、洋装は云った。

――争議団の御家族、特に御婦人方へ、御相談申しあげたいと思いまして、わざわざ推参しましたのですが――。

喜ィ公の女房は、字の読めない婆さんが貰った名刺を受取って読みながら、隣りの女房へ囁いた。

――東京仏教婦人聯合会っていうとこの、方々だってさ。――あの洋装が、幹事長ってんだよ。

そう云われても源ちゃんの女房には、ハッキリと呑み込めなかった。――仏教と云えば坊主だろうが、坊主の梵妻《ぼんさい》にしては、あの女達はあんまり綺麗すぎる――。

――皆さん御家族の方々には、こんな大きな争議のために、どんなにお苦しみでいらっしゃるかと実はわたし共も、蔭ながら心配していますような次第でございまして、今日は親しく皆様にお眼にかかって、御相談申しあげたいと思って参上いたしました。

女房達は駭《おどろ》いた。こんな綺麗で、えらい人々が、蔭ながら心配するほど、自分達は世の中から大事がられているのだろうか？　異人のように、高い鼻と白い皮膚を持った洋装は、しり込みする婆さんの方へますます親しげに近づいて云った。

――釈迦如来《しゃかにょらい》の仰《おお》せの通り四海は平等と申します。皆様の苦しみは、とりも直さず、わたし共の悩みでございます。どうか貴女方《あなたがた》の偽《いつわ》りのない御意見をお聞かせ下さいませ。わたし共も及ばずながらこの争議の平和な解決に努力いたすつもりでおります。

――

しかし、女房達はますます当惑してしまった。羽根箒《はねぼうき》でお臀《しり》を撫《な》でてられるようなくすぐったさだった。女優のように綺麗な髷《まげ》の一人が、用意して来たらしい手提《てさげ》の中からチョコレートを四つ五つ摑んで、源ちゃんの女房へ近づいた。――まあ、大人しい坊っちゃまでいらっしゃいますこと――。

チョコレートを差し出したが、痩《や》せこけた赤ン坊は、大きな眼玉を剝《む》いてるきりで、掌《て》を差し出す元気も失っていた。だから大人しいには違いなかった。

子供のない喜ィ公の女房は黙って、この綺麗な奥様達を見つめながら考えた――この狐《きつね》共は、俺達を騙すつもりじゃないか？

今度は束髪のコートが、松太郎ンちの婆さんの背中にいる女の児に、チョコレートをやりながら、誘惑するように云った。

――お可哀《かわい》そうに、お父様達の争議が、早く終ればよござんすのにね。――ねえ嬢ちゃま、お父さんがお帰りになったら仰っしゃいまし――早く争議をよして、花屋敷(32)へ連れてってちょうだいって――ねえ。まあ、お悧巧《りこう》さんですこと――。

喜ィ公の女房は、すっかり感付いた。源ちゃの女房の袖を引ッ張って云った。

――用心しなよ。ありゃ狐だよ。

髷と束髪は、女房達の中へ入って、チョコレートの誘惑を振《ふ》り撒《ま》いた。幹事長の洋装はまた優しい声を出して云った。

――あちらの長屋の奥様方とも相談して参りましたが、すべて争いというものは、両方共悪いと申さねばなりません。会社と同じように貴女方の旦那様も、意地とは申せ強情が強すぎる――手ッ取り早く申せば双方が譲り合わねばならぬと思います。

――来やがったぞ――喜ィ公の女房は、急いで女房達の袖を引ッ張った。

――女は女同士と申します。わたし共の意のあるところを貴女方から旦那様へお伝え下さいませ。貴女方のために、そして愛《いと》しいお子様のためにまず会社へ譲歩なさるように――さすればきっと、会社も折れて出るに違いありません。

石炭のように、硬くなって身体を熱くしていた喜ィ公の女房はこのとき不意に足踏みして怒鳴った。

――黙れ、狐ッ。

驚いて、きょとんとした洋装の高い鼻ッ先へ、喜ィ公の女房は、彼女達は怒るといつも雄弁になるように、顔を突き出してまくしたてた。

――何が、愛しいお子様だ、ヘン、何が四海平等だ。四海平等でねえ証拠に、お前さんのお召物とあたい達の襤褸《ぼろ》と比べてみな――平等だったら、取ッ換えて貰いましょうかだ。

「まあ、乱暴な方だこと――」髷は、背を小突《こづ》かれて蹣《よろ》めきながら、溝《どぶ》に足でも踏みこんだときのように眉根《まゆね》を寄せて振り返った。

――どっちが乱暴だい、云うことがいけ図々しいや、おめえさん達あたい達を切崩《きりくず》しに来たんだろう。お釈迦《しゃか》の化損《ばけそこな》いの狐めッ、会社の廻し者だろう――。

他の女房達も、くすぐったさから逃れて正気に返ると、急に元気が出て来た。

――何？　会社の廻し者かい。

源ちゃの女房が、大きな声で怒鳴った。

――お――い、皆な出て来な、会社の廻し者が、押し掛けて来たぞゥ――。

四人の貴婦人は、すっかり度胆《どぎも》を抜かれてしまった。女房達の喚《わめ》きに応じて、そこここの長屋から、子供や、女房や、老人連が飛び出して来た。

――どいつだ会社の廻し者は？

――溝《どぶ》へ叩っ込んじまえ！

貴婦人達は、色を失って、コートの袖等を引きさきながら、溝の木橋を渡って逃げ出した。

喜ィ公の女房は、燃えさしのセメント樽の箍《たが》を振り上げながら怒鳴った。

――一昨日《おととい》来やがれッ、この毒瓦斯《ガス》奴《め》ッ！

……だが、この信念深い仏教徒の貴婦人達はまたその翌日、性懲《しょうこ》りもなく、再びこの「太陽のない街」へ姿を現わし、今度は、第三本部の婦人部の入口に立っていた。

――婦人部長に、お目にかかりたいのですが、おいででございましょうか。

昨日の洋装は、淑《しと》やかに云った。受附にいた例のおぎんちゃんは、桃割《ももわれ》の頭髪を傾けて名刺を見ていたが、すぐ元気のいい声で言った。

――不在です。いても多分お眼にかからぬだろうと思います。

あまり不愛想な返事に、他の二人の貴婦人も顔見合せた。洋装が重ねて言った。

――御多忙だろうとは存じますが、ホンの五分ばかしでも……。

執拗《しっこ》く入口から離れようとしなかった。おぎんちゃんは、受附のテーブルの塵《ちり》をはたき出すように、怒鳴りつけた。

――婦人部長も、高枝さん達姉妹も、不在です。そんなに逢いたきゃあ、富坂署にお出でなさい。留置場であの人たちはモウ二晩も呻《う》めいているはずですから――。

4 歩哨

病人は、ほとんど眠れなかった。明方《あけがた》になって、霙《みぞれ》が、引立窓《ひきたてまど》の雨戸をたたき、トタン葺《ぶ》きの屋根を打ち、窓外の千川どぶの凍《い》てついたような水面をたたくのを聴いた。それほど――赤ん坊の泣き声すらしないほど、寂寞《せきばく》とした長屋に近頃はなっていた。関節の痛みに、ひしひしとこたえる底冷えをしっかと、枕を抱いて耐えながら、ぼろぼろ涙をこぼして呟《つぶや》いた。

――極道阿魔奴《ごくどうあまめ》ッ――。

内気で、優しいお加代までが、警察に拘引《こういん》されたことも、父親には、やはり高枝のせいだった。会社に労働組合が出来てからというもの彼の総領娘は、だんだん親と意見を異《こと》にして来た。ホンのねんねえだった彼奴《あいつ》は誰かに入れ智慧《ぢえ》でもされたように、すっかりいっぱしの考えで、親の命令にすら落着いた態度で反駁《はんばく》し、説教しやがるのだ。

――魔がさしたんだ！　あの狂人阿女《きちがいあま》は！

もし、彼の身体《からだ》がたっしゃであり、右手の手首がちゃんとしているなら――引き据えて性根がすっかり撓《た》め直るまで、擲《なぐ》って、擲《なぐ》りつけてやるものを――。

病人は、ふと壁際《かべぎわ》にある小さい机の上に、古ぼけた、突立ての本箱を見た――そこには赤い表紙の薄っぺらな本や、分厚《ぶあつ》な、学者の読むような金文字入りの洋式の本やが、十冊あまり重ねられてあった。高枝はよく、それを読んでいた――。夜業が終えて帰ってからでも、彼女が寝床の中へ持ち込んで読んでいたのを、病父は憶《おも》い出した。

――あいつだ、あの本だ――あいつが、高枝を狂人にしちまいやがったんだ――。

病人は、壁に身体を支えて起き上った。そして、便所にゆくときのように、慄《ふる》える足に力をこめながら、本箱へ近づいて行った。引立窓の隙間から、骨の髄《ずい》を刺すような風が、吹き込んで来た。病人は、窓を押して、自由の利く左手を伸ばすと、手荒く掴んで振り上げた。

――この貧乏神奴《め》ッ、消え失せろ。

本は、音もたてずに、千川どぶに、首を突っ込んだ。バラバラめくれた紙片が、だんだん白んでゆく、冷たい空気の底に、クッキリ浮き出て、落ち込んで行った――。

――お爺さん、お爺さん――何をするんだね？　短気起すでねえぞ。

呼吸を荒くし、眼を瞋《いか》らせて、一冊一冊に、新しい憎悪を籠《こ》めて振り上げる病人の喚き声を聴きつけた隣りのお内儀《かみ》が、壁の下から怒鳴った。

――いんや、この貧乏神を、抛《ほう》り込むんだッ。

彼は手を休めなかった。

本は、水底に沈んだのもあった。せきあげるどぶ底の水に圧《お》されて、もんどりうって流れるのもあった。冷気に閉じこめられた川面《かわも》には、靄《もや》がひどく薄かった。千川どぶに、塵埃《じんあい》が、メッキリ尠《すくな》くなったように、この「太陽のない街」の八百屋も、酒屋も、乾物屋も、駄菓子屋も、あらゆる日用品店、食糧品店の商品が、ほとんど空らッぽになっていた。景気のいい菜っ葉の屑《くず》や、缶詰《かんづめ》の空缶が、千川どぶの棒杭にひっかからなくなったように、彼ら小商人達《こあきんど》は市場から、問屋から、河岸《かし》から、それらの商品をたった一つも、仕入れることが出来なくなっていた。会社の汽笛が、その長屋の隅々まで、響きわたらなくなったことは、この「谷底の街」の動脈が切断されたことを実証したことであった。疲労した巨大な河馬《かば》のように横たわった大工場は、火の消えた鎔鉱炉《ようこうろ》よりも無惨に、冷気の底に、蹲《うずくま》っていた。

小商人達は、狼狽《ろうばい》した。彼らが、代表をつくり、委員会を組織して、各方面に争議の調停方を懇願し始めるまでには、多くの徒労と滑稽《こっけい》な激論が費された揚句《あげく》であった。

彼らは悲惨にも彼ら自身を「中立」と信じるところに、彼らの「滑稽な激論」が発生した。彼らは区の有志を動かし、市の名誉職を訪問して窮状を愬《うった》えた。彼らは云った――あっしたちゃあ、余儀なく、争議団と一緒に、心中しなきゃなんねえ、羽目《はめ》になっとります――。

だが、この小商人達の代表に、歎願された区の名誉職達は、畢竟《ひっきょう》は、会社の間接的な傭人《やといにん》にしか過ぎなかった。愛すべき小商人達が、この争議に対して「中立」として自己の立場を信じたにもかかわらず、この厳正なる批評者、区の有志、市の名誉職達は、より判然と、「階級意識」に目覚めており、己《おの》れがそのいずれにつくべきかを知っていた。

表通りに空店《あきみせ》が出来始めた。電灯は疎《まば》らになり、闇がより広く空間を占領した。怪しげな界隈《かいわい》のカフェーや酒場へ、夜だけ出掛けて行って、朝方、青い顔をして帰って来る娘たちが、メッキリ数を増した。

――まあ爺さん、短気なことはよしなせえ、なあに、今日、明日にゃ戻って来るさ、泥棒火つけした訳じゃねえし――

越後訛《なま》りの除《と》れない隣りのお内儀《かみ》が、やっと宥《なだ》めて、病人を寝床に追い込んだ。

彼女は一年おきに赤ン坊を産んだ。栄養の足りない赤ン坊は、彼女のはだけた懐《ふところ》で、眼玉を光らして、泣き声すら滅多にたてなかった。

――だけんど爺さん、こう長びいちゃあ、辛《つ》れえもんだな――いい加減、会社も屁《へ》古垂《こた》れねえかなあ――。

病人は、慄《ふる》えつく歯の根を喰いしばって、寝床の中で、枕にしがみついている――子供二人をつれて、このお内儀は、おでん売りに出掛けた。言葉がガサツなように、身体《からだ》も頑丈なお内儀だった。

――だって、会社は屁古垂れねえさ――。どんどん職工を入れてるんだから――

病人は、ついウッカリ口を辷《すべ》らした。

――え？

お内儀は聞き咎《とが》めて、病人の顔を見た。彼は少し慌《あわ》て気味に云った。

――ううん、真実《ほんとう》だか嘘だか知らねえが――俺ァ、向う坂の吉田さんに聞いたんだ――。

が、それはなお拙《まず》かった。病父はお内儀の雪国育ちの色白の、しゃくれた顔色を窺った。

――吉田さんを、爺さん知ってるけぇ？

お内儀は、持って来てくれた炭火のちょっぴりを、じゅうのう(33)ごとそこへおいて訊いた。

——あ、俺《おれ》らの職長だったんだ——。

「へえ」と云った顔をして、お内儀は黙り込んだ。病父は、心の底で呟《つぶや》いた。——このお内儀も、あんな本を読んだんだな——

——だってお爺さん、会社に職工が入るのを見た者があるけぇ？——尻尾《しっぽ》を摑んでお内儀は離さなかった。

——そうじゃねえ、争議団へは判らぬように、荷物のように包んでしまって、車力で運ぶっていうことだ。

戸外に霙《みぞれ》がとんで、とり残された風だけが時折、引立窓の羽目板を揺すぶった。

——そう云えば？

お内儀は、思い当る節《ふし》が多かった。向い側の、お辰さんとこの亭主も、二、三日以前から顔見せねえし、隣りの春坊も、昨夜は帰って来た様子がなかった。ぶるっと来る肌寒《はだざむ》を、赤ン坊の頭の上から、着物の襟《えり》を掻《か》い寄せてから、急いで炭火を小さい陶《とう》火鉢《ひばち》にうつした。

——まあ爺さん、短気起さねえで、あとで御飯が出来たら持って来るから——。

溝板《どぶいた》を踏んで、お内儀はそのまま帰った。

この三番長屋を突き抜けた表通りに、一台の荷車をおいて用心深い足どりで露地《ろじ》を入って来た屑屋《くずや》があった。スッポリ顔まで黒い襟巻でかくして、一人の印袢纏《しるしばんてん》を着た男を伴《つ》れていた。やがて彼らは高枝達の住んでいる長屋の一番とっつきの家へ入って行ったが、十分も経たないうちに、大きな蒲団包《ふとんづつみ》をしょって出て来た。

屑屋は、荷車がその蒲団包を載《の》っけて、会社の裏門近く行き着くまで見送ると、今度は大胆に一人で、また引き返して、三番長屋と四番長屋の露地へ入って行った。

二尺足らずの狭い露地を少し進んで行ったとき、屑屋は、どきッとして足を止めた。出逢い頭《がしら》に、つい眼の前へ、二人の少年が、これも駭《おどろ》いたように立ち竦《すく》んでいる――ほとんど眼玉しか出てない屑屋の顔を、この少年達は、一目でそれと知ったのだ！

絡んだ六つの眼が、激しく火花を散らした。一人は不恰好《ぶかっこう》に頭の太《で》かい少年、一人は背のひょろ高い唇の厚い少年だった。彼らは斥候《せっこう》(34)であった。――この屑屋を発見すべき任務を帯びていたのだ。しかし、屑屋は彼らの職長であった。面と顔突き合せれば、彼らは何となく気が臆《おく》した。

――三公？

屑屋は、頭の太《で》かい少年の名を呼んだ。屑屋はこの少年達を判断しかねた。眼色の動きで、屑屋の取るべき態度はすぐ決せねばならなかった。

息を凝《こ》らして無気味な沈黙があった。屑屋はだんだんこの少年達に自信が出て来た。ホンの鼻汁《はな》たらッしから工場での面倒を見てやってるはずである。彼はのしかかって、この少年達を生捕《いけど》ろうと決心した。

――手前ら、餓鬼《がき》のくせに、つまらねい真似《まね》をしやがって、恩を忘れたか――。

――恩？――釘付けにされて、突っ立っている少年達の眼は、そのとき不意と見合わされた。三公は、その汚れたジャケツの襟の上に、首を真直ぐに立てて、屑屋の顔を見返した。その咄嗟《とっさ》、――馬鹿野郎ッ――。

同時に、二人の少年の口から、この悪口が飛び出した。そしてすぐ踵《きびす》を返すと、二人の少年は一散に、向う露地へ消えてしまった。

云い知れない恐怖が、屑屋の足許《あしもと》から湧いて来た。彼は、首をすくめると急に後戻りして表通りを急ぎ足に行き過ぎた。

＊　　＊　　＊

こんな奇妙な場面があってから、二時間ばかり経った後であった。

植物園の坂を、向うの電車通りへ上りきった十字路に、先刻の屑屋が一人で立っている。傍《かたわ》らに、見覚えのある荷車がおかれて、印袢纏の姿は見えなかった。

正午《ひる》下《さが》りの植物園の樹木は、風に動かされて、その坊主頭を神経質にふるわしていた。真向うは、聾唖《ろうあ》学校の煉瓦塀《れんがべい》が陰気なバックをつくり、十字路といっても往来は、ほとんど指《さし》ヶ谷《や》町と大同印刷の正門への一筋が多かった。

印袢纏は、まだ蒲団《ふとん》の荷物を担いで来なかった。屑屋は、煉瓦塀のあたりを小刻みに往《い》ったり来たりした。

そのとき、向うの電車通りから来る坂を上って来たオーバーに茶色の襟巻を深くした青年があった。もっともそれはかなり多い通行人の一人であるだけに、屑屋は、別にその青年に特別の注意を払う理由はなかった。

黒オーバーはかくしに手を突っ込んで、俯向《うつむ》き加減に、急ぎ足で屑屋の間近まで来てから、ちょっと立ち止ってハンカチを取り出すと鼻汁をかんだ。

そして、また以前の姿勢にかえると、通行人にまじって屑屋の前まで進んで来た。

——自転車が駈け抜け、荷馬車が向うの坂を下って来た。女、子供、洋服、学生——。

青年は、荷馬車を避けると見せて、屑屋にピッタリと寄り添った。瞬間、青年のかくしに突っ込んでいた手がサッと動いた。

——犬奴《め》ッ！

青年の口を衝《つ》いて、罵声《ばせい》が飛び出すと同時に突然、屑屋は、声を立てずに後へ蹣《よろ》めいて尻餅ついた。

……植物園の樹木が一しきり揺れて、遠くの電車の軋《きし》る音を、風が運んで来た。学生、子供、犬、女、自転車、洋服——。

屑屋は片手で脇腹を押えて嗄《しわが》れた声で喚《わ》めいた——や、やられたッ。早く、巡査を。

しかし、通行人たちが、倒れた屑屋の傍に集まったときは、さっきの青年はとっくに姿を消していた。

5　地獄と極楽の絵

立方形の、コンクリート桶の底に、長い間、数理的な意識を抹殺《まっさつ》された無限の長さを、高枝は坐りつづけた。

桶のような建物の内部には、昼夜がなかった。ぼんやりと、夕闇《ゆうやみ》ともまた明けきらぬ暗さともつかぬ石箱の中で五、六人の人影が蠢《うごめ》いていた。やっと人間の顔色のけじめがつくほどの光りが、たかい眼窩《がんか》のような穴から流れ込んで来た。

彼女達は、完全に隔離されてしまった。大宅はもちろん、お加代がどこに入れられたかも判らなかった。彼女は、分厚いコンクリートの壁を透して無気味に振動してるわずかの物音にも聴覚を尖《とが》らした。妹は普通の身体《からだ》じゃないんだ！——

内部は変に騒々《そうぞう》しかった。埃《ほこ》りの白く浮いた髷《まげ》の根を、折れた人形の首のようにずり落した、三十五、六の淫売《いんばい》が、黄色い声で、のべつ喋りつづけた。この眼色に落着きのない淫売はすっかり聴き相手を失ってしまうと、今度は新入《しんいり》の高枝に向って喋り出した。

内部には、も一人の皮膚のたるんだ五十ばかりの老婆の他に、行路病者らしい丸太ん棒に風呂敷かぶせたような老婆と、襤褸《ぼろ》っ屑《くず》の塊《かたま》り見たいな少女が、高枝の傍《そば》に足を投げ出して眠っていた。

老婆は、まったく絶えずごろごろ咽喉《のど》を鳴らせるほかは、丸太ん棒のように横たわったまま、永遠に動きそうでなかった。この内部の五つの生命のうちで、一等終末が間近に迫まっていると思えた。淫売は、常習犯であった。彼女は二月《ふたつき》か、三月目《みつき》には、二十九日ずつ投《ほう》り込まれるといった。

——だけど稼業《しょうばい》なら仕様がないじゃないかねえ。

彼女は、固く、そう信じているらしかった。

——なァにお巡査《まわり》さんだって、これこれにゃ叶《かな》わなんだから——大きな顔したって——。

彼女はニヤニヤした。高枝も同性ながら眼を反《そむ》けるほどの醜態《しゅうたい》を、淫売は自信をもってやって見せた。

外部は、たしか夜であった。タタキの上を歩く看守の靴音が、凍《い》てつく寒さの廊下にはねかえってたかくひびいた。

垢《あか》じみたよれよれの蒲団《ふとん》が、わずかに寒気を凌《しの》がせた。黄色い味噌ッ歯を剝き出しながら淫売は、高枝に、変に語尾をよじらせて云った。

——お前さん、どこで稼いだんだい？

高枝も、同職と心得ているらしかった。そして高枝が首を振っても、彼女は本気にしなかった。

──でも、まあお前さんは若いから、稼ぎも楽だよ。

年増《としま》淫売は、変にしんみりして来た。

──わたしも、この婆みたいな往生はしたくねえと思うんだけど──。

淫売に振り向かれた老婆は、寒気を耐えるために、俯向《うつむ》きになって膝をまげて両手で顔を隠していた。この老婆はこの内部で一等重い犯罪者だった。彼女は、医師の家へ放火したのだ。たった一人の孫が息を引き取るまで、とうとう「薬代を支払わぬ」という理由で見舞ってくれなかった医師への復讐《ふくしゅう》に放火してしまったのだ。

老婆は放心状態と身を切り刻むような苦悩との間を、往来していた。彼女が、地肌の透いた白髪頭を摑んで泣き喚《わ》めくときは、少し痴呆の淫売ですら、口を開けたまま息を塞《つま》らせた。

老婆は、已《おの》れが子供のときからお寺で見せつけられて来た「地獄と極楽」の絵を信じていた。彼女は自分が、いかに責めらるべき罪業を犯したかを悔いていた──たとえ、この世のたった一つの光である孫の病気に「薬代を払わぬ」理由を以《もっ》て、見舞ってくれぬ医師であっても、それはこの世で正当であり、放火して復讐しようとした已れが罪悪であることは、彼女の心に鋳《い》りつけられた「地獄と極楽」の絵が、判断したのである。彼女は、淫売にそう云われると、また新しい苛責《かしゃく》が、身内をさいなんだ。

——うるさいね——また喚《わ》めきやがる——。

襤褸ッ屑の少女が、高枝の膝を蹴飛《けと》ばしながら身体《からだ》を起して、老婆に怒鳴りつけた。

困ったことに、この十四、五の少女は、まだ「地獄と極楽」の絵も何も見たことがなかった。この襤褸ッ屑の塊りは、道路工事の土管《どかん》の中と、空家と、この留置場の中との、そのいずれかに夜を過すほかは昼間は、食物の臭いについてまわるだけの生活きりしか知らなかった。

——けッ、眠れやしねえ——。

ぶつぶつ云いながら、少女はまた眠ってしまった。彼女は、この馴《な》らされた場所に、何ら悲しむべき理由を持たなかった。

不意に、頭の上で、靴音がした。高枝は、いざり寄って入口の金網のところへ顔を押しつけた。それは、聞き覚えのある女の声であった。

——知らないんです。わたし、何にも知らないんです——。

疑いもなくお加代の声である。高枝は、身体を固くした。

黒い私服らしい男の影が、つい一間《いっけん》ばかりさきの廊下で、後姿を動いて見せた。私服はくどくどしく口説《くど》いているらしかったが、お加代の声は、頑強に突っぱねた。

——ア、ア——ッ、痛い。

腕でも捻《ね》じ上げるのか、お加代は悲鳴をあげた。高枝は突き飛ばされたように、両手で金棒をたたきながら怒鳴った。

——鬼ッ、悪魔ッ、畜生ッ。

しかし、その返事には、いかつい靴の先が金棒を蹴った。そして、それっきりお加代の声も聞えなくなり、私服の靴音も遠ざかってしまった。

高枝は、まんじりともしなかった。……夜明に近づいた寒さが、足の爪先《つまさき》にしみ、膝のくるぶしにしみ、腰へ這い上った。

明方になって、看守は、留置場の戸を開いて一人ずつ便所へ連れていった。お加代は一晩のうちにまったく変った容子《ようす》になっていた。真蒼《まっさお》なむくんだ顔、逆上したような眼の色、乱れしどけた着物までが、ただ事でなかった昨夜を思わせた。

彼女は、歯を喰いしばって便所を出て来た。船に酔った病人のように、冷え凍る厚ぼったい壁に、片手をついて身体を支えながら、廊下をめぐった。看守のサーベルが、苛立《いらだた》しい音をたてて彼女を急ぎたてた。

灰色の、トンネルのような廊下の二つ目を曲ったときついぶっつかるばかりの眼前に、意外な人を見つけた。

——アッ。

お加代は、眼をみはったきり、立ちすくんだ。手錠を固く嵌《は》められた宮池が、十年も年を老《と》ったほど変った形相《ぎょうそう》で突っ立っていたのだ。

彼女は、口が利けなかった。宮池も、唇を動かしたが、言葉にならないで、紫色の痣《あざ》が腫《は》れあがった顴骨《かんこつ》の上で、かさぶたのようにうごいた。

——何をしとるッ。

宮池のすぐ背後に立っていた看守が、背を小突《こづ》いた。宮池は身体の中心を失いかけながら、廊下の壁に肩を打ちつけて、二足三足《ふたあしみあし》のめった。

それはわずか三秒か、五秒の瞬間であった。それきり彼女も、宮池も振り返ることが出来なかった。激しい昂奮《こうふん》が、お加代の心臓を凝結さしてしまった。

彼女は、姉の入ってるところも判らなかった。しかし、もう彼女は泣いたりなんかしなかった。彼女は、隅ッこに坐ったまま時折り深く肩で呼吸をした。

朝の飯が、金網のところから、鳥の餌のように突き入れられた。四角い箱の弁当は、何の食慾もそそらなかった。

お加代は、干涸《ひか》らびた眼で、弁当を見凝《みつ》めていたが、そのまま、金網のところから外へ押出した。

畜生ッ、死んでやる！

彼女は、昼も夜も、金椀の水さえ飲まなかった。

その翌朝、大宅と、高枝は外部へ出された。彼女らは、碌《ろく》に調べもされなかった。もっとも調べらるべき何物もなかったが——明るい日射しに彼女は眩暈《めまい》を感じながら、警察署の裏門のところへ来ると、見覚えのあるお加代を拘引した刑事にぶつかった。

——あの、春木加代というのは、放免《ほうめん》されたでしょうか？

高枝は、憎悪を押しかくして、丁寧に訊《たず》ねた。

「わからんねえ」その刑事は無愛想に云った。「俺の係じゃないんだから」

高枝は当惑した。しかし、妹が妊娠中の身体だと云って憐愍《れんびん》的に云うのは癪《しゃく》でもあり、また自然宮池のことを云わねばならぬ羽目にもなる。——その刑事は執拗な質問を追い払うように、

——多分、もう帰ってるよ。君よりさきに出てるかも知れないね——早く帰って見

たまえ。

逃口上《にげこうじょう》だと知りながら、それ以上追求する方法もなかった。一抹《いちまつ》の僥倖《ぎょうこう》をたのみにして彼女は大宅の後を追っかけた。

外部には、房ちゃんやおぎんちゃんなどが二、三人迎えに来てくれていた。高枝はその人達とも別れて、急いで自分の家へ帰って来た。

だが、お加代はまだ帰っていなかった。

彼女は、何も他の事をする気になれなかった。取り散らかされた家の中を見廻しながらぼんやりしていた。

——お加代は、どうした?

病人は、真先に聞いた。彼女は黙って、坐りもしないで、また家を出た。

しかし、すぐ警察へ取って返したところで相手にしてくれるはずはなかった。争議団本部へ行って警察係の者に依頼してみても、いつだって二十人と三十人の検束者を出してる近頃であってみれば、係の者だって忙しくて埒《らち》があく道理はなかった。

高枝は、千川橋を渡り、いくつもの露地を廻って、白山坂の下へ出た。その坂の中途の小さい二階家の六畳に、萩村が間借りしているのを彼女は知っていたからだ。

勾配《こうばい》の急な梯子段《はしごだん》が、格子戸を入るとじき左側にあった。赤ちゃけた開き戸になっている襖《ふすま》の外方《そと》から彼女は声を掛けた――萩村さん――。

しばらくしてから、嗄《しわが》れた声で返事が聞えた。彼女は襖を押して内部に入った。萩村は寝床の中から首だけ出して、腫れぼったい眼を強いて開けながら、彼女を見て驚いた。

――おや、帰って来たの？

萩村は、高枝やお加代が検束されたことを知っているらしかった。――そして、加代ちゃんは？

ときいた。枕許《まくらもと》のところへ行って高枝は、膝つきしながら、大略を話した。

――妹がね、普通の身体ならば構わないんだけど、そんなでしょう――だから、どうしようかと思って相談に来たんです――。

萩村は寝床の中でもぞもぞしていた。彼は最幹会議から暁方《あけがた》帰えって来て、寝込んでから二時間ばかりしか経っていなかった。彼は労農党の書記で、よく働いてくれる樽井という若い弁護士を知っていた。彼はその人の所へ行って頼んでみようと云った。

――ちょッ、ちょッとね！……

萩村は、額《ひたい》の上の高枝の顔を眩《まぶ》しそうに見ながら、変に口籠《くちご》った――高枝は意味が呑み込めなかった――ちょっと起きるから後を向いていてくれませんか――

萩村より、高枝の方が顔を赧《あか》らめた――何て気が利かない――彼女は、慌てて入口の襖の方へ向き直って、ごそごそ起き上る裸男の臭気を背後に感じて俯向《うつむ》いた。

手早く服を着て、オーバーまで着てしまったとき彼女が振り返って云った――随分、間抜けだと思ったでしょう？

二人は、外方《そと》へ出た。そして、白山坂を上ってしまって、西片町《にしかた》へ出た。電車通りを背にして、この高台の裏町には大きな邸宅が並んでいた。

――高ちゃん、これを曲った角の所が、大川社長の別邸なんだよ。

萩村は、オーバーの襟から顋《あご》をしゃくって云った。封建時代の遺物らしい城廓《じょうかく》めいた真ッ黒い門が、威嚇《おど》かすようにのしかかっていた。彼女達は社長邸の門前にきっといるはずのスパイの眼を避けて、裏門の方を廻って電車通りへ出ようとした。

人造石の背の高い石塀に沿うて、高枝は、襟巻の端を上ッ張りの上から押えながら、小刻みに駈け出すようにしなければ、萩村に追いつかなかった。

――あら？

彼女は、不意に立ち止った。どこから飛んで来たのか、弾んだ赤いゴムまりが、彼女の足に打《ぶ》っつかって撥《は》ね返りながら、塀下の小溝に落ち込んだ。

——毬《まり》をとってちょうだい！

すぐ傍《そば》で、ゴムまりを追って来たらしい可愛い女の子の声がした。赤いまりは、この裏門の内部から飛んで来たのだ。立っている六歳ばかりのおかっぱの女の児は贅沢《ぜいたく》な洋服の上に、栄養のいい愛くるしい顔を載せて、高枝にまた云った。

——姉や、毬をとってちょうだい——

あぎとのくくれた、愛くるしい口許《くちもと》を動かして、この女の児は、高枝に命じたのである。裏門は疑うべくもなく大川家の裏門である、そうだとすれば、この女の児は、大川社長の子供か、孫か？

高枝は、足をとめた。そしてこの尊大な女の児をじっと睨んだ。女の児は焦茶《こげちゃ》ラシャの暖かそうな上衣《うわぎ》の袖《そで》を上げて、手を指さしながら、高枝にまたいいつけた——が、彼女の氷りついたような瞳にぶっつかると、すぐ感電して手を引っ込めながら顔を曇《くも》らし始めた。

そこへ、女中が顔を出した。高枝は何と思ったか、そのとき無理に笑顔になりながら、赤い毬を拾い上げて、女の児に近づいていった。

――まあ、お可愛くていらっしゃいますこと――さあ、毬はねえやがとって参りました。――

高枝は、いんぎんに、腰を低めて、微笑《ほほえ》みかけた。肥《ふと》った女中は、やっと気嫌《きげん》を直した女の児の背後で、頭を低《さ》げた。

――お名前は？　悦子さま――まあさようでございますか――。

高枝は、自分でも驚くほどの流暢《りゅうちょう》さで、世辞を云いながら、可愛らしくて尊大な女の児から別れて、一丁もさきで振り返りながら待ってる萩村に追い附いた――。

――どうしたの？

高枝は息を切らしながら、

――あの女の児――ありゃあ、社長の孫なの？

彼女は、そう云ってから、また振り返って裏門の方をじっと見た――と、さっきの女の児がこっちを見てまだ立っていた。

――そう――あれが、大川の唯一のペットなんだ！

6　白色テロ

樽井弁護士は、インテリゲンチャに相応《ふさわ》しくない土臭い感じのする男であった。黒いセルロイド縁の眼鏡が、肉の厚い鈍い線の鼻梁《びりょう》の上に、赤黒い斑紋《はんもん》を残していた。

――承知しました。出掛けに警察に寄って見ましょう。

若い弁護士は、すぐ承知してくれた。四畳半に、餉台《ちゃぶだい》みたいな机を一つ置いたきりの応接室で、しきりとバットを喫《す》った。

――党の一部で、あの日本労働同盟系の右翼派が、何だか策動してるって噂ですが、本当ですか？

用件が一言で済んでしまった後で、萩村は同じ色彩であるこの同志に、近頃は争議のために、サッパリ判らなくなった党の情勢を訊《たず》ねた。樽井弁護士は、パッ、パッと煙草《たばこ》の煙を吐き出しながら、そのくせ、顔色には、何の表情も見られなかった。

――そうです――今度の大会までは、待ち切れずに、爆発するだろうと思えるな――

高枝は、始めて逢ったこの弁護士の、落着いて幅のある動作が、ひどく頼もしく思えた。女中とも奥さんともつかない三十二、三歳の婦人が、茶を持って来て、いんぎんに二人の来客へ挨拶した。気軽な主人は、萩村と高枝を同志として、この婦人に紹介した。この婦人は奥さんであったのだ。

——策動の先鋒《せんぽう》は、やはり辰岡、西本等という顔触れですか？——

弁護士は肯《うなず》いた。彼は、ぽつりぽつりと、党の将来の予見と云ったものを話し出した。そして、党分裂の危機は、まったく目睫《もくしょう》の間に迫っている。前衛を以て任ずる人は、この際百パーセントの能率を以て、この単一無産政党の実質を擁護すべきだと云った。

——今日、午後から中央評議員会が開かれるはずですが、あんたの方から誰か行けますか？——

萩村は、中井と山本が行くはずになってると答えた。彼も評議員であるが、身体が抜けられないと云った。弁護士は、また新しいバットに火を点じた。

——ひょっとしたら、今日、日本労働同盟系の評議員は出席しないかも知れないと思う——。

萩村は「なぜだ？」と眼色で訊き返した。

——いや、そんな傾向が近頃ますますハッキリして来てるんだ——きっと来ない！　彼奴《あいつ》ら組合主義者達は、モウ近頃の左翼弾圧に怯《おび》え切って、労農党に腰を落ちつけていられないいんだ。——

同じ潮が、この屋敷町の、四畳半にも流れていた。高枝は自分の腹の底に、新しく積み重ねて行かねばならない知識と反抗心とで、石炭をまたつぎくべられた汽缶のように身体の充実を感じた。

——奴らは、卑劣な裏切行動の常習犯だからなあ？

萩村は、合同以前の、日本労働同盟一派の行動を憶《おも》い起して云った。

——事によると、二、三日中に、分裂の端緒が具体化されるかも知れない。——もう、そこまで来てしまっているのだ——

と云いたい顔色が、この若い弁護士にあった。

話すべき材料は、まだ尽きなかった。しかしそうもしてられなかった。資本の攻勢は、前衛闘士の各自を、戦線の分野のそれぞれに引き離してしまっていた。

——じゃ、どうかよろしく——

高枝と、萩村は、樽井氏に別れて外方《そと》へ出た。高枝は、幾分か安心した面持《おももち》であった。

正午間近い屋敷町に、冬の陽が、時稀《ときま》れに雲を覗《のぞ》かして、鈍い日射しを投げかけた。

——でもあの奥さんには面喰《めんくら》っちゃったわ——わたし、てっきり女中さんだとばかり思った。——

二人は、顔を合わして笑った。しかし、彼女達には、この上もない、いい印象だった。

——飯食いたいなァ。

白山坂上の、ある小さいカフェーの前で萩村が立ち止って云った。彼は昨夜食ったきりであった。高枝は、ちょっと、小《ち》っぽけなカフェーを覗き込んでから、自分もまだ朝飯食っていないことを思い出した。留置場では、朝放免するときは、飯を食わせなかった。

——わたしも食べるわ。

小汚いカフェーの、硝子戸《ガラスど》を開けて、二人が入ってゆくと、「いらっしゃい」と、頓狂《とんきょう》な声をあげた小さい女の子が、男女連れのお客をじろじろと見た。

壁板を白ペンキで塗りつぶしたカフェーの土間は、二坪くらいしかなかった。客は彼ら二人きりだった。

それがかえって二人に気易《きやす》かった。しかし向いあった椅子で顔を突き合せると、何だか面映《おもは》ゆくて、二人は話を途切らさないようにした。萩村は最幹会議の昨夜の決議を憶い出した。

――高枝さん、争議もいよいよ大変になったぜ。

萩村は、低声《こごえ》で云った。高枝は二晩打《ぶ》ち込まれていたので、その間に起ったことは、何も知らなかった。彼女は、萩村が語る、新しい事実の展開に、空虚な眼を空間に投げたまま、黙って肯《うなず》くきりだった。

王子製紙、凹版印刷、日清印刷、日本電球等が一斉に一昨日を期して、評議会系統の組合に属する組合員を馘首《かくしゅ》してしまって、つづいて、締出《しめだ》しの先手を打って、争議の戦端を切り落した事。

――じゃ、どうするの？

永い間黙っていてから、彼女は不意に云った。彼女にも、事態がいかに、重大性を帯びて発展しつつあるかということを、理論的に判断する事が出来た。

彼女は、眼に見えない敵が、すぐ眼前に突っ立っているかのように憤《おこ》った調子であった。

――どうもこうもない――闘争力のありったけを絞り出して、勝敗を一挙に決してしまうよりほかないだろう――。

――それでいいの？

萩村の、蘭《らん》の葉みたいに乱れ動く油ッ気のない頭髪を見凝《みつ》めている彼女の眼色は、また、萩村のその返事だけでは不満足であった。

奥から、女の子が、カレーライスを二枚運んで来て、無愛想に、二人の前へ並べた。赤い錆《さび》が、ポツポツ浮き出たスプーンへ、入口の硝子戸をやっと透すくらいの陽光が、金属のチカチカした反射を投げた。

――まだあるさ！

大口に、一つ掻《か》き込んでから、萩村が眼色に微笑を浮べて彼女に応えた。

――資本の一斉攻撃に対する、一斉反襲さ！

昂奮を眉宇《びう》に秘めて、男は快活に微笑んだ。

――争議の本舞台は、いよいよ、明晩あたりから開演さ――闘争力の総動員、オールスターキャストって奴がね――しかし、これはまだ秘密だよ。

高枝は、眼で答えた。そして、一緒にスプーンを口へ持ってゆきながら、そのオールスターキャストなるものを想像した。

――凄《すご》いわねえ。

彼女は、ちらと微笑んで、男の頑丈な肩や首をじっと見た。彼女は、従来、萩村に度《たび》多く接していながらも、ただ先輩、相談相手として以上に、この男を考えたことがなかった。鬚《ひげ》が濃ゆくて、ガッシリした顔面にしても、大体に線の粗いようにみえるこの人は、たしか関西の人間だということを憶い出した。

萩村が、フイと喰うのをやめて頭を上げた。彼女は、あまり永く、見凝《みつ》めていた事がきまり悪かった。

――うっかりしたが、僕は、金を少ししきゃ持ってねえが――

萩村は、ひどくあわてた様子であった。

――大丈夫、わたし、一円くらいあるわ――。

彼女は帯の上をおさえて見せた。

――有難い、じゃすまないが、俺も一つ喰うぜ――。

「ええどうぞ」彼女は微笑んで見せた。

そのとき、表の硝子戸に、チラチラと二、三人の人影が、陽かげをつくったが、すぐ行き過ぎた。高枝は何気なく振り向いたが、別に気にも止めなかった。

――じゃ、ほとんどゼネストだわね。

お茶を、男に注《つ》いでやって云った。

――そう？　もうこうなりゃ、政治的に発展さすより他にない。これもまだ秘密だから、あの樽井弁護士の所でも云わなかったが、今度の党中央委員会に、本争議に対する行動決議文が提出されるはずになっている――。

萩村が、二杯目の皿に、顔を俯《う》つぶせているとき、高枝はふと、硝子戸の方へ振り向いた。

――おや、何だろう？

急に、二人の頭上に、陽かげりが蔽《おお》いかぶさった。と、硝子戸に五つ六つの人間の顔が、平っぺったくなって、はりついているではないか？

――何？

萩村の振り向いた顔を……瞬時であった。硝子戸が、ヒン剝《む》かれるように開かれて、その「顔」たちが雪崩《なだ》れ込んだ。

萩村は、気がついた。

——失策《しま》った！

彼は早口に、高枝に怒鳴った。

——会社の暴力団だ！　早く逃げて……本部へ報告してくれッ。

狭い板土間へ、新聞配達みたいな看板を着たのや、学生みたいなのが、萩村をグルリと、押ッ取りまいた。

萩村は、無言で後退《あとし》ざりしながら上被《うわぎ》を脱いだ。到底逃げられようもなかった。先頭に立ってる背の高い奴が、ジリジリ詰め寄って来た。

——貴様、萩村だな……

瞬間、ガッと皿が壁に当って割れ飛んだ。

奥の方で、家人が驚き騒ぐのが聞えた。高枝は、躊躇《ちゅうちょ》していたが、決心したように奥へ駈け込んで姿を消した。

——畜生ッ。

飛びかかった先頭の男が、萩村の振り下ろした椅子で脆《もろ》くへたばってしまった。ソース瓶が飛び、コップが割れ散った——。

萩村は力のありったけで暴れまわった。

だが、相手は喧嘩《けんか》に馴《な》れている上に、多勢であった。投げつけるものがなくなるのを見計らって、左右から組みついた。

もつれたかたまりが、土間に潰《つぶ》れてしまった。萩村は、スーッと、神経が、一つところに凝結したような気味悪さを感じた。

血が、糸のように足をひいて、己《おの》れの下になってる奴の顔に落ちかかった。

それとほとんど同時に、後頭部を粗《あら》い刷毛《はけ》で、逆さに擦過《さっか》されたような痛さを感じた——が、それっきり不覚になってしまった。

突風

1　その前夜の一

世界各国の近代的都市が、すべて、そうであるように、東京市も、その近接した外《がい》廓《かく》を、ほとんど工場地帯で囲《めぐ》らしていた。

品川以南京浜の一帯、大島町を中心とする城東方面、月島埋立地の全帯、北へ飛んで南北の南千住《みなみせんじゅ》東に東南へ王子、十条だ――。

そして、これらの工場地帯は、大資本集中作用のバロメーターの如く、劃然《かくぜん》と、より増大された資本の圧力を以て、丘岡《きゅうこう》を平らにし、泥沼を埋め、河川を掘鑿《くっさく》し、道路を築いて、南西に、東南に、北東に砂丘を浸してゆくあげ潮のように、拡がり埋めてゆくのである。

まず、土地の買収、在来権益の譲渡、地方特殊的残存制度の廃棄に始まって、ブルジョア政党の党略的妥協交合の活躍が絡む、こうした陰翳《いんえい》を、土地開発と産業立国の粉黛《ふんたい》のうちに塗り潰して、大資本は無人島に、君臨したドンキホーテのような尊大と、威厳とを以て、「その新たなる王国」を支配する。

巨大なる工場は、城廓の如く、新開の町の中心となり、警察署は新築され、田圃《たんぼ》に、土堤下《どてした》に、河原に、山蔭に――置き古された破損貨車のような「汽車長屋」が、工場における最も破損しやすい「消耗品」のホンの夜だけの寝床がつくられる。けたたましいサイレンの響《ひびき》は、病人と、夜稼ぎの怪《あや》しげな白粉《おしろい》女だけを、寝床に残す他の一切を、戸外にたたき出し、大円柱の黒煙は、太陽をさえ暗くする。黝《くろず》んだ河面《かわも》を、クレーンのギヤーが、ふるわせ、真ッ赤なボイラーが、熱病患者のように、工場の中をのたうつのだ。

そうした工場街に、最も権威を持つものは最も帝国主義的な警察署長と、社会政策家と町会議員と、花嫁のように敬虔《けいけん》な伝道師と、石のように無智な僧侶と、道化師のように愛嬌《あいきょう》のある医師とである。そして、それらの綜合した力の目的に、間接な効果をあげるものに、酒場の安直な酒があり、怪しげな女の群があった。

外廓の工場地帯は大都市の肺臓である。

ペーヴメントの鋪道《ほどう》に影を落す七層のビルジング、富豪の大邸宅、流行を織り出す大デパート、国会議事堂の伽藍《がらん》、大ホテルの舞踏場、劇場、ミュージックホール、大銀行の芸術的な建築——そうした機能に作用する動脈の血は、すべてこの工場地帯の肺臓から送られた。赤皮のトランクにおさめられた血脈は、郊外電車の連絡外皮を被《かぶ》って、最も安全にかつ上品に、大都市の中枢に送られる……銀行——手形交換所——取引仲買問屋——株式市場——土地家屋——大デパート——劇場——一流の料理店——新聞社——舞踏場、等、等、等——。

非常に、頭脳のいいブルジョア政治家が、市内から、工場を追い払うことを、国会に提案した。

——住心地《すみごこち》よい邸宅は、常に整頓されてなければならぬ。台所と、雇人部屋《やといにん》と、そして便所とは、最も家人の気分を妨げない場所に配置さるべきである。それは単に外見の美を保つ上からばかりでなく、臭気と騒音とから免《まぬか》れしめる、衛生的見地からしても必然である——。

国会は、異議なくこの「名案」を可決した。小石川田圃「太陽のない街」は、まさに、この「名案」によって、旧時代の最も厄介なる存在物となって、近き将来において、市内より、二哩《マイル》以外の地点へまで、掃除さるべき運命を持たねばならなかった。然《しか》り、こうした事例は、いかに東京市が、近代的資本主義に見舞われて未だ短年月にしても、あまり他に比すべき例を持たない。例えば高師に行啓された摂政宮殿下の御発見の「林間絶景」の如く例外の発見ではあった——

で、まさに、この「太陽のない街」も、近き将来において、「外見を損しない」目的のために、そのトンネル長屋を郊外に移すべきであった——ペーヴメントをトラックが駛《はし》り、大銀行の待合室に、菜ッ葉服が腰を下ろし、ダンスホールのカーペットに女工が踊り、デパートのグレートウインドウに、ニューム(35)の弁当箱や、菜ッ葉のズボンや、綿メリヤスの都腰巻を吊《つ》るすなどは、まったく「不調和」極まるものに違いない!

ナッシユ(36)や、ビューイック(37)や、シトロエン(38)の最新型が、塵《ちり》もたてずに駛《はし》り、毛皮の外套《がいとう》が飾りのある指で、小切手帳をめくり、豊麗《ほうれい》、錦羅《きんら》の淑女が、曲線をあざやかにうねらして踊り、千金の羅物《うすもの》、万金の宝石を飾ってこそウインドウは、光り輝くであろう。

然り、そのためにのみ、資本主義文化があり、彼らの代議士が作った制度が存在し、彼らの警察が存在するのではないか――。

火が飛んだ！

市内から郊外へ――そしてそれはさらに、四方へ、あたかも風を喰《くら》った野火のように、燃え拡《ひろ》がった――。

暮色が、山の蔭にうずくまり、野づらを這ってくる頃――王子電車の土堤《どて》で、野火が真ッ赤に燃え拡がった――。

子供達は、頰を熱くし、棒切れを振りあげて、土堤の枯草をたたきのめした。しかし、薄《すすき》や、萱《かや》の枯草は、襲いかかる火焰《かえん》に、頭を振り、胴を揺《ゆる》がして、躍り込んでいった。

――ヤァ来た、来た、また満員電車が来たぞッ――。

彼らは、両手を挙げて叫んだ――。今日は、不思議と満員電車が、幾台も幾台もつづいた。

電車は、野火の上を、風を突いて、疾走《はし》り過ぎた。

電車は、口元まで人間を詰め込んでいた。怒った顔――哀しげな顔――労働服――古いマント――赤い襟巻で顔を半分うずめた女工――

電車は身体《からだ》を揺すって、山の横ッ腹へぶっつかって止まった。

子供達は、その度に棒切れを振り廻して叫んだ――ばんざあい――。

次の電車も――その次も――。

みな満員電車だ。そして、それらの群集は終点である飛鳥山《あすかやま》の下で、無雑作《むぞうさ》に吐き出された。

子供達は掌《てのひら》で喇叭《らっぱ》をつくって怒鳴った。――オーイ、どこへ行くんだァ?

しかし、群集は、憤《おこ》ってるように黙って歩いた。そして、坂を降りて、街の方へ雪崩《なだ》れて行った。

彼らは、男女の差別がなかった。少年らもいた。かたまるでもなく、また、急ぐ足でもなかった。夕闇の迫ってくる街へ向って雪崩れて行ったが、何の目的だか判らなかった。ただ臭覚の鋭敏な犬だけが、これらの新たの多人数が共通の臭気を持ってることだけを嗅ぎわけたであろうが――。

――何だろう?

町の小商人《こあきんど》達はこの顔見知りのない労働者の群に、不審の眼を投げた。町の入口にある交番の制服が、慌てて本署へ電話をかけた。

しかし、正体はなお不明であった。夕闇が濃くなるにつれて、その数は、無限に増大してくるように思われた。

彼らは、伏目《ふしめ》勝《が》ちか、あるいは昂然《こうぜん》と首を反《そ》らして、二人、三人ずつ、てんでに歩いて行った。労働服――ジャケツ――オーバー――襟巻ごと風に浚《さら》われそうな青い顔の女工達――

表通り、裏の路、工場の周囲、塀のかげ、山下のトロ道、街の広場の縁日店のあたり――ちょうど満ちてくる潮のように、飛鳥山かげから、王子河原の辺まで、刻々に氾濫して行った。

町の小商人達は、道路へ出て来て驚いた。

――あの演説会のながれとも違うぜ！

王子製紙工場争議団の馘首《かくしゅ》反対演説会は、いま、町の東隅にある寄席《よせ》で開催されているはずであった。

しかし、この群は、山下の電車の終点から雪崩《なだ》れて来るのだ！

疑問が、増々大きくなって、小商人達は苛《い》ら立った。――さっぱり判らねえ？

――

——皆憤《おこ》ってる顔だぞ、見ろ！——

酒店の親爺が、隣りの菓子屋の親爺に云った。

——ここの製紙会社に恨みがあるのかも知れねえぞ。——

まったく闇が、地平を埋めつくして、町は軒並に電灯が光力を増した。——王子製紙工場は、山を背負っていた。その工場の前面から街は碁盤形に、八筋の丁目がとおされてあった。活動写真館があり、学校があり、カフェーがあり、寄席があり、種々の日用品店があった。「太陽のない街」と同じ役割の商店が、周囲を繞《めぐ》る「汽車長屋」の餉台《ちゃぶだい》——至極粗末で貧弱な——となっていた。

工場の表門前は、この王子町が有する唯一の広場であって、広場を囲むカフェー、酒場、書籍店、呉服店等、等が、文化の中心となっていた。

樹木の姿が不鮮明になってしまった。工場裏の山に、これはまた、全然別箇の一群が、一団、一団と上って行った。樹木の蔭、草原の凹み……わずかの時間で、その山の上も、真ッ黒に埋ってしまった。

——突然、サイドカーの、けたたましい爆音が、街の一角に起った。店頭に人々が出て来て囁いた。

——演説会が終ったんだ——あれは署長さんだぜ——。

ダッ、ダッ、ダッ、ダダダ……金ピカの警部が、佩剣《はいけん》を杖にして、ボックスの中に胸を反《そ》らしながら、疾走《はし》り過ぎた。

——来た！　来た、あれが演説会の流れだよ。——

四、五本の穂先の閃《ひら》めく組合旗が、押して来る人の潮の先頭に、ゆったりと動いて近づいて来た。

その群集も憤って怒鳴っている——いや唄っているのだ。だが文句は聞きとれなかった。それはあまりに多勢であり、工場の数千本の調革《しらべがわ》(39)のように、ヒッちぎれそうな高声が、いっしょくたになっていたから——と、そのとき——急に電灯が消えた。

——停電だッ？——

まったくの闇黒《あんこく》に、寒空に星明りだけが、とり残された。暗がりで町の人々が駭《おどろ》き叫んだ——どうしたんだ？——

しかし、組合旗は依然として勢いよく進んで来た。工場の前面近く来たとき、その群集は歩度をせきたて、やがて駈足《かけあし》になった。

群集は密集し、増大した。町の辻から、家の軒から、別の通りから、闇の底で、黒い影が押して来た。

広場で落ち合った群集は、旗をめがけて突進して行った。広場に氾濫した黒い影は一切の瞬間前までの事態を、騒音の中に捲き込んでしまった。

工場裏の山上では、ひそまり返り、息を凝《こ》らし、眼を光らせる黒い影の群が、下方を見下ろしていた。

すぐ眼下に巨大な鋼鉄製の軍艦のように武装した工場が、闇の底で、その鉄筋コンクリートの仄白《ほのじろ》い腹部を覗かして横わっていた。山の頂辺《てっぺん》から、すぐ手のとどきそうな高さに、大円柱が、魔物のように屹立《きつりつ》して、その煙のあとを絶っているのが、ひどく無気味であった。監獄のような、のっぺらな分厚い塀が、万里の長城のように、山《やま》裾《すそ》から起って、街の全体をかい抱くように、王子川がクッキリと白い泡沫《ほうまつ》を嚙《か》みながら、闇の眼のように、光っている河原の辺まで、その翼をひろげて起伏していた――。

――裏門は？

山裾の、トロ(40)のレールの終点に向って、真ッ黒く閉じた、鉄扉を見せて、鋸歯形に棟角《むねかど》を並べた工場が、ピラミッド型の帽子を、頭にのっけた濾過器室《ろかきしつ》の工場を中心に、放射線状に、立ち並んでいる。

山上の黒い影たちは無言で、怪物の巨姿を見凝《みつ》めて片唾《かたず》を呑んだ――。

五分――十分――

突如！　正門の高い塀の上に、無造作に飛び上った黒い影が、サッと旗を振った。

――黒い旗片は闇の中で、大きな蝙蝠《こうもり》のように羽ばたいた。

瞬間――

山海嘯《やまつなみ》のような、音声が捲き起り、吹き過ぎる突風のように起った。工場を繞《めぐ》り、飛鳥山に谺《こだま》し、河原にひびき、王子の町全体をつつんでしまった。

――すさまじい騒音！　樹木を裂き、草を伏せて、山上から、石ころのように転げ落ちる人影！　百！　千！　蟻の如くむらがり、門の鉄扉に取りつき、塀を攀《よ》じる――。

工場の外廓の延長と、黒い影の延長は同一であった。黒い影達は、物《もの》の怪《け》に憑《つ》かれたように眼を光らし、闇の底を這いのぼった。

喊声《かんせい》は潮をつくって、闇の声に変化し、電気磁力のような速度で、工場を繞《めぐ》り、颶《ぐ》風《ふう》のような振幅《しんぷく》で浪打った！

闇はふるい千切《ちぎ》れ、瞬時の間に、石塀の頂辺に、激しく振られる旗片が、数十本

――躍り狂った。

それはまさしく、突如として地上に噴き出した熱湯の噴泉であった――。

2　その前夜の二

黒影の群は、軒庇《のきびさし》をたばしる雹《ひょう》のように、石塀の頂辺《てっぺん》からはじけ飛び、転がり落ちた。

巨大な武装した軍艦は、黒い影の群の中に溺れて沈没するかのようだった。

工場の内部も依然、暗黒であった。饐《す》えた鉄の臭いと、死体を思わせる化学薬品の臭気とが、闇の底に充満していた。彼らは三人で組み、五人かたまってその中を突進していった。

旗は、彼らの指針であった。旗は彼らに道を教えた――暗黒の中をたかく、高くうそぶきつつ、工場内の広場へ真先に到達して、激浪に揉《も》まるる浮標《ブイ》のように、激しく揺れた。

――気をつけろ！

――同志討ちするなッ！

黒い影達は、地べたを這い、コンクリートの壁面に沿うて走りながら、一団から一団へ励まし合った。女の同志を中に抱き、少年を先頭に護《まも》りながら、彼らは瞬間のうちに、足許《あしもと》にも出現するであろう敵に身構えつつ……。

無気味にも、敵は姿を潜めて物音がなかった。工場内の広場で喊声《かんせい》が続けて起った。旗は、狂わしく振られて暗《やみ》を引き千切り、黒い影はカチ合った潮流の頂点のように泡立ち沸騰《ふっとう》した。

しかし、それは瞬間であった。彼らは、新しく捲き起る喊声に引き裂かれながら、いいいくろぐろと聳《そび》え立つ工場の各棟へ吸い込まれて、一つの潮流は、工場事務所の建物へ殺到した。事務所の三階の硝子戸《ガラスど》に、クラシックな蠟《ろう》の灯が、慌《あわただ》しく揺れて、ひっ千切れるばかりに電話の鈴が鳴りひびいた。

――社長を出せッ。

のっそりと、先頭の男が、硝子戸の前に突っ立った――内部の十五、六人の慌て切った顔が、暗緑色で描かれた油絵の死面のように、いずれも電気時計の秒針より正確な、驚駭《きょうがい》の一点に、神経を引っつらせて振り向いた。

――馘首《くびき》った奴はどいつだッ。――

ドドドッ……階段を押しあがって来る多勢の足音が、後からのしかかって来た——開けろッ。——

ガッと割れ飛ぶ硝子《ガラス》の音が、憤《おこ》った顔に火を点じた。ひしゃげた開き扉の上に雪崩《なだ》れた、青ざめ憤った顔が室《へや》の中央まではみ出した。

——バ、馬鹿、社長はいないッ——。

背後の金庫や書類棚のところまで逐《お》い詰められた、尊大で勿体《もったい》のいい顔達のうちの一つが、震《ふる》えながら弁解した。怒号がすぐ飛んだ。

——馘首《くびき》ったのはどいつだッ——。

頬髯《ほおひげ》の濃い背広の、先刻のが、

——業務課長はいない、ここにはいない——。

蠟燭《ろうそく》の幾本かが転げ落ち、絨毯《じゅうたん》の上に火が少しずつ流れた。背後の右側に扉があって彼奴《あいつ》らの一人は把手《とって》へおずおず手を伸ばしている。頬髯は、虚偽に隠れる手段によって、やや平静をとり戻そうとした。

——嘘吐《うそつ》けッ——お前が黒田業務課長だ！

憤った顔の群から、帽子を冠《かぶ》らない男がヌッと指さした。頬髯の顔がサッと恐怖に変った。指さした男は馘首《くびき》られた男だ！

蠟燭がすっかり転げ落ちてしまった。卓子《テーブル》が押し倒され、衝立《ついたて》がひっくりかえった。足音が入り乱れ、唸《うな》り声と悲鳴が交錯《こうさく》した。

と、突如……背後の扉が開いて、肥大した壮士風の男が四、五人のそりと現われた——。抜身《ぬきみ》の白刃《はくじん》が、暗闇に青くうねって突き出された。つづいて二本、三本——。憤った顔達はたじろいだ。背と背を合わして後退《あとずさ》りした。ひしゃげた扉を踏んで廊下へ溢れるまで一足、一足と白刃に逐《お》われた——。

暗闇は声を呑み、神経が凍《い》てついたように凝結した。絨毯《じゅうたん》に流れる火は、少しずつ拡がって、勝ち誇った先頭の顎鬚《あごひげ》の無気味にほくそ笑んだ横顔を写し出した。

——汝《うぬ》ッ——。

瞬間、逐い出された廊下の群の中から、サッと槍の穂が突き出された。

ワッ。

物凄く大声を揚げて、後へ蹣《よろ》めいたその顎鬚は、案外もろく坐ってしまった。槍は旗片を捲《ま》いて、穂先を光らせながら、四本、五本と、扉から内部へまた盛り返して、室の中央へ押し返した。

光る三本の白刃——四本の槍穂が、尖端は尖端を磁力のように誘いながら、敵らは、背後の扉《ドア》へ片足を退くまで逐い詰められた。

——今だッ。

槍の背後で機を狙《ねら》っていた鳥打《とりうち》が、ズボンのポケットから引ッ摑かんだ礫《つぶて》を投げた。鳥打は、あの例のレストランの二階の室にいた富ちゃんであった。

それがきっかけであった。むせかえり、眼を押えて背広や、白刃を持った男が逃げ切れずに立往生してしまった。

そのとき、富ちゃんは、振り返って駭《おどろ》いた。廊下を圧《お》されて逆にこっちへ、皆が逃げて来る——つづいて極度に尖《とが》った神経へ、多数のサーベルのカチ合う音がぶっつかった。絶体絶命であった。

彼らは彼らの最後の手段をとらなければならなかった——逃げるなッ——。

彼らは、密集した——彼らは巨大な肉塊となって、またより強大な敵へ、廊下から、階段へ向けて突き返した。

——逃げるなッ。

浮足立ってはならない——階段の八歩目まで、逐いあげて来た制服の一隊は、一気に押しのぼろうとサーベルに手を掛けて、一寸二寸と詰め寄る——。

——ぬくかッ。

怒号が、顎紐《あごひも》の上に浴《あび》せられると同時に、礫《つぶて》が飛んだ——押せッ——一段また一段
——逃げるなッ。

——彼らは、獲得した階段の一つを、全肉塊を以て死守して退《ひ》かなかった——。

工場の各入口に鉄扉が固く閉ざされて、錆《さ》びついていた。

黒い影は、工場の周囲を駈け廻った。彼らの多くは、この工場の従業員達であった。

彼らは、彼らの生活の巣である工場の秘密を知っていた。窓から、通風路から、原料運搬口から、彼らは風のように忍び込んだ。まったく風のように、汽缶室《きかんしつ》から、濾過《ろか》器室《きしつ》から、圧搾室《あっさくしつ》から、乾燥室から——。

工場は、喧嘩別れした恋人のように、ひどくよそよそしく、闇の中でそっぽをむいているようだった。ボイラーが眠り、濾過器の幅ったい扁平《へんぺい》な鉄管が、彼らの頭上に這い昇って階上へ通じている。

——おい、こっちだ——。

暗がりで、先頭の男が手をとって云った。低い声が空虚にひびいて、すぐそこへ

五、六人の屈強な男達が、顔を突き合わした。先頭の男は非常に小男であることが闇の中でも分った。

——これを昇るんだ!

小男は案内役であった。すぐ足許《あしもと》から、帯のような鉄梯子《てつばしご》が、足に触った。鉄梯子はギイギイと軋《きし》んだ音をたてた。手探りで彼らはすぐ階上に首を突き出した。

階上も階下も同じであった。円《まる》い大きな鉄筒が立ち並んで、神経のような扁平な鉄管が繞《めぐ》っているのが壁面の仄白《ほのじろ》さで見当がついた。

薬品の臭気と、原料パルプと襤褸《ぼろ》の臭気とが、彼らの尖った神経へ妙に甘えかかった。

——肝腎のことは三階だ——も一つ登るんだ。靴の音を偸《ぬす》みながら、また帯のような鉄梯子を攀《よ》じた。と、先頭の小男が「おやっ」と云って天井の鉄板へ頭を打《ぶ》っつけて止った。

——どうした? ——小男の踵《かかと》へ顔を擦《す》りつけながら、下から続いた黒い影が見上げた。

——畜生ッ、守衛がいやがるぞッ——。

不安な沈黙があった。闇の底で、敵の伏勢が頭を持ち上げて来そうに感じられた。

——押してみろ！　ビクつくな‼

屈強な男が、小男の足の踵を小突《こづ》いた。

——開かねえ、押したくらいで開く訳はねえ。

廻転式の鉄蓋《てつぶた》は固く密着していた。小男は三階に誰かいることを感知した。

——降りろ、早く、誰かがいるんだぜ——

突然、靴音が頭上で起った。そして、頭の真上でピタリと止った。梯子の真中で慌てることは危険であった。小男は鉄梯子の裏側にハリついた。

同時に、パッと青味を帯びた懐中電灯の光が、鉄蓋の開き度合に従って、霧のように落ちて来た。

——誰だッ。

穴の上で、光った眼が驚きを交えた調子で怒鳴った。屈強な男の観念した鳥打帽の下で真正面に青い光を浴びている……

——降りろ、降りなきぁ突くぞッ。

鉄のボート(41)が、穴の上で擬《ぎ》されて、懐中電灯が、観念した鳥打の顔にグッと近づいた。

その瞬間――

ハリついていた小男の腕が、素早く延びて電灯を持っている手首を掴んで、力任せに引っ張った。

電灯は二階の鉄板の上に落ちて真暗になり、機《はず》みを喰《くら》った男は、鳥打帽の顔の上へ落ちて来た。ア――ッ。

黒い塊りが折り重って、梯子から転げ落ちた。そしてすぐ格闘が続けられた。

小男は、身を翻《ひるがえ》して三階に飛び出した。そこには人気《ひとけ》がなかった。工場守衛の今の男の他に、この三階に人のいる訳のないことを彼は知っていた。彼は素早く鉄のボートを拾い上げると、目的の所へ進んだ。闇の中でも、彼は彼の女房の貧しい晴着の数より正確に、その場所を知っていた。四階のマンホールへ向けて口を開けてるこの濾過器の一等重要部分は、ホンのこのボートの一撃で打ち壊される程度の繊細な歯車や、温度計や、電気磁力の速度計によって、組立てられてる個所であった。

彼は、満身の憎悪を鉄のボートに籠《こ》めて、振り下ろした。闇の中で仄白《ほのじろ》く浮き出た無数の小さいメーターが、一撃を喰《くら》って、無惨にケシ飛んだ――途端、背後で鉄板の上を駈け寄って来る靴音を聞いた。味方か敵か？

しかし彼は振り向かなかった。二撃そしてまた三撃——金属の砕《くだ》け散るひびきが、五十坪もある広い三階の壁面にぶっつかって、また撥ね返って来た。

——完全にやったか？

名も知らないが、やはり今夜の同志が、背後で声をかけた。小男は油注《あぶらさ》し台から飛び降りたが、まだボートを離さなかった。そのとき二人は、突然明るくなった工場の窓外に気がついた。

——おい、電灯が点《つ》いたぞ——。

駈け寄った窓の下界は工場内の広場であった。事務所も、広場の周囲も電灯が点《とも》って物凄い光景を照し出している——群集は制服の数隊に逐われて広場を殺到して石塀の方へ向っている。旗は四辺《あたり》に見られなくなり、対角に同じ高さの事務所の窓の内部で、旗と群集と警官とが縺《もつ》れて混乱している。

——おい、引き揚げだッ。

窓から顔を引いた男は、先だって徒弟奪還に活動した黒岩であった。小男は帽子を冠《かぶ》らずジャケツに汚いズボンを穿《は》いた、まだホンの十八、九の若僧だった。

彼らは、先刻の開かれた鉄板のところから二階に降りた。そしても一つの鉄梯子へ足を掛けようとしたとき——階下で制服の群と揉み合っている、先刻の階下へ転げ落ちた四、五人の姿が見えた。

——いけない、ここは危ない——

若者は、敏捷《びんしょう》に身を翻して、二階を斜めに走って、廻転式になっている窓硝子《まどガラス》を押し開けた。そこから二本の鉄条が、トロのレールの終点に口を開けてる倉庫の入口へ、向う降りに架けられてあった。鉄条には両端に鉄籠がぶら下っており、争議前までの激しい原料運搬の廻転を中止したままの姿であったのだ。

——大丈夫だ、これにぶら下れ——

若者は、身軽に鉄籠に飛び込み、それから鉄条に手を掛け、はずみをつけて、するすると降《くだ》って行った。黒岩もそれに従った。

ぶら下った足のはるか下の方で、勝ち誇った警官達の群集を追っかけるのが筒抜《つつぬけ》に聞えて来た——。

3 その前夜の三

町の商店は、戸を閉じてしまった。夜が更《ふ》けるにつれて風が加わり、騒音は風勢に乗っかって、表通りから裏の露地《ろじ》を戸ごとにたたいて断続した。

飛鳥山下の暗い国道を、気《け》たたましい騒音をたてて、警官を満載したトラックが、幾台も、飛んで来た。

警官の数は、数分ごとに増して、広場はまったく彼らの勢力が群集を圧倒してしまった。旗片がひっ千切れ、サーベルがひん曲り、帽子がすっ飛んだ。群集は、警官が佩剣《はいけん》を、真実《ほんとう》に振廻《ふりまわ》したのを目撃したとき、まったく狂人になってしまった。

富ちゃんは、捕まった同志の手から旗を引っ摑んで、四階の露台(42)へ出る階段を駈け上った。広い露台は運動場に出来ているらしく、周囲は鉄柵が繞《めぐ》らされていた。四階に電灯があるきりで暗かった。彼は出来るだけ暗い処に身体を伏せながら追って来る警官の眼を避けた。そして手拭《てぬぐい》を引き裂いて手首の傷を巻きながら咄嗟《とっさ》の間に、どうして逃げるかを考えた。

風は強く頭上を掠《かす》めて、時折り盛り返して起る喊声《かんせい》が、鉄筋コンクリートの建物を這い上って来ては吹き散らされた。

彼は、旗布を外《はず》して上被《うわぎ》の下に巻き、穂槍を杖にしながら逃げるべき場所を探した。

——こいつッ逃げるかッ——。

階段に激しく打《ぶ》っつかるサーベルの音が、すぐ傍《そば》で起った。彼が驚いて振り向いたとき黒い影が、扉の内に転げ込んだ。それはたしかに同志が追われて来たのだ。彼は慌てて駈け寄ろうとしたが遅かった。つづいて飛び込んで来た二つの影が、その転がった上に折り重なった。

――おッ、ここにもいやがるぞッ。

逸早《いちはや》く発見《みつ》けたらしい一つの影が、彼に近づいて来た。富ちゃんは、鉄柵に沿うて逃げ出した。しかし、広さに限界があった。彼は追い詰められて暗《やみ》の中に身構えた。サーベルが、吹き散らさるるわずかの電灯の灯に揺れて躍りかかって来た――が、彼は二度と立ち上れないで、虚空《こくう》に風散するわずかの唸《うな》り声を揚げただけであった。

富ちゃんは、一歩ずつ後退《あとずさ》りしながら、逃げ場を探した。彼は、こんな建築物には必ず外壁に沿うて昇降出来る非常梯子があることを知っていた。

途端、非常笛が鳴り響いた。そして引きつけた赤ン坊のように途切れて、また鳴りひびいた。彼は異常な冷静さで、つい足の傍に、非常梯子へ降りる出口を発見した。踏み辷《すべ》らしそうな靴の下を、はるか下界を、駈け廻っている人影を見た。

――梯子へ逃げたゾ。

非常笛に集まった警官が、頭上から声で逐《お》いかけた。非常梯子は外壁の腹へ、へばりついており、彼はやもりのような敏捷《びんしょう》さで、この巨大な建築物の横腹をジグザグに降りた。

三階には既に同志の影は、硝子戸越しに見られなかった。二階の足溜《あしだま》りへ来たとき、彼の足は思わずすくんでしまった。そこには先廻りした警官が、網を張って待っていた。

彼は旗の柄《え》を既に捨てて来た。それを持っては梯子を降りることは不可能だったからだ。上の方へは無論昇れなかった。彼は完全に挟撃《きょうげき》されてしまった。

——どうともなれ！

彼は下方を見た。モウ地上から三間あまりしかなかった。咄嗟《とっさ》に彼は二、三段、身を翻《ひるがえ》して駈《か》け上ってから、暗黒な広場へ向って、ハッ——と身を躍らしてしまった……。

高枝は、王子河原の土堤《どて》を、逸散《いっさん》に駈けていた。この方面に逃れた者はかなりたくさんいた。しかし、いつかちりぢりになって、大宅とも見失ってしまった。

やみの底に光ってる川面《かわも》から、息塞《いきづま》るような風が吹きあげて来た。

彼女は、足袋跣足《たびはだし》になっている足裏に、ひどい痛みを感じた。それが幾分でも危険区域から遠ざかるにつれて、まったく動けないほど、神経へひびいて来た。彼女はとうとう、土堤蔭へ蹲《うずくま》ってしまった。

足の裏に、硝子の破片が、突き刺さっていた。それを取り去って草叢《くさむら》へたたきつけると、さらに新しい疼《うず》きが腹の底までこたえて来た。

——お——い。

五、六間ばかり後方の土堤上を、走って来る黒い影が怒鳴った。彼女は、痛みが瞬間止ったほど、驚いた。そして土堤蔭に伏せた身体をずらせながら、透《すか》して見た。

黒い影は、すぐ眼の前を走り過ぎた。彼女はそのとき暗闇の底で嬉しくなってしまって、思わずどなった。

——平ちゃん？　平ちゃんじゃない！

黒い影は、声を聞き知って、すぐ後へ戻って来た。

——高ちゃん？

黒い影は、徒弟工の久下平三であった。

——俺ァ、高ちゃんもやられたかと思った！

少年は、土堤下へ降りて来て高枝の手を握って、息をはずませた。

——大宅さんも、清瀬君もやられたよ。

空には星が、スクリーンの斑紋《はんもん》のように、吹き流されていた。騒音は、三、四丁も離れたこの土堤辺まで、颪に吹き流されて来た。

彼女は、しっかり、ハンケチで足を結《ゆわ》えると、少年の肩に縋《すが》った。

——こいつどうしてやろう！

高枝は、右手にまるめて持っている黒いものを、少年の顔のところで振って見せた。

——何だい？　そりゃあ。

暗《やみ》の底に、徽章《きしょう》が光った。それは巡査の帽子であった。足許《あしもと》に河水が白く、岸を嚙んでいた。

——水でも喰《く》らえッ。

蝙蝠《こうもり》のように、闇の中をとんぼかえりながら、黒い団《かたま》りは、河水に呑まれて、眼底に仄白《ほのじろ》い水明りだけが残った。

——旗を渡すなッ！

二つの影が、旗を護《まも》って駈《か》けた。班長の諸橋と亀井とであった。彼らは、方角を分らなくしてしまった。

どんどん駈けてるうちに、かえって敵の多い方へ自分から飛び込んでゆくように思われ出した。

——待てよ。

亀井が、前方の諸橋に低声《こごえ》で云った。右手に、二間幅くらいの水勢の強い流れがあった。

——こりゃ、きっと、王子川の支流だぜ。

諸橋も振り返った。暗闇の底に、仄白く泡立ってる渦を見た。

二人は橋を渡って、少し、空明りの透《す》けて見ゆる方向を、河原に違いないと、考えながら駈け出した。

——いけないッ。

急に踏み止《とど》まった諸橋が、旗の穂先の方で押し返したので、亀井は危なく転げそうになった。

——おや？

亀井も、気が付いたときには、つい十間ばかりの前方を、こっちへ駆けて来る警官の四、五人が、サーベルの音と光で判った。

二人は、橋の上までまた駆け戻った。そして、左側の小さい通りへ身を隠そうとしたとき、亀井が思わず声を揚げた。

不意に、飛び出した刑事らしい男は、突如、亀井の腕を摑んで捻《ね》じ上げようとした。

――この野郎ッ。

もし、背後から追い駆けて来る一団がないならば、彼ら二人は完全に逃げ延びたであろう――が、気が焦るばかりで、亀井が、投げ出されて起き上ったときは、諸橋は組み敷かれて踠《もが》いていた。

――おいッ、こっちだ！

刑事は、橋の上に見えた警官を見ると、力を得て怒鳴った。

亀井は、旗を拾い上げると、同志を已《や》むなく放棄《ほうき》して駆け出した。しかし、彼は疲労している上にいま投げ出された痛みが、羽目板を背中に背負ってるような感じであった。

彼は自分の肩に、警官の手が触れるのを感じた。そして咄嗟《とっさ》に、旗を両手に抱きながら、ほとんどころげこむように河面《かわも》へ飛び込んでしまった。

風に逐《お》われた紙ッ屑のように、露地《ろじ》から転がり出し、表通りをつっ走って、群集は王子の街全体に散らかった。広場には検束自動車が慌しく往来し、署長は、声を嗄《か》らして警官達を追い走らした。

広場前のカフェー「赤玉」は、他の店と同様にすっかり戸を下ろして、二人の女給は、二階の窓の戸を細目に開けて、慄《ふる》えながら凄惨《せいさん》な光景を偸《ぬす》み見ていた。

それ故に、いま、のっそりと声も掛けずにこの二階に入って来て、彼女達の背後のテーブルに腰を掛けてから、落ちついた態度で、帽子を冠《かぶ》り直し、オーバーの襟を直した客があることに、すっかり気がつかなかった。

——オイ何か食物を持って来てくれ。

振り返った二人の若い女給は、のけぞるばかり驚いて危なく声を立てようとした。

——何でもいいんだ。

帽子を深く冠った客は、至極《しごく》落ちついていた。そしてポケットから煙草《たばこ》を探り出すと、左の手で、つまみ出した。

——おい、ぼんやりしないで点《つ》けとくれよ。

女給は、面喰《めんくら》いながらそれでも微笑《ほほえ》んでいる客に促がされて、マッチをとって点けてやった。

客は、この家の女達が、どんな稼業《しょうばい》であるかをよく知っていた。男は、一人の姐《あね》株《かぶ》らしい方に煙草をつき出してやりながら、眼で合図した。脂肪肥りしたおでこの光る女給は、半信半疑で客の眼を読みながら

——今晩は、こんな騒ぎで——

皆まで云わせず、この男は、女の手を引ッ張りながら、無理矢理に、片隅のテーブルに座を換《か》え落ちついてしまった。

——おい、君、酒を持って来てくれ。

取り残された女は、アブを喰って(43)ふくれながら、吩《い》い付けられるままに階下へ降りて行った。

浮かれた口振りに似合わず、客はまずそうに酒を呑んだ。そして始終、窓の隙から、眼下に見ゆる広場の光景を注意していた。

女が便所に行った留守に、その客は手袋を探りだして右手にはめた。右の親指と手

首のところに、固まった血糊《ちのり》が密着していた。この客は中井であった。

――おい、この家には電話があったね。

女が席へ帰って来ると、彼はさり気ない調子で云った。

女は階下に接続されてある二階の隅の電話を指さした。彼は起《た》って行って、例のレストランの二階で待ってるはずの、綿政に電話を通じた。

五分ばかりかかって、電話を切ると、中井は、こんどは本当に酔《よい》が廻って来たように女に云った。

――もうなにもかも大丈夫だ。サア、寝よう？

女は、客の無粋《ぶすい》な放言に驚いた。

――馬鹿馬鹿しい、ここは宿屋じゃありませんよ。

中井は、酒は飲めない質《たち》であった。しかし、酔えない酒は、頭にこもるだけで平気であった。綿政は、用件の最後に、彼に捕まらないようにしろ、と注意してくれた。もう、これ以上、この女にも、カフェーにも用事はなかった。飯も食った。酒も飲んだ。

――勝手にしやがれ！

彼は、蟇口《がまぐち》を女にたたきつけて二階を降りた。

大風のあとのように、ひっそりとした街を、楊枝を含みながら、中井は追っかけて来た女に送られて、蹣跚《まんさん》と山下の電車道まで歩いて行った。

負傷

1 分裂

翌《あく》る朝である。正午《ひる》過ぎに眼を醒《さま》した淫売女《いんばいおんな》のつらのように、ちょっとばかりの雲が、山のかげ、河原の土堤《どて》、広場、街の通り、警察署の入口などを、斑《まだ》らに汚していた。

まったく、一人も残らず、この王子の街から、あの蟻の群が四散したのは、雪の降り出すホンのちょっと以前、午前一時頃であった。

王子署の入口は、弱い冬の朝日が、無惨に踏《ふ》み蹂《にじ》られた雪の、泥の中にわずかの名残《なごり》を見せているのをやっと黄色く染め出す時刻になっても、依然激しく出入する制服や、私服の靴音と怒声とで混雑していた。

千切れた組合旗、黒い液体ようのものが錆《さ》びついた槍の穂先、数個の鳥打《とりうち》や中折帽《なかおれぼう》、折れた洋傘の突尖《とっさき》、棒切れ、黒い血がいっぱいに滲み出た手拭《てぬぐい》の切れっぱし、襟巻、労働服の上着、片っ方だけの靴、等、等、等。

階下の騒音から、幾分か遠ざかった二階の高等刑事室の卓子《テーブル》の上に、こんな証拠物品が盛りあげられてあった。

本庁から急行した特高課長、労働係長、刑事部長等が、鉢巻《はちまき》をした署長と一緒に、この室内へ入って来た。

——ウーム凄《すご》いね……

刑事部長が唸《うな》った。

——首謀者らしいのはあがっているかね。

特高課長は、往年の「焼討事件《やきうちじけん》」を聯想《れんそう》していた。

——いま片《かた》ッ端《ぱし》から調べてるんですが、何分あげたのだけで何百ですからね。

署長は両眼を充血さして、頭部の繃帯《ほうたい》に引っつれる眉辺を顰《ひそ》めた。彼は自分に投石して負傷さした奴を、第一番に調べ出したいと考えていた。

——ナァに、首謀者はかげにいるんだよ。

新任の特高課長は自信をもって断定しながら美髯の下から、静かに煙草の煙を這いのぼらした。

彼は、多忙で重要な、己《おの》れの任務を、最も能率を上げさせるためには、最善のプログラムを組立てておかなければならなかった。彼は新内閣政策の最も有能なる闘士たることを立証するためにも、存分の手腕を見せるべきであった。彼は、証拠物件の二ツ三ツ弄《いじ》くっていたが、ふとあるものを見出してじっと煙草の煙を嚙んで息を詰めた。

――ホウ――

他の人々も、顔を寄せた。それは黒く光る長さ八吋《インチ》ばかりの拳銃であった。

――モッと、現場を、細かく探索したがいい……

特高課長は、腕時計を見てから、署長にそう云って、他の部長達より一足さきに室を出て行った。

署の裏口から二つの担架《たんか》が出て来た。そして垣を作ってる近所の町の人々を追い散らしながら、筋向いの医院に運び込まれた。町の人々は眼を反向《そむ》けた。それほど無惨な担架の中味であった。

特高課長を乗せた警視庁用の自動車は、三十分の後、芝区御成門《おなりもん》協調会館の前で止った。会館前の往来は、ほとんど通行止めになって、真ッ黒い制服巡査で埋めつくされていた。特高課長が降りたつとその制服たちが一せいに挙手した。しかし事実は、巡査の大会ではなくて、館の入口に立てられた三間あまりの立看板が示すように、労働者農民党臨時大会の会場であった。

特高課長は、人混みにまじって網を張ってる刑事達に、瞬間的に目配《めくば》せしながら、臨監控室に入って行った。

場内は人《ひと》いきれで、逆上《のぼ》せるほどのうんきであった。階下広間の代議員席も、三階の傍聴席も昨夜の群集と同じような、時代意識の尖鋭な眼が、眩暈《めまい》がするほど無数に、会館の天井にとどく後方まで、隙間なく並んでだんだんにセリ上っていた。

にもかかわらず、場内は、まったく寂《せき》としていた。はるか前方の書記席でとり落した鉛筆の音が、傍聴席の隅までとどくほどであった。幾千の呼吸が、定刻を既に過ぎてしまっても、まだ姿を見せない議長席の椅子を睨《にら》んで、ひそまり返っていた。

全国から集まった代議員達――農民組合――各地方労働組合――鉱夫組合――俸給生活者組合――水平社代表――消費組合聯合会――千余の彼ら代議員達は、各自、所属団体の意志を把持《はじ》して、最も強くそれを、この党臨時大会に反映させようとしていた──高木、中井、山本達の顔が、左側の評議会系統の代議員達にまじって見えた。彼らは、階級運動の前衛分子として、今日の大会における自分達の重大な任務をよく知っていた。

──「解散」の準備が出来てるね。

傍聴席の隅っこで、こんな囁《ささや》きがあった。

──右翼じゃ、それを待ってるよ。

この傍聴者達は──左翼であろう。

「党綱領第三の合法的修正案」は、本大会を開催せしむべく、右翼から提議された建案であった。右翼はこの「提案」によって、最も合法的な党分裂を遂行しようとしていた。

半歳以前の結党式において全党員が誓約した、党綱領の第三条は、右翼にとっては政府の弾圧の火を導く、カチカチ山の狸《たぬき》の背負った薪《たきぎ》に過ぎなかった。だが左翼に云わせれば、それは卑怯《ひきょう》な「軟化的看板の塗換《ぬりか》え」であり、全無産大衆の真実の要求を抛棄《ほうき》するものであった。よし、分裂の已《や》むなきに至っても、従来の党精神の虚脱声明は、いかにそれが資本攻勢に対する一時的便法にしても、到底忍ぶべからざるところであった。

――見ろ、大衆を見ろ、彼らはいま、工場から、農村から逐《お》いまくられている。逐いまくられながら、傷つきながら、必死になって自己の陣地を死守して闘っている。それを見殺しにするのか――

彼らの眼は、そう叫んでいる――しかし、右翼はこう考えていた。欧洲戦乱当時の好景気に進出した無産階級の獲得した諸勢力は、最近の社会経済状態を以てしては、到底容《い》れ難《がた》きものがあるであろう――彼らは議会政治を信じ、また周期的に来るであろう財界好況を信じた。一歩退却し、さらに二歩前進するのだ……と。

だが――。

――一歩退却することは、さらに二歩退却することだ、否、それにまったく破滅にちかい!!

左翼はさらに怒鳴り返すであろう。中井達は、また附け加えるであろう。

――俺達は、いまそれを大印争議によって実践したんだ。さらに繰り返すことは、それを大衆が許さない!!

そこに、氷炭相容《あいい》れざる主義精神の根本的相違が現われ、よりさらに、この救うべからざる右翼の誤謬《ごびゅう》を、行動にまで逐い込むものに、シベリア内閣の一枚看板の「政策」があった。

然《しか》り、資本の攻勢は、見事にも、この無産階級陣営の、合法的な表面においては、その弾圧の巨弾を、右翼派の手を藉《か》りて、炸裂《さくれつ》せしむることが出来たのであった。演壇裏の別室で、既に三時間も以前から開かれている小委員会が、激論で収拾つかないと同じように、臨監控室も多忙を極めていた。魚はまさに、潮に乗って、干潟《ひがた》に鱗《うろこ》を並べて密集しているではないか——。

遂に、小委員会は、左翼側の最後的譲歩を提示したるにもかかわらず、相対峙した意見を、よりさらに溝を深めたままで、双方が席を蹴《け》った。

敏腕な警部補は、特高課長に囁いた。

——どうせ、右翼は、あの議案の日程を変更されては、他の議案なんか審議しますまい。

特高課長は、ニヤニヤしながら肯《うなず》いた。彼らは権威ある傍聴人であった。特高課長は左翼派の代議員を見渡した。そして機敏に、そこに中井の馬《うま》ッ面《つら》と、高木のずんぐり背をみつけた。

――畜生、澄まし込んでやがる！

彼は、昨夜の「一揆《いっき》」を聯想して、職掌的にその推理を進めていた。

――モウ二、三時間後には⁉

彼は、配下に万端の意を含めてから控室を出た。場内の空気は、彼をひどく上機嫌にして、帰庁せしめたのである。

……だが、もし彼が、モウ二、三十分場内にいたならば、彼の顔は、今朝王子署に出たときよりモッと不機嫌になっていたかも知れない。

というのは、大会は議事に入るに先だって、左翼派から提出された緊急動議によって、次のようなことを決議してしまったからである――


近時、頻々《ひんぴん》として相踵《あいつ》ぐ労働争議は、最も露骨なる大資本閥の労働組合圧迫に基因するものであることは言《げん》を俟《ま》たない。しかもこれは単なる労働条件の改悪であるばかりでなく、さらに進んで労働組合絶滅策であり、労働階級の結社の自由を根本的に打ち摧《くだ》かんとするものである。わが労働者農民党は、この最も露骨なる資本の迫害に抗して奮闘しつつある大同印刷争議団、王子製紙争議団に対して、政府当事者が執《と》り来《きた》った行政上の重大なる過誤を責め、その責任を明かにせしむる義務を有するものである。

昨夜大正十五年十二月十八日、王子製紙における近来稀有の椿事《ちんじ》は、その最も顕著《けんちょ》なる例である。わが党は、右事件の責任について、あくまで資本家地主の走狗《そうく》たる政府に向って厳重に抗議するものである。

右決議す。

大正十五年十二月十九日
労働者農民党

決議文は議長によって読み上げられ、満場一致を以て行われた。

そして熱狂した左翼の拍手を再び怒濤《どとう》のように盛り返せしめたものに、中華民国上海総工会のメッセージがあった。赤い真四角な唐紙《からかみ》が、語尾の不確かな朝鮮人によって拡げられた。

――打倒帝国主義、打倒軍閥主義……

「中止ッ」素早く飛びかかった官憲の手が、朝鮮人の肩を摑んだ。どよめいて立ち上る代議員達の頭上に真心籠めた贈物「赤い奉書」がサッと投げられて、翻《ひる》がえりながら落ちて来た。

外方《そと》には風が、つよく吹きまくっていた。

萩村の後頭部の打撲傷《だぼくしょう》は、かなりの重傷であった。一昼夜を混濁《こんだく》した湯気《ゆげ》のような昏迷《こんめい》の裡《うち》に彷徨《ほうこう》していた。

——民衆の……戦士のかばねを……

高枝の、低い呟《つぶや》きに似た歌声が、フイと、(それはホンのごくわずかの瞬間だが)彼を脂汗《あぶらあせ》の滲《にじ》み出るような昂奮状態の裡に、意識を喚び戻すこともあったが……ほとんど、氷嚢《ひょうのう》を取換えてくれる高枝の顔も、窓外を荒れ狂う植物園の森の樹木の、凄い叫《きょう》喚《かん》も、明瞭には意識することが出来なかった。

まだ、電灯の点《とも》らない室《へや》の中に、二階であるだけの仄明《ほのあか》るさが、窓硝子を透して、繃帯《ほうたい》ぎれで、死面をくるませたような萩村の顔を、静物のように彫っていた。

お加代の留守を、家の病父と、萩村と二人の病人を介抱して、高枝の頭脳も、水薬の空瓶みたいになっていた。それに昨夜の、足裏の傷が、また傷んでいる。

——この人は、このまま死んでしまうか知らん?

空虚な彼の瞳が、ロボットの口のように開いたが、彼女の顔は意識外であるらしかった。

水薬が、ゴクリと、咽喉《のど》を流れ込む音を聴きながら、彼女は、男独身者の垢《あか》じみた蒲団《ふとん》に片手を突《つ》いて、萩村の手首から、医者がするように、脈を数えとったりした。

——もしか、明朝あたり冷たくなっていたら——。

そんなことも、モノタイプの自動ハンドルが、活字をつまみ出すような無感情さで頭脳の中を通り抜けた。

——たった一晩で、病院も逐《お》い出されて——

死んでしまって——三、四年も経ってから、「彼奴《きゃつ》らのために、こういうわたしの友達も死んじゃったわ！」と、工場で隣りの女工に話したら、

——まあ酷《むご》たらしい！　なんて可哀想な死方《しにかた》したんでしょう。

と云うに違いない。そしてわたし達は、「牢獄の歌」でも唄い、五分も経った後、わたしはすぐ何事もなかったように、元気で快活になるだろうか——

——亡くなって！

彼女の空虚な頭脳に、煙のようなものが、うっすりともやいはじめ、一抹《いちまつ》の熱いか

たまりとなって、急に咽喉元へこみあげて来た――。

――どうして？　苦しいの？

萩村が、顔を歪《ゆが》めて、何か口をモグモグさせた。が、また眼を閉じて、唇許《くちもと》にわずかなふるえを残して以前の状態に帰ってしまった。

彼女は、そっと萩村の額《ひたい》に手を置いて、氷嚢を載せなおしてから、蒲団から投げ出されている逞《たく》ましい男の腕をじっと見た。

――快《よ》くなるさ、大丈夫よくなるさ!!

彼女は、腕を持ち上げながら、自分を慰めるように呟いた。――このままじゃ死んでも死に切れるもんか――。

萩村は、彼女にとって知識の源泉であった。彼は、彼女に社会の観方《みかた》を教え、どこに自分達の鬼がいるかを指示してくれた。室の隅のこのまずしい四畳半の室に不似合いな大きな本箱は、彼女にとっても、唯一の教師であった。

餉台《ちゃぶだい》兼用の机の上にレーニンの「組織の問題」が彼が負傷する前夜まで読んだらしく繰り拡げられたままで伏せてあった。

彼女は、それをとり上げて、めくってみたが、しかし、彼女も疲れていた。本をそこへ抛《ほう》り出すと彼の足の方へ突《つ》くばってうとうとしてしまった。

――高枝さん、牛乳が来ていますよ。

階下からお内儀《かみ》さんの声がした。彼女は起き上って牛乳を受取ると、薬鑵《やかん》の湯に入れて温めた。

いくらか熱が下ったのか、萩村の顔から少しずつ赤味がとれて、吐息《といき》のような呼吸が、少しずつ平静になった。

彼女は、潑剌《はつらつ》とした小さい虫が、萩村の体内で、無数に生き返りながら、動きはじめたように感じた。

――まあ、有難い⁉

加減よくなった牛乳を、湯呑《ゆのみ》にうつして、口へ当てがいながら、そっと上体を抱え上げるようにした。

――萩村さん！

低声《こごえ》で二、三度呼ぶと、彼はうっすり眼を開けて、彼女を見た。

――牛乳だわ、いや？

病人は少しばかり口に含むと、ゴクリと咽喉《のど》を音さした。

──よくなってちょうだい、ねえ！

病人は無表情に、少しずつ飲んだが、ほとんど一合ばかりを飲みつくしてから、深く吐息した。

──もう大丈夫だわ！

口許《くちもと》を拭《ぬぐ》ってやった。蒲団を着せ直そうとしたとき、萩村の大きな腕が、彼女の手を摑んでしまった。

──あらッ！

彼女は驚いた。病人は依然眼を閉じたきりであったが、唇が力なく動いていた。言葉にはならない唇の動きであったが、彼女は摑まれた手の暖みをとおして、その意味が判った。

──心配しないで、お寝《やす》みなさいよ。わたしが附いてるから安心してね。

顔を密着《くっつ》けて云いながら、彼女は、感じた意味の半分も言葉には出ないで、顔が赤くなった。

そして、閉じられてる病人の眼を見すましてから、偸《ぬす》むようにして男の顔へ、自分の唇を持って行った。

2　スキャップ

嵐の夜と、凍《い》てつくような氷雨《ひさめ》の昼とが、交互に明け暮れて、歳暮が間近に迫って来た。

お加代が帰って来た。

蒼《あお》ずんで、眼の色が濁って、生気がなかった。腫《む》くんだ顔や手足が、以前の彼女とは、まるきり変化《かわ》っていた。高枝に支えられて、家の閾《しきい》を跨《また》いだとき、病父は床を這《は》い出して来て、泣き出したほどであった。

寝床が二つならべられた。お加代は坐っていられなかった。唇も黝《くろず》んで、寒さにわなわなふるえているようであった。彼女はひどい脚気《かっけ》になっていたのだ。

それでも当人は、割合に、しっかりした気でいた。寝床の中で顔だけのぞかして、彼女は姉を泣かせるようないろんな出来事を話した。

——わたし、死ぬかも知らないわ、赤ん坊だって満足に生れっこないでしょう?

高枝が、梳《くしけず》ってくれたふっさりした髪の毛の中で、淋しく微笑して見せながら、

——あの人だって、あんなですもの、よしんばわたしの病気が癒《なお》ったとしても、二

度と逢えない気がするわ。

宮池と再び逢えないだろうことを、予知しながら、彼女は留置場での最後の邂逅《かいこう》を、堅《かた》く胸に刻んでいた。彼女は何も喰べたくないと云った。それでも姉にすすめられて、柔かくした麦粥《むぎがゆ》を、少しばかり啜《すす》ったが、すぐ嘔吐《おうと》してしまった。

千川どぶに、氷が張りつめた。

高枝は病人の介抱《かいほう》ばかりで、争議団へは顔が出せなかった。時たまに、見舞に来てくれる婦人部の者や、所属班の役員達によって、ひどく班の空気が、沈滞して来たことなどを聞かされた。

彼女も、お加代の枕許《まくらもと》に坐りながら、気が滅入《めい》って仕様がなかった。それにモッと、彼女の顔を暗くしたのは会社が、ロックアウトを解いて多大の費用と、狂気染みた努力で集め得た、三百足らずの裏切者を以て、作業を開始したことであった。

（植字工《しょくじ》、文撰工《ぶんせん》、紙差工《かみさし》――を募集す）

簡単であるが、かなり大きく、各新聞に掲載された広告が、失業者の洪水の中に投げ出されたことは、争議団員が急に歳晩の肌寒さを感じたほどの打撃であった。

会社は、株主総会の結果、専務以下の役員を更迭《こうてつ》して陣営を建直《たてなお》し、さらに、作業を開始するについて顧客への、挨拶の新聞広告をした。

社長大川の意志は、鏡のように反映して、断然、二千七百余名の争議団全員の解雇を宣言してしまった。小石川区有志の調停申込みも、さらに、所轄署長を通じたある筋の調停申込みも、簡単に斥《しりぞ》けてしまった。

同様の意味で、芝増上寺《ぞうじょうじ》の道重大僧正が、大川社長を訪れたのもこの頃であった。高徳の老師は、この傲岸《ごうがん》な一富豪を説いた。功に驕《きょう》じ、富に傲《おご》るものを戒《いまし》め、衆生《しゅじょう》を救うことを、かの老大僧正は、己《おの》れの天職と信じた。故《ふる》きに倣《なら》っても、いままさに、彼の言行は正当であるべきであった。

にもかかわらず、この傲慢なる匹夫《ひっぷ》は、一言の返辞すらしなかった。数十分の対坐の後、大僧正が座を立つとき、たった一言云った。

——御説は承《うけたまわ》っておきます。

各班内の空気が、ひどく重くるしくなったのはそればかりでなかった。多数の犠牲者を出したことによって、空席が目立って多くなりその空隙に、会社側の密偵が割り込んで来た。

冷たい年の暮の風が、淋しく団旗をひるがえした。

萩村は、今朝起き上って、草履《ぞうり》を突っかけると、外方《そと》へ出てみた。内部に傷を負わなかっただけ、一頃《ひところ》の疼痛《とうつう》がとれると、恢復《かいふく》は割合に早かった。

彼は、本部の消息を知りたかった。高枝に逢って礼も云いたかったし、お加代が帰って来たことも聞いていた。

草履の爪先が、小石にひょいと打《ぶ》っつかると、まだすっかりでない頭脳《あたま》の痛みが、ドキンとひびいた。

——おや、もう歩いてもかまわないの？

高枝は、家の入口に現われた萩村の顔を見て頓狂《とんきょう》に叫んだ。

——なァに、大したことはねえ——

彼は、病父に挨拶して、高枝に世話になった礼を云ってから、お加代の寝顔を覗いた。

——宮池に逢ったんだってねえ——

「え！」とお加代は肯《うなず》いて見せてから、

——とても、ひどいのね……。

家で寝ついてから、かえって気弱くなったお加代は、語尾を咽喉《のど》につまらせた。

──でもあんた、未遂《みすい》だもの、一年もすればまた元気で出て来るわよ。

姉は、妹の気をひきたてようと努めた。萩村は黙っていたが──。

──会社は工場を開けたって?

高枝は肯きながら、

──あんたとこへ、解雇通知来て?

彼女は、空《から》ッぽの本箱から二枚の葉書を出して見せた。病父が吐息した。

──ホウ……社則により解雇す……か。だが、俺んとこは来ないよ。

萩村は、印刷した官製ハガキをひっくり返しながら、

──畜生ッ、俺なんかいちいち断るまでもないと思ってんのかな。

彼は、元気に笑ったが、痛みがまだ頭脳へ残った。

──俺、これからちょっと本部に行って来ようかな⁉

彼は、王子製紙の一件から、ほとんどガラ空きとなっているはずの本部が気にかかった。

──よしたがいいわ、それでまた途中で、暴力団に発見《みつ》かったら、今度こそ一遍でお陀仏《だぶつ》だわ。

彼はそろそろ草履《ぞうり》を突っかけながら、外方《そと》へ出た。そして振り返って笑った。

——どうせ殺され損なったんだ。さっぱりやって貰ったがいいかも知れねえ——。

白山坂の坂下にある争議団本部までは、五、六丁しかなかった。この辺りは争議団の縄張りだし気強くもあった。彼は歩きながら、フト、出掛けに高枝が、

——会社じゃ、新聞広告で、職工を募集しているんですとさ——

と云ったことを思い出した。それは本部の門内へ、見馴れない同職らしい型の人々が、団員に伴われて、二人、三人と入ってゆくのを見たからである。

——ヨウ、萩村君よくなったのかい？

本部に居合わした三、四人の者が、彼の傍《そば》へ集まって来た。

——何だ、死ななかったのか？

萩村の代理をやってる安藤が声をききつけて、二階から覗いて怒鳴った。

——ひどいこと云いやがる、そうやすやす死ねるかい。

乱暴で、ガサツで、正直な安藤のいつもの調子に、萩村は久しぶりで笑ったような気になった。

——死にゃいいのに、そうすりゃ、リープクネヒト(44)になれたんだ。

安藤は、忙しく伝票や書類などを処理しながら云った。居合わせた二、三人がふき出した。

——だが、真実《ほんとう》に出歩いたっていいのか？

——無論さ——。

萩村は、出席点呼表や、特警の報告書、班細胞の摘発書などを拡げて見た。どの書類も、著しい変化を見せていた。彼の寝込んでいた半月ばかりの間に、味方の情勢は急速に悪化していた。

本部には最幹は誰もいなかった。若い連中の四、五人が、この重大な危機に当面して、働いているのだった。

——安藤君、あの見馴れない連中は？

——あれが問題なんだよ。例の新聞広告でやって来たスキャップ[45]だよ。今盛んに説得しているが、トテも訳のわからない奴ばかりでね——。

安藤は報告書を整理する手をちょっと離して云った。

——君、口がうまいから、一つやってくれよ。いま松本と黒岩の二人でやってるんだが——スキャップは、だんだん増えて行く一方で、こちらがかえって云い負かされそうになるんだよ――。

事実、彼らスキャップに、どしどし入場されたんでは、われわれは、まったく目も当てられない気がした。

なるほど、階下で、黒岩の怒鳴ってる声が、筒抜《つつぬ》けに聞えて来た。彼はまず様子を見ようと思って、そろそろ、梯子《はしご》を降りて行った。

階下の八畳と四畳半はぎっしり、その失業者(スキャップ)達が目白押しに並んでいた。

隅っこの小さいテーブルの傍《そば》に、黒岩の興奮して角ばった顔と松本の青い顔が、熱心に説明しているが、この失業者達は、不平づらで、碌《ろく》に聴いてる様子がなかった。

――この争議は、まだこれからなんだ。会社じゃ、解雇したと云ってるが、俺達は、まだ承知していねえ、こんな不当解雇に承知が出来るもんか！

黒岩が、テーブルを揺すぶりながら怒鳴っても、一向ききめがなかった。

――だって、争議団へは、ちゃんと、価格表記で解雇手当までとどけてあると、会社じゃ云ってるぜ。

右側の柱に寄っかかった紙差工《かみさし》らしい古洋服の鳥打《とりうち》が云い返した。そして背後を見

廻しながら、

——つまんねえ、俺達ゃ争議団へ来たんじゃねえ、会社へ雇われるために来たんだ、ナァおい——。

三、四十もある顔が、一様に応じた。

——そうだとも——馬鹿馬鹿しい、おだやかに帰して貰おうじゃねえか。

彼らは、何の訓練もない「未組織大衆」であった。しかも今の場合は、目前の利害が相反していた。

——嘘だ、そりゃ会社の奸策《かんさく》だ——そう云って君達を雇っておいて、そして争議が解決つくと、また君達ゃおっぽり出されるんだ。

黒岩は、ジリジリしていた。そう云われても彼らは平気であった。

——おっぽり出されるまで働きゃ、それでもいいんだい、贅沢はいわねえ——。

まったく彼らは階級的道徳心なんか、毛頭無かった。ただ、個人個人の利益ばかり主張した。彼らはだんだん強くなり、さっきの古洋服がまた——怒鳴った。

——朝ぱらからやって来て、こんなとこで手間取ったんじゃ、またハチ喰っちゃわあ(46)……

失業者連中には、何でもかでも仕事にありつければそれでよかった。味方が増えるにつれて、彼らはますます強くなり、誰よりもさきにこの室《へや》を飛び出して、職にありつきたかった。

そこへまた、二人、三人と、特警に引っぱられて失業者達は入って来た。

——おい頼むぜ。この兄弟に、よく判るように話してやってくれ。

云い捨てて、特警は、すぐ引っ返して行った。「募集広告」が、今朝の新聞で発表されてまだやっと正午なのに、応じて来る失業者は数え切れなかった。特警は、会社とその筋の共同警戒の網を潜って、奮闘しているのだ。

——諸君、俺達は、今日までどんな思いで闘って来たか——そして君らが会社へ入っちまったら、俺達はどうなる？

黒岩は、眼色を変えて、一座の先鋒《せんぽう》になっている柱の傍の鳥打に詰寄った。

——だが、ちょっとお前さん——

すぐ黒岩の足許《あしもと》にいる五十ばかりの昔仕込みの職人らしい青ざめた男が、手をあげて云った。

——俺だって、道楽に、なけなしの蟇口《がまぐち》をはたいて電車に乗って、深川くんだりから来たんじゃねえや、俺ァ、これで、半年も遊んでるんだ——嬶《かかあ》や子供を干《ひ》ぼしにして、この正月が越せねえんだよ。間抜《まぬけ》め……。

彼は、古いマントを蝙蝠《こうもり》のように動かした。

——俺ァ、半年どころか、一年にもならァい——一等背後の方でも新しい声が応じた。

——冗談じゃねえ、おだやかに帰して貰うぜ。つまンねえ、食うか食わねえかのさかいめだ。

——そうだとも、スキャップだか、シャベルだか知らねえが——ヨウ、争議団の人、威嚇《おど》かさないで帰しとくれよ。

空気は、ますます悪くなった。失業者達は、口々に喚《わ》めきたてた。黒岩は、とうとう爆発したように怒鳴った。

——じゃ、貴様達は、どこまでもわれわれを裏切って、スキャップになるってぇのか？

萩村は、出てゆこうとしたが、いっぱいですぐ黒岩のところまで行けなかった。

——何だ、裏切りとは？

真中辺《まんなかあた》りにいた、釣鐘《つりがね》マントの苦学生風の若いのが、つと立ち上って黒岩に詰め寄って行った。

——どうして僕達が裏切りだ。僕は君らとは何の関係もないんだ。僕が自由意志で会社に雇われることは、民法でも指定されてる通り、正当なんだぞ——馬鹿な。

苦学生は、見事云い負かした気であった。

——そうだとも、争議団は争議団、俺は俺だ。

失業者達は立ち上りかけた。すると、

——このスキャップめッ。

黒岩が、いきなり、その苦学生の顔面にメリケン(47)をくれた。釣鐘マントは不意を喰《くら》ってひっくり返った。室内は総立ちになった。

騒ぎに駭《おどろ》いて二階からも皆が降りて来た。戸外に立ってる警備の者も室内を取り巻いた。

——待ってくれ、待ってくれ……。

取っ組んでいる黒岩や松本を、失業者達から引き離して萩村は云った。

——諸君、帰ってもよろしいです。ですからちょっと静かになって下さい。

「当りめえよ」「なぐるなんて滅茶《めちゃ》だい」てんでに、そう云いながら、帰っていいというので、静かになった。

――帰って下さい。しかし、まだ話が十分諸君に徹底していないようですから、モ一度僕から話します。それで話をきいてから帰りたい人は帰って下さい。

萩村は、テーブルの背後に立ちながら、穏やかに云った。

――よし聞いてやる。だけど今度は文句なしでけえしてくれよ。

連中は静かになって坐った。

――皆さんの中には、僕の知ってる人もある――お互い印刷工として同職でありながら、いまのような同志討ちは慎《つつ》しまなきゃならない。

――極《きま》ってらあい――

まだ余憤の残ってる連中が云った。

――そうだ極ってる話だ。

萩村は、今の声の方を眼で逐《お》いながら云った。

――諸君も永い失業で困ってるように、俺達も、今日で七十日闘かって来て困りぬいてる――その困ってる兄弟が喧嘩することはまったく悪いことに極ってる――

ロジックのちょっとしたユーモアが、失業者らの気持を少し綻《ほころ》ばせた。

——俺達ぁ兄弟分だ——お互がよくなるように仕向けるのが当り前だ。ところが、お前さんたちが職に有りつきぁ俺達の争議は負《まけ》になる——これは一体どうすればいいんだ。

先刻の苦学生が鼻血をふきふき、室外に辷《すべ》り出ようとするのを、萩村は発見《みつ》けた。

——おいお前ちょっと待ちねえ——お前さんはどうすりゃいいと思うんだ。聞かしてくれ——

釣鐘マントは、視線が自分に向けられたので、俯向《うつむ》きながら、皆のうしろへかくれてしまった。

——俺達争議団は、皆さんが職にありつくのを決してやっかむんでもなけりゃ、邪魔するんでもない。しかし、よく聞いてくれ、この黒岩君が先刻話したように、この争議の起りの原因は、鋳造部の三十八名馘首《かくしゅ》から始まったんだ。——俺達も、さっきの釣鐘マントが云ったように、お前はお前俺は俺でいたなら、何もこの寒空にこの空《す》きッ腹《ばら》かかえていやしねえ。

萩村は頭脳《あたま》の痛みも忘れて喋りつづけた。

——だけど、俺達労働者はそれでいいだろうか。兄弟分の皆さんはこの道理が分らねえだろうか。三十八名のために、三千人の人間が命を的《まと》にして闘ってるんだ。この心持は、お前さん達にゃ分らねえだろうか？

萩村は声を励《は》げました。失業者達は、淋しい首許《くびもと》を見せて押し黙ってしまった。そこへ松本が二階から飾ってある団旗を持って来た。

——皆さん、眼をあげてこの旗を見てくれ、この旗は争議団三千人の魂だ。獄中にある犠牲者も、病死した可哀そうな団員も、狂人になってしまった団員の家族も、それらの尊い魂が皆この赤い旗の裡に織り込まれてあるんだ。

団旗は、いろいろのしみに染んで、室内に重く垂れた。失業者達も、首を垂れていた。

——皆さん！　いま云った道理が、判ったか判らねえかハッキリ聞きたい。さあ、ここへわれわれの魂である団旗を置く。判らねえ奴は、この旗を跨《また》いで帰ってくれ、会社へゆこうと、どこへ行こうと、そりゃあお前達の勝手だ。

失業者達は、俯向いたきり声を呑んで、動こうともしなかった——。

桎　梏

1　強制調停

……過日王子署員と大乱闘を演じて、検束者二百余名を出した大同印刷会社の争議団員らは、その筋の厳重なる警戒に已《や》むなく、上野公園に赴き、屋外集合の名目による解散を避けるため……動物園に入園して練り歩いた。急報により、上野署員数十名が駈けつけ警戒したが、どうすることも出来ず傍観するのみであった。

十二月×日の東京日日新聞が、こんなに報道したように、事実、大同印刷争議団の存在は、帝都の中央に放たれた虎のように危険なものであった。しかも、屋外集合の名目を避けるため、上野の動物園を練り歩いたことはより一層皮肉であった。

猛虎《もうこ》は檻《おり》の中にいた。飼い馴《な》らされた彼女らにも、荒野を恋慕《れんぼ》する古い血が逆上するたびに、檻の鉄棒を蹴《け》って咆哮《ほうこう》した。数世紀の伝統的被圧迫階級の彼ら争議団員達も、自由と平等に眼覚めて新しい血に燃えていた。

そして彼らも、決して檻の外ではなかったのだ。

軍閥地主党と云わるる政友会が内閣を組織し、果して「シベリア問題」は、印綬《いんじゅ》を帯びて台閣《たいかく》に起《た》った。

政友会は、民政党に比して、尠《すくな》くとも国会においては少数党であった。対支問題、モラトリアム、そして頻発する大規模の労働争議、小作争議、幾多の難問題が新内閣の前途に横わっていた。

国民は、政友会内閣の短命を予想した。反対党の新聞は、その内閣組織すら不可能でないかと疑ぐったほどであった。

しかし、「シベリア問題」は、陸軍軍閥の統領たるこの将軍は、貴族院、特に枢密院方面に、多大の信頼を懸けられていた。彼は、険悪な雲行《くもゆき》にある議会開会を前にして、一日それらの贔屓客《ひいきやく》に招致《しょうち》された。国家の元勲《げんくん》であり、帝国主義の権化《ごんげ》であり、政治的にも絶大の有力者である従一位大勲位は、この勇敢にして果断な、「シベリア問題」に、一つの註文をつけた。

註文の内容は云うまでもなく、彼ら贔屓客の、最も憂《うれ》うる――モラトリアムよりも――対支問題よりも――もっと帝国主義にとって危険なる「思想の悪化」を防ぐための「思想善導」であった。憎むべき共産主義の撲滅であった。

「シベリア問題」は、国家的良心からしても、政党的策略からしても、この「思想善導」「共産主義撲滅」を、党政策の一枚看板にしてもいいと考えた。それほど「重要必須」の問題であった。

この看板はまず、肝腎《かんじん》の貴族院、枢密院方面の絶対的信任を繋《つな》ぐものであり、一面、衆議院における反対野党の箝口策《かんこうさく》であった。この看板は、現政界を支配する資本家政党、政友会、民政党のいずれをも通じて、トランプにおける「ジョーカー」であった。然《しか》り、彼はこの「ジョーカー」の絶対切《き》り符《ふだ》をより有効に使用することによって、民政党を分裂させ、さらに衆議院においてキャスチングヴォトを握る第三党を、すっかり手懐《てな》ずけることも出来たのであった。清廉《せいれん》な国士として急進的な自由主義者として、国民に輿望《よぼう》ある第三党党首、尾崎老代議士は、「思想国難」の決議案を提議し、さらに政府案の「思想善導費」一千万円を、国庫負担として計上する予算案に対して、満身の熱意と好感を以て、賛成演説を試みさえした。「シベリア問題」の繰《あや》つる糸のままに、最も厳粛《げんしゅく》に、荘重《そうちょう》に、憂国の志士の威厳を以て踊りさえした。

にもかかわらず、中小銀行の破綻は、中小資本家の没落となって、失業者は、驟雨《しゅうう》を喰《くら》った河水《かわみず》のように都市に氾濫《はんらん》した。暴動に等しい小作争議、大規模な労働争議は相ついで起った。そしてそれは、従来の争議に比して、ことごとく悲惨な結末であった。憂うべき新記録だけが累加《るいか》されていった。

野党たる民政党系の各新聞は、それが根本に触れざる程度においては、政府攻撃の材料にさえした。

……もしそれ、現在斯《かく》の如《ごと》き事態にある労働問題――小作争議、労働争議、失業者対策――を政府当事者並びにその与党が無能、無策を以て放置せんか、それこそ、怖るべき将来を誘致することは、火を見るより瞭《あきら》かである。もし、我邦労働組合の規模、訓練が、欧洲先進国の如《ごと》くんば、憂慮すべき全国的総罷業《そうひぎょう》の不祥事は、けだし免れざる処であろう――しかも、隣邦支那における国民革命が、いかなる反影を、我邦労働階級に与うるかは、恐らく想像以上であろう――

しかし、この反対党の攻撃材料は、かえって「シベリア問題」に、拍車を当てるに過ぎなかった。彼の腹心満蒙調査会や、黒竜会や、憲兵特務隊は、流動する機密費に正比例して、最も「重大なる計画」を樹《た》つる決心を促しさえした。彼は遠吠《とおぼ》えする反対党の攻撃の火が、強く燃え揚《あが》るのを待って、彼の金看板たる「切り符ジョーカー」の全能力を発揮するところの、その「重大なる計画」遂行期とさえ決心したのであった。

地方長官も、警察部長も、彼の周到《しゅうとう》なる考慮に基づいて更迭《こうてつ》された。特に、彼の意志を反映すべき警視庁の首脳者達もその最も、「適任者」に取換えられた。

争議団の高木や、中井、総本部の委員長小田の三人が、警視庁に召喚されたのは、その更迭後、間もない頃であった。

彼らは、二階の第一応接室に通された。彼らには苦い記憶だけが残ってるこのいかつい建物が、かくも、幾種の面貌《めんぼう》を備えているかに驚いた。緑に黄の花模様のある絨《じゅう》毯《たん》が彼らの破けた靴下の足裏からくすぐった。

――特高課長は、すぐ来られます。

案内してくれた巡査が入口でそう云った。どこかに見覚えのあるこの巡査は、かつて高木を演壇から引き摺り落して腕を捻《ね》じ上げ、この建物のある面貌の一つの中に、突きのめした奴ではないか。給仕が茶を汲んで来た。

——これが高等政策って奴なんだよ。

小田が苦笑しながら云って、傍《そば》の椅子を引き出して腰掛けた。

——ヨウ——

気味の悪いほど、晴れ晴れした顔で、特高課長と労働係長が入って来た。

——さあ、掛けたまえ。寒いからストーヴの傍がいいよ。

まだ突っ立ってる中井や高木へ特高課長が笑顔を振りまいた。

テーブルを距《へだ》てて、小田を真中に、彼らは、勿体《もったい》のいい美髯の特高課長と、それに反比例な対照をしている狡《ずる》そうな小さい眼、尖《とが》った鼻、いったいに小作りな労働係長と向いあって腰を下ろした。彼らは本部を出るとき、綿政、八尾らと打ち合わして来た腹ン中を彼ら警視庁幹部の言葉といかに照合するかを考えていた。

——諸君は、会社と和解する意志がありますか?

労働係長が、まず口を切った。非公式な召喚の内容は果して彼らの想像と合致した。

——無論です。会社側にさえ誠意があればですね。

小田は、率直に答えた。労働係長がまた云った。

——断っておくが、今日君らと会見するのは、われわれとしても官職を離れて、個人としてだからその意味で腹蔵《ふくぞう》ない意見を訊《き》きたいんだ。

四角い綺麗な室内には、真赤にストーヴが燃えているにかかわらず、冷たい空気が流れていた。

——しかし、小田君、君もいい男になったナァ、アハハハ……

取っつきの悪い笑い声が、それまで黙っていた特高課長の口から飛び出した。彼はモッと空気を緩和する心算《つもり》であろう。

——そうですかね。でもあんたも、大層出世したじゃありませんか。

小田も、ごく自然に、大きな口を開いて笑って見せた。——なんて因縁の深い男だろう——この特高課長が、かつて大阪の蛭子《ひるこ》署詰《しょづめ》の警部補だった頃、小田は腹立たしい思い出を持っているのである。二人ともその立場から、知ってはいたが、口に出して名乗り合えば、実に戦線を距《へだ》てて、十年振りであったのだ。

——あンときぁ手古摺《てこず》らしたナァ。

また特高課長は大声で笑った。この邂逅《かいこう》が、ちょっと場面を柔《やわら》かにしたかに見えた。

——俺もあンときぁ、「こん畜生」と思いましたよ。

小田は、さすが大阪地方では、「親分」とだけで通る茫漠《ぼうばく》とした風格が、こんな会話に、如実《にょじつ》に飛び出した。

——だが、今度も、随分手古摺《てこず》らせるじゃないか、え？　小田君……刺すような無気味な眼の光が、微笑の底で、チラリと小田の顔を射た。しかし小田の苦闘に光るその顔は、何の刺戟も受けないようであった。特高課長が出世したように、小田もいわゆる「いい男」になっていたのだ。

——冗談は困りますなァ、俺達は喧嘩を売られて已《や》むなく戦ってるような有様《ありさま》ですよ。

事実、それに違いなかった。特高課長の放った矢は、石に撥ね返って、ぶざまに足《あし》許《もと》に落ちたが、特高課長は瞬間浴びせかけるように云った。——しかし小田君、こないだは飛鳥山《あすかやま》で大分あばれたじゃないか、あいつはシラじゃ通さんぞ。

ずばりと、急所へ、第二の矢が射込まれた。労働係長の小さい眼も、小田の関西育ちの顴骨のあたりの粗い線の中から、何か探り出そうとしてみつめていた。

——困ったなァ、何でも彼《か》でもおっつけられちゃあ——アハハハ。

小田は笑ってしまったが、特高課長は苦笑を、反《そ》らした唇のあたりに、冷たく氷らしたままである。

また、以前にも増した冷たい空気が、室内を包んでしまった。

――ときにだね――

特高課長は、話題を転じた。まずそれは一つの楔子《くさび》として、それとしておいて……。

――君らは、和解する意志があるなら、どうだ、僕達にその調停を任せんか？

三人は、眼を見合わした。いよいよ本論に入ったのだ。

――もっとも僕達の他にモ一人ある。これも個人としてだが、松川官房主事だ。

労働係長が附言した。

――どうだね？　僕らも君らに同情すればこそ云うんだ。

これは権柄ずくであった。三人は氷のように頭脳を冷たくしながら考えた。しかし、結果はあまりにも明白であった。官職を離れてとは云うもののそうした立場にある者が、朝野両政党の背景財閥たる大川、渋阪の意嚮《いこう》を抑制することが出来るだろうか？

――会社側は、モウ任せると承諾してるのですか？

今度は高木が云った。

――ウーム、会社側はまだ言明はしていないが、大体の意志は判ってる！

特高課長は大きく呑み込んで見せた。しかし、三人の顔色は動かなかった。

——早く解決した方が君達にも利益だろうぜ。また社会の安寧《あんねい》から見てもぜひそうしたがいい、相手は君……

と云いかけて相手はちょっと躊躇《ためら》った。相手は——大資本家だと云うのであろう。三人は、その言葉の隙間から、現実の資本主義制度官僚制度が覗けて見えると思った。

小田は、しばらくしてから云った。

——仮に任せるとすれば、無論無条件復職で争議費用ぐらいは、出してくれるでしょうな？

小田は云いながら淋しく感じた。これほどの犠牲を払っている大争議が、要するに無条件解決、従前の状態に踏み止《とど》まりたいだけのことなんだ。

——虫のいいことを云うな。いったん解雇になったものは仕方がないじゃないか。

三人は、めまいを感じた。特高課長のこの言葉が、真実彼の腹の底から出たのだろうか？　剃刀《かみそり》の刃に似た肌寒さが、三人の背筋を伝わった。——全員解雇なら全員野《の》垂死《たれじに》するまで闘ってやるんだ。

三人は、再びバンドを締め直したような気持になった。これ以上聴くことはないと思った。三人は顔色を隠さなかった。

——まあそうアッさりするな、え？　それはそれとしても……

労働係長が、三人の顔色をとりなしするように、

——多少話にゃ色も附こうじゃないか。

しかし、三人は眉根を締めて、無言で立ち上った。

——考えてみましょう。

小田がきっぱり云った。それは強い否定以上のものであった。

特高課長は、グイと椅子ごと、背後へ延びながら、露骨な顔色を見せて云った。

——考えてみましょう——か、フフフフン……それもいいだろう。

それがこの室内における最後の言葉であった。三人とも、無言で室《へや》を出た。

新聞記者溜りの前へ出て来たとき、栗鼠《りす》のように敏捷《すばし》っこい記者達が彼らを取り巻いて訊いた。

——どうです、警視総監の出馬で、争議が治まることになりましたか——。

小田は、不機嫌に首を振っただけであった。

外方は刺すような空っ風が、電車の停留場まで歩いてゆく彼らの、淋しい後姿を、追ッたてるように吹き捲くった。

2 流言

千川どぶの流れが止った。

黒い氷が、層を積んでいった。春先の雨が二晩もつづいて、「太陽のない街」が、台所も、便所も、床板も、水に漬かるときでなければ、この「黒い氷」は解けなかった。

「太陽のない街」は、寒気と飢餓とで、氷り閉ざされてしまった。

牢獄《ろうごく》に似た赤煉瓦《あかれんが》の大工場は、依然大きなコンクリートの分厚い扉を閉じたままで、小さい裏門の出入に、塀の破れ目から、どぶ鼠のように、おずおずした眼付で、裏切職工《スキャップ》が、暴力団や私服に護られて出入した。

彼らは、荷物に包装されて、トラックで運び込まれた。そしてタタキの上へ藁《わら》を積んで、夜はその中へ眠った。

彼らは、外部の不穏な空気に対しては、分厚な煉瓦の壁を透してなおさらに敏感であった。

会社側が敗北することは、直《ただ》ちに彼らの死滅であった。彼らは寂滅《じゃくめつ》したような輪転機の蔭で、ひそひそと囁やき合った。

——会社は已《や》むなく争議団と、無条件解決をするらしいということだ！

落着きのない眼色で、裏切りの一人が云った。

——いや、警視庁を通じて、内務大臣が、間に入るそうだ！

三人が寄り、五人が集まった。彼らの心の奥底で、歯を剝《む》き、拳《こぶし》をあげた争議団の同僚の顔が、死生をともにすると誓ったはずの同僚の顔が、己《おの》れの背信を責め苛《さいな》んでいた。

埃《ほこ》りにまみれた同僚の使い馴《な》らした機械が、彼らには、ひどく憤《おこ》ってるように見えた。

——今朝の新聞に、争議団の幹部が警視庁へよばれて、意気揚々と帰ったと書いてあるよ。

彼らは仕事が手に付かなかった。それらの噂を否定するには、職長連はあまりに頼みにならなかった。輪転機は唸《うな》り声をやめ、植字工はステッキを抛《ほう》り出して仕事台を離れた。彼らは、各自職場の隅に集まって、不安な眼を光らし合った。

夜陰に乗じて、工場を脱け出た職工があった。そして二人三人と、その後を追った。

藁床《わらどこ》の中で、怯《おび》えている女工達が、かたまり合って泣き出した。

火の気のないガランどうの工場の各棟を、脅《おび》やかすように、嵐がふき捲くった。

――おい――昨夜、工場巡視の佐藤さんが、やられたそうだ。

――第四工場の松本職長が、千川どぶにたたきこまれていま医務室に寝てるよ。

輪転機は空廻転となり、女工はトムソン鋳造機の前に立っているが、耳は嵐にとざされていた。

――おい、争議団がいよいよ入場するそうだ!!

流言が飛んだ――。

第一棟から第二棟へ、輪転機第一、第二、第三、グラビア平版課各室、ミーレー印刷室、平台印刷室、第一から第四までの各整版課、電気鉛版、写真室、機械工場から鋳造室まで、電気磁力のような速度で、流言が飛んだ。

彼らは、自然発生的に、中心を造った。三人、五人、十人……各職場から這い出して、三百人あまりが輪転室に集まった。

――どうなる？　え？　俺達は――

――どうしてくれるんだ？

彼らは、泣き声にちかい悲鳴で、お互同士喰ってかかった。女工、少年工が泣き出した。

職長やその他の役付職工は危険を惧《おそ》れて逃げかくれた。

――おい、責任者を出せ！

――俺達を裏切らせた奴を連れて来い!!

彼らの中心は株式市場の場ダチのように次の流言から次の流言へ移動した。

――駄目だ、事務所へ押しかけろ！

極度に怯《おび》え切った一人が口火を点《つ》けた。

――そうだ、工務課長を引き摺り出せ！

彼らは、嵐に追ッ立てられる襤褸《ぼろ》ッ屑《くず》のように、事務所へ殺到した。

――ナニ、工務課長はいねえ？

――じゃ社長でも何でも、話の判る奴を、ここへ出せ！

彼らは事務室の扉から雪崩《なだ》れ込んだ。落選した選挙事務所のように、ヒッ散らかされた事務所の中に押し合いながら、彼らはつゝかれるように怒鳴り出した。

――鎮《しず》まって下さい。鎮まって下さい。

背のひょろたかい新任の専務が顔を出した。

――皆さん、争議団が入場するなンて嘘です。まだ交渉中ですが、それは嘘です。

しかし、裏切職工達は、怯え切っていた。彼らは、明日にも入場してくる多数の同僚の怒った顔に追いかけられた。彼らは口早に喚《わ》めいた。

――俺達の命を保証しろ！

――俺達を馘首《くび》きるときは、一人頭、千円ずつ出すと誓え！

専務の制する声は、彼らには聞えなかった。

――俺達に巡査を一人ずつ附けてくれ！

彼らは必死であった。ダニのように、専務のまわりに取りついた。――俺達を裏切らせて置きやがって、いまになって離しやがったら、畜生ッ、生かしちゃおかねえから――。

専務はあわてた。労農党の政治的抗議が、警視庁を動かし、さらに内務大臣までが、嘴《くちばし》を入れかかっている事は嘘でなかった。大川社長は、強く頑張っているものの、「新男爵」の栄誉のためには、一面世間的な体面から云って、彼の決心を鈍らせないとも限らなかった。絶対権威者が彼専務にとって底知れない暴君であると同時に、この艦褸ッ屑どもはまた、こんな場合においては、全く手に負えない危険物であった。

——よろしい。適当な方法を執《と》ります。

彼は冷静を装《よそお》って答えた。

——適当な方法じゃ駄目だ。証文を書け。証文を!!

彼らは、専務のオーバーの端を摑んで離さなかった。専務は眼を白黒にした。

——だって皆さん、僕が証文を書いても、僕自身が馘首《くび》になったらどうします。

もし、社長が決心を鈍らし、争議団の半数でも入場することになるならば、彼自身もこの艦褸ッ屑と、運命は同一であった。

——僕は専務だが、持株は名義に過ぎないんだ。この会社の全株はほとんど社長のものです。僕も雇われているんです。

彼は体面もなにもなかった。

——嘘《うそ》吐けッ。

裏切共は半信半疑であった。

——いや真実です。まったくです!!

救うべからざる混迷と、悲哀とが、彼らの足許《あしもと》に、底知れぬ大きな口を開けていた。

——じゃ、俺達ゃいったいどうなるんだ？

——俺らは、誰に喰ってかかればいいんだ？

彼らは、唯一の頼りにする城壁が、フッカリと幻のように消えてゆくのを、両手をあげて摑もうとした——。

しかし、それは無駄であった。幻影は再び同一の形では現われなかった。彼らは藁《わら》にでも縋《すが》るように傍《そば》の大火鉢に股火《またび》している、暴力団の一人の肩を摑んだ。

——親分、どうすりゃいいんです？

顎鬚《あごひげ》をチョッピリ植えた壮士風の男はうるさそうに、ステッキを持ち換えながら、

——俺たちぁ知らんよ……。

と空嘯《そらうそ》ぶいた。事実、彼らも日傭《ひやとい》の臨時工に過ぎなかったのだ——。

しかし、二つの力は交錯していた。嵐は不規則に、風見車《かざみぐるま》を反対へも廻転さした。会社側の高等政策は、疲弊《ひへい》してゆく争議団の財源と、反比例する犠牲者の続出との、その空隙《くうげき》に乗じた。密偵と、流言と、黄金とが、チフス菌のような狂暴さで、バラ撒かれた。争議団の各班内に、警備隊へ、特別訪問隊へ、行商隊へ、食糧班へ——。

東京府庁の許可を有する争議団の消費組合へ、家屋明渡《あけわた》しの強制を執行し、食糧班

の根拠である弁当屋を買収して、戸を閉ざさした。

戦線の拡大につれて、争議団の幹部は、ひどく少数になった。激化してゆく特務班の活躍をくぐって、会社のトラックは、怪しい荷物を運び込んだ。

それればかりでなかった。争議団の窮状と、区内の疲弊を憂《うれ》えて、組織された区内有志調停団へもその手が伸びた。バラ撒かれた黄金は、直《ただ》ちにその効目《ききめ》を具現した。

区内有志の演説会――小石川区の繁栄のため、頑迷なる大川社長の猛省を促す――は、毎夜の如く開催されていたものが、昨夜も、そして今晩も開かれなかった。区内有志との折衝《せっしょう》を担任している萩村、山浦、亀井の三人がその晩有志達に会見を申し込まれた。

三人が、区有志達の事務所になっている延命院という寺に入って行ったとき、ひどく仏頂面《ぶっちょうづら》した七、八名の区有志が待っていた。

萩村達は、この区有志達と、従来密接な関係を持つことに努めて来た。そして彼らもある程度好意を持ってるかに見えた。

――遅くなって済みません、つい忙しいもんだから――

萩村が、座につくとまず云った。しかし今晩は、彼らはひどくよそよそしくしていた。三人はこのプチブル共に、悪い顔をしてはならない義務を重苦しく感じていた。

――諸君は、いや幹部の人達は、共産主義者だというじゃないか?

これはまた、意外な発言であった。三人は顔見合せて苦笑した。そう云って頬髯《ほおひげ》を垂らした大きな親爺《おやじ》は、小さい鉄工場をもっていて、民政党系の区会議員であった。

――真実《ほんとう》かね?

頬髯の隣りに並んでいる竹川という家作持ちの肥《ふと》った男が、禿げ上った頭を光らせて、また訊いた。彼ら区有志達の態度は、一夜のうちにあまりにも変化していた。

――いったいそれはどういう意味なんです?

萩村は強いて微笑をつくりながら、ハッキリしない質問の内容を訊きかえした。この鉄工場の親爺も、また一等末席にいるこの寺の住職も、かつて彼らに向って――正義に与《くみ》するものは、それが共産主義者だろうと何だろうとあえて択《えら》ぶところはない。あんな強慾な資本家には、むしろそれでなくちゃいけない――と、盛んな気焔《きえん》を吐いていたではないか。彼らの今夜の変化した、ひどくよそよそしい態度のよって来《きた》るところは、別な原因があるんだと、三人は考えた。

――誰かそんなことを言ったんですか?

黙ってる区会議員に、萩村は重ねて訊いた。すると、末席の住職が、

——それは富坂署で聞いたんですが——

気の小さいこの住職は、代って答えた。

——ホウ？　署長でも云ったんですか？

区有志達は、個人としての富坂署長と提携して、内務大臣を調停に立たすべく運動しているのを萩村達も薄々知っていた。白けた沈黙が、この寺院の一室を寒くした。この寺の本堂は、争議団の第二班の会場になっていて、住職の好意から、この会場だけは、まだ一度も、追い立てを喰わない処であった。

——今晩も演説会はありませんね——

山浦が、話頭《わとう》を転じた。

——いや、演説会はモウやりません。

怒ったような口調で、安達という小さい印刷工場の親爺が撥ね返した。三人はギクリとした——つかませられやがったな——。

——どうしてです？

亀井がさあらぬ顔で云った。

──共産主義者の尻押しは出来ないからね。

鉄工場の親爺は簡単に打ち切った。萩村はもうこの上いい顔する必要はないと思った。

──すっかり、会社へ共鳴しましたね──

痛いところを、ズバリと刺した。それは確かに手答えがあった。区有志達はちょっとテレて、眼を反《そ》らしてしまった。

──俺達は、最初から厳正中立だ！

鉄工場が押し戻すように、煙草を火鉢の灰に突っ込んだ。また沈黙が来た。萩村は「奴ら、明日からは強暴な反動になるぞ！」と思った。

──それで、実は会場のことですが──

住職は、云ってしまわないと肩の荷が下りないといった顔付で、

──あんまり、その筋の干渉があるもんですから、それに、檀家《だんか》の方々からも、抗議がありまして……。

それで、意味は明瞭であった。この会場も明日からハチ喰った訳だ──こいつも三百と、五百摑みやがったナ──萩村は憤りが、咽喉元《のどもと》へ、こみあげて来た。山浦が、

いそいで、彼の膝をつついて制した。

——そいつぁ困りましたね……でもそういう御事情なら已《や》むを得ませんが、モウあと五、六日、次の会場がみつかるまで貸しといて下さい。今までの馴染甲斐《なじみがい》に頼みます。

それも駄目だとは住職にも云えなかった。しかし、これらの有志が反動となっては、恐らく小石川界隈《かいわい》では、目ぼしい会場を借りることは不能であった。

——じゃ要するに、あんた方は、手を退《ひ》くって訳ですね。

亀井がポッリと釘を打った。

——それに共産主義者だから排撃するッて云うんでしょう。

萩村は皮肉に笑いながら云った。

モウすべてが明瞭であった。

三人は、戸外へ出た。どうせ道伴《みちづ》れになる階級ではない彼らなのだ。

だが、外方《そと》の風は寒かった——。

——奴らは、明日から積極的反動だよ。

亀井が振り返って、背後から来る山浦に云った。

──最初からそうなんだよ。あの区会議員なんか会社から金を絞ろうばっかりに、われわれの提携に応じて働いたんだよ。

──すると奴ら、本望《ほんもう》達した訳なんだね。

三人がふき出した。しかし、蔽《おお》い切れぬ淋しさが、空虚な笑い声を、吸い込んでしまった。

萩村は、二人に別れて、いったん、自分の家へ帰って来た。最幹会議にはまだ、二、三時間の余裕があった。

彼が白山坂の中途まで来ると、ふと彼の借間している家の門の中から、高枝があたふたと出て来るのに打《ぶ》っつかった。

萩村は、電灯の光で透かし見ながら、

──どうしたの？　高ちゃん‼

彼女は、彼を探していたのだ。

──あの、お加代が、あぶないんです。危篤《きとく》です。ちょっと来て下さい。はやく……

高枝は、ひどく慌《あわ》てていた。

旗影暗し

1　悶死

高枝が先になって駈けた。暗い長屋の路次《ろじ》を、萩村もつづいて駈けた。

家の入口に来ると、クレゾールの匂いが強く鼻孔《びこう》を射した。お加代の断続する呻《うめ》き声が、立ち騒ぐ人々の隙間《すきま》を縫ってながれて来た。

白い手術衣の医師が、ハタき落された蛾《が》のように、六畳いっぱいに拡がって見えた。近所のお内儀《かみ》や子供が、土間から入口まで、ぎっしりと突っ立って、セリ上ってくる呻めき声に、吸い込まれながら各自に顔を歪《ゆが》めて、病人と一緒に苦しんでいた。

——姉さん……。

お加代は、苦悶《くもん》のきれぎれに、姉の手をもとめていた。彼女はひどい出血のために、視力もほとんど失っていた。

高枝は、土間の人々を突《つ》き退《の》けて、お加代の枕許《まくらもと》へいった。万一を期待した赤ン坊はまだ産れ出ていなかった。

――いるよ、加代ちゃん――さあこの手を摑んで、気をしっかり持って――

高枝は、狂人のように眼を吊《つ》りあげて、うろうろさがしもとめる、妹の両手に、自分の手を握らせた。

――しっかりするんだよ、この意気地なしッ……

浪《なみ》打ってくる苦痛が、脾弱《ひよわ》い病人の身体《からだ》を火焔《かえん》にあおられる紙片のように、くたくたにヒンまげ、縮らし、飛び上らせ、のた打たした。姉は、激浪に浚《さら》われてゆこうとする妹の命を、抱き止めようと焦《あせ》った。

萩村は、狭いところに医師や看護婦に押しやられながら立ったり坐ったりした。彼は何かしてやらなければならぬと思いながら、それでいて、あまりに急激に廻転している歯車の前に立ったときのように、手を出しようがなかった。

それに男の遠慮しなければならぬ光景をも、彼を間誤《まご》つかせた。

病父が嗄《しわが》れた声で、萩村に云った。

――あいつ死にかかってるんです、助けてやっとくんなさい。

お加代は、嵩《こう》じてきた脚気《かっけ》のために、六ヶ月足らずの胎児を殺してしまったのだ。そしてその死児を分娩《ぶんべん》しきれずに、苦悶しているのだ。

——君、ちょっと誰か医者を、も一人呼んで来てくれないか——今すぐ、でないと、心臓麻痺《まひ》を起したらそれきりだ——誰でもいいんだ早く。

医師は、ぞんざいであった。病人の気持なんか、忖度《そんたく》しなかった。萩村はすぐ外方《そと》へ飛び出した。

断続する苦悶が、より急調になった。板の間でお湯ばかり滅茶苦茶に沸かしている隣りのお内儀《かみ》が、お加代の呻きがたかくなると首を病人の方へツン出して、

——モウ一息——それもう一つ気張って……ああ——身体が疲れてんじゃげになァ

——

胎児は首だけ出していた。看護婦は病人におっかぶさりながら、冷めたい医師の方をふり返って報告した。——先生、モウ第一水から一時間と七分です——

苦痛の潮《しお》が、退《ひ》いてゆくと病人は、意識が朦朧《もうろう》としてきて、抛《ほう》り出された手鞴《てふいご》のようにしぼんで行こうとした。それは苦痛に打ちのめされてるときより、なお危険な事であった。高枝はお加代の頭髪の毛を、グイグイひっぱった。「産ませなきぁ、死児

にもしろ産ませなきぁ」――お加代はそのまま死ぬばかりであった。

――姉さん……

意識が、苦悶の裡《うち》に喚《よ》び戻されると、お加代は姉を呼んで、その手を探しもとめた。

土間で覗いていた向う長屋の女の子達が泣き出した。

――切ってでも出して下さい。この娘は、どんなことがあっても、殺すことは出来ません……。

高枝は噛みつくように、ともすれば冷やかな事務的狡猾《こうかい》さのなかに、病人を放擲《ほうてき》しようとする医師を睨みつけて怒鳴った。

――畜生ッ、この娘を殺したら、富坂署の奴ら、咽喉《のど》ぶえに、喰いついてやるから、
そう思えッ!!

肥《ふと》った看護婦は、病人の両脚を抑えながら、物凄《ものすご》い、高枝の顔を見て、口を開けたまま、ぼんやりした。

萩村が息を切らしながら帰って来た。

――いますぐ来る――内科だってかまわないでしょう。え?

医師は仏頂面《ぶっちょうづら》して肯《うなず》いた。

——愚図《ぐず》ついて逃げられると困るから、カバンを持って来ちゃった。

彼は、そっとお加代の枕許へ来た。彼女は、モウほとんど死人であった。ただより急調にこみあげる苦悶の呻《うめ》き声と、蛇のようにうねらせる肢体《したい》のうごきとで、わずかに、それと区別出来るだけであった。

——加代ちゃん、俺だ、わかる？　萩村だ。

耳許《みみもと》で云われたが彼女は、空虚な眼を動かさなかった。彼女の精魂はもう奪われて、どッかへ飛び去っていた。すっかり変化した黄色っぽいしなびた額《ひたい》に、落ち窪《くぼ》んだ大きな眼に、やっと彼女の名残《なごり》が吹き散らされた花蕊《はなしべ》のように残っていた。

——しっかりして、お加代ッ。

姉は、妹の摑んでる手に力が失《な》くなると、狂人のように怒鳴った。むッつりして、新しい医者が入って来た。そして医師同士が、この室内の空気とは全然違った調子で挨拶をし、病人に対する処置の打ち合せをしながら、ニッケルメッキのいろんな器具を取り出して、切開の支度《したく》をした。

そのとき病人が、口をモグモグ動かした。

高枝は、急いで耳を持ってゆきながら訊き返した。

——どうしたの、え、何？

お加代は、錯覚を起して完全な意識に戻れずにいた。そして、萩村の右の腕にすがりながら、まるきり健康な人間がねぼけたときのような声を出した。

——三郎さん(宮池の名)わたしもう駄目よ。モウ駄目、駄目、赤ン坊も駄目……

お加代は、瞬間、別人のように、安らかな調子で口を動かした。

——争議も駄目ね……なにもかも駄目……

お加代の顔が、一片の白紙のようになって、静かに苦痛の影が消散した。高枝の血走った眼に絶望と混乱が飛び映った。お加代の最後の言葉が、彼女の咽喉へ棒のように突っかかって来た。彼女は声を立てずに突っ俯《つぶ》した。——

病人は、精魂つきてしまって、萩村の腕から、帯がずり落ちるように、両手を落してしまった。

——お加代は死んだ——

最後に、押し寄せて来た心臓麻痺に、彼女は、浪打際《なみうちぎわ》に落ち散ってる、木の葉のように浚《さら》われて行った。

——モウ、よして下さいッ。

死体に傷つけようとする戸惑いした二人の医師へ、高枝は怒鳴りつけた。

彼女は泣かなかった。

冷え凍ってゆくお加代の死顔を、彼女は枕許へ化石したように坐って見つめていた。啜《すす》り泣きが、土間から、台所から起った。病父は、痴呆のように眼を一つところに据えたきりであった。

長屋中の人々が集まって来た。そして水を汲んだり、からからの米櫃《こめびつ》へ、米を持って来て御飯を炊いたりした。

病父の寝床の跡へ、死体をおいて、小さい仏壇の前へ、向う長屋の彦爺さんが坐って鐘をたたいた。そして六畳と土間いっぱいの長屋の人々が、唱名《しょうみょう》を称《とな》えて通夜をした。

明方《あけがた》、争議団から、ぞろぞろやって来た。

やがて団旗が死人の枕許に飾られた。

萩村は、病父と相談して葬《とむら》いの準備をした。彼は争議団から寄附金を集めて、あちこちと駈けめぐった。

翌日の夕方、お加代の遺骸が千川どぶの橋を渡って、白山坂を上り、雑司《ぞうし》ヶ谷《や》の共同墓地へ運ばれた。

蕭寥《しょうりょう》とした共同墓地に、凩《こがらし》が吹き荒《すさ》んで、野の涯《はて》の雑木林に、夕闇がもやいはじめた。

高枝は、硬直したように、涙一つ見せず小さい土饅頭《どまんじゅう》の前に突っ立っていた。会葬者は周囲を取り巻いて、棒杭《ぼうぐい》のように押し黙っていた。

争議団を代表して高木が、土饅頭に告別の辞を読んだ。団旗が宮池の友人守家に捧げられて、土饅頭の上に暗く動いて翻《ひるが》えった。

……われわれは、今また、この犠牲者と幽明相距《ゆうめいあいへだ》てて袖《そで》を別《わか》つ、嗚呼《ああ》、われらは何を以《もっ》てこの尊《とうと》き幽魂《ゆうこん》に報《むく》ゆべきか……

粗末な土器の上に、人垣にまもられて、香煙が立ち昇った。大宅女史、房ちゃん、おきみちゃん、ぎんちゃんらが、交る交る眼を赤くしながら、香末をつまんで、煙の中へ抛《ほう》り込んでは鼻を鳴らした。

——眠れる同志よ、生前薄倖《はっこう》なりし君よ、君の優しかりし生活の記憶を、われわれは胸奥に永くとどめて、弔《とむら》うであろう。

おきみが、わっと声をあげた。

泣き声がそこここに起った。高枝は口唇《くちびる》をぶるぶる震わせたが、また氷りついてしまった。

……願くば幽魂《ゆうこん》よ、われわれの団旗にかけて誓う闘争を来り護れよ。

女達は背を向けたきりで動かなかった。男の間から歌声が起った。そしてそれは瞬間に拡がって、会葬者の全部が声を揃えた。それは彼らのみに許される歌であった。悲しみ、喜び、憤り、あらゆる場合に彼らの感情をリズムに現わすことの出来る唯一の歌であった。

旗は歌声に翻《ひるが》えり、彼らは土饅頭に唯一の贐《はなむ》けである闘争の誓いを立てた。

広い雑司ヶ谷墓地の、見はるかす野づらの彼方《かなた》から、夕闇がはいせまり、歌声は風にふき千切れて雑木林の方へ吸い込まれて行った。

やがて団旗が墓前をはなれた。

人々は、だらだらに散って行った。

夕陽はまったく落ちてしまった。そして土饅頭がさびしくぽつんと取り残された。

高枝は、蹲《しゃが》んで土饅頭の軟かい土の円《まる》みをそっと撫《な》でた。ひんやりした土の感触が、張り詰めた彼女の感情を、チクリと疼《うず》かせた。

――加代ちゃん……

声は風に吹き飛ばされて、土饅頭は、遠くの、ひどく遠方で、そっぽをむいていた。

――加代ちゃん、もう返事しないの……

突然、激しい嗚咽《おえつ》が、彼女を襲った。彼女は背を痙攣《けいれん》させながら、咽《むせ》び泣いた。

――坊や、不幸な坊や――これがお前の父ちゃんだよ。

袖から取り出した宮池の写真を、彼女は土饅頭の上に突っ込んで、啜《すす》り上げた。

萩村は、背を見せて、石のように動かなかった。二人の他にはすっかり人気《ひとけ》の絶えた墓地に、闇が濃くなり、土饅頭はその底に消えていった。

――お加代、お加代――

高枝は、土饅頭の上に俯伏《うつぶ》しながら、はじめて狂人のように泣き喚《わ》めいた。

雑木林がそのポーズを闇の中に失い、乱雑に荒れはてた墓地の底から、風が激しく渦巻きながら、死児を抱いて眠るお加代の淋しい土饅頭を吹き繞《めぐ》った。

2　怪火の一

お加代の死後の三、四日を、高枝は、家ン中で、病父と一緒に、黙りこくって坐って暮らした。彼女は病気になった雌猫《めすねこ》のように、げっそりしていた。崖《がけ》から突き落された怪我人《けがにん》のように、彼女は未だ視覚が定まらないで眩暈《めまい》を感じていた。きみちゃんと、房ちゃんが、毎晩のように、部会の帰途を立ち寄って声を掛けてくれた。親切な隣りのお内儀《かみ》さんが、慰めに来てくれた。しかし彼女は、お加代の生前の憶い出や、哀惜《あいせき》の言葉を聞かされても、少しも涙ぐましくならなかった。彼女は彼女自身の手痛い苦悩のために、自身の負った傷口にすら、施すべき方法を知らなかった。

ある晩、彼女が、火の気の乏しい箱火鉢の傍《そば》で、ぽつんと坐ってるところへ、房ちゃんが戸外から、彼女特有のキンキンした声で怒鳴った。

——高ちゃん——あの赤ッ毛の縮れッ毛めがね、工場へ入っちゃったんだってさ……口で大きな事を云いながら裏切っちゃったのよ。

黒っぽい襟巻《えりまき》から喰《は》み出した眼を、少し開けた戸の間から覗かして、房ちゃんは、かったか。

この驚くべき悲報を告げた。赤ッ毛の松ちゃんは大宅の最も信頼する婦人闘士ではなかったか。――

――そう……

高枝は、機械的にそれだけ答えたきりであった。彼女は何の感情も面《おもて》に現わさなかった。房ちゃんは拍子《ひょうし》抜けしたように、首を戸に挟んだまま、ひッつめ髪の頭を縮めた。

――争議団が落目になるとあの御令嬢の阿女《あま》共はどんどん裏切っちまいやがる！　畜生ッ、口惜しいッたらありゃしない！

房ちゃんは独りで憤《おこ》りながら、また戸を引き閉《た》てて、溝板を踏む足音を遠のかしながら、帰ってしまった。しかし、高枝は、相変らず無表情に黙りこくっていた。

争議団の力が、一日一日と衰えてゆくのが家ン中へ坐っていても、風におくられてくるガソリンの煙のように、彼女の身辺へ匂《にお》って来た。

しかし、彼女は、その臭気に対して、ほとんど無感覚であった。彼女は一日一日と、苦悩の眩暈から、ひッぺがされてゆくに従って、かえって平気であった。彼女の気持は露骨に云ってしまうなら、むしろ……争議団の勝敗なんかいまは問題でなかった。

どっちにしたってそれは大したこと——尠《すくな》くとも彼女の明日からの生活に、光を与えてくれるものではなかった。

——敵を殺すか——己《おの》れが殺されるか？　だ。

彼女は、崖の上を振り返らなくとも、誰が自分達を突き落したかは、あまりに明白であった。彼女は敵の眼——殺意を孕《はら》んだ——敵の獰猛《どうもう》な眼を、背後に、痛いほど感じていた。

傷ついた雌猫は、己れの無惨な傷口を、舐《な》めしゃぶってはいなかった。眼を光らし、爪だけを研《と》いだ——。

空《から》ッ風《かぜ》が、トタン葺《ぶき》の長屋の屋根をひんめくり、羽目板を飛ばし、引立窓をたたきつけた。病父は終日、枕にしがみついて唸《うな》り、長屋中は、年の暮の、乾ききった風の中で、死んだようにひそまり返っていた。

彼女は、お加代の死後、一週間ばかり経つと、外へ出た。しかし、争議団へは顔を出さなかった。彼女は、襟巻に顔を埋《うず》めて、風に吹き転がされるように、向う坂を上り、屋敷町をうろついた。社長の邸宅を、彼女はよく知っていた。

夕暮になって、彼女はひょっこり帰って来た。そして、その翌日も、また彼女は出掛けて行った。

萩村は、最幹会議の帰途を、春日町《かすがちょう》で、亀井、寺石の二人に別れて、それから真直《まっす》ぐ、白山上の方向へ、電車通りに沿うて歩いていた。

まだ、両側の商店は、戸を閉ざし、疲れたような電灯が、ほのかに白んでゆく、明方の凍《い》てついた空気の底で、色を褪《あ》せさしていた。

オーバーの襟《えり》を立てて、感覚を失った靴の爪先から、這いのぼって来る寒さを、急ぎ足に凌《しの》ぎながらまだ一番電車の通らない街を、考えこんで歩いた。

昨宵《ゆうべ》から、今朝までの最幹会議は、明《あきら》かに、二つの流れを作ってしまった。従来の最幹会議は、多くの場合、どんなに対立した意見が飛び出しても、それが完全に収拾された。漠然とした経済的勝利が、まだ蓋《ふた》を開けてない謎として、前途にぶら下っており、従来幾度の争議において、「常勝軍」と持《も》て囃《はや》された矜持《きょうじ》が、最幹の大部分を、幾分甘いものにしていた。彼らは馬車馬のように猛烈に闘争し、獅子《しし》のように大衆を煽動《せんどう》することによって、経済的勝利を捷《か》ち得た、従来の「甘夢」がまだ心の底にこびりついていた。

それにしては、この度の争議は、その「甘夢」に対して、あまりに無惨であった。

動かすことの出来ない、肌寒い結果のみが、瓦斯《ガス》メートルの、赤いポイントのように、次々に、前へ現出して来た。

——俺達は、あの第一期の接触点で、もう少し考慮すべきだったんだ。

亀井が、愚痴っぽい悲鳴をあげた。

——しかも、第二回のあの誤算はどうだ？

山浦が、中井に喰ってかかった。

永田、安藤、大島、松沢——工場従業員出身のほとんどが、再度の山浦の難詰《なんきつ》に一せいに同和した。

——あれでも必然的客体がそうさしたというのか？

中井は、唇を嚙んだまま、俯向《うつむ》いたきりであった。山本、寺石らが怒り出した。

——誤算とは何だ！　誰が誤算したというんだ！

拙《まず》いことに、それに加えて、従業員出身の幹部と、職業的幹部との感情の衝突が、一緒くたに爆発した。

高木は悲痛な沈黙を守り、中井は千鈞《せんきん》の重みを背負ったように、ひしゃげていた。

誤算とは——王子製紙騒擾《そうじょう》の直前に起った、第二回交渉の決裂であった。交渉の成立した内容は、事実、争議団側の明かな勝利であった。二百余名の条件付馘首《かくしゅ》を承認する以外は、全部争議団側の要求通りであった。会社側は古谷専務を代表とし、争議団は小田、高木、中井らによって、完全に手打《てうち》を終り、六時間後に、双方協定の立会人《たちあいにん》を列席さして調印するところまで運んだのだ。

にもかかわらず、三時間後、突如、古谷専務はその調印延期を申し送り、続いて破約を宣言して来た。そして彼は、会社代表の地位を取り去られてしまったのだ――。

悲しいことに、交渉委員達は、三百余名の裏切者《スキャップ》が、工場内にあることを忘却していたのだ！

彼ら三百の窮鼠《きゅうそ》が、会社内の専務を除く外の全勢力と結びつき、古谷専務に詰腹《つめばら》を切らしてしまったのだ！

怖るべき誤算――争議団は、三度、悲壮な決心を以て起ち上らねばならなかったのだ。

混乱と無秩序の裡から、会社側は、大川の決意によって、大同印刷会社、向後五ヶ年間の利潤を帳尻から抹殺《まっさつ》することによって――さらに強力なものとなってしまった。

妖婦《ヴァンパイヤ》の面紗《ヴェール》をかなぐり捨てた大資本は、大川、渋阪の会見によって合流し、内閣の更迭《こうてつ》と共に、彼らは一斉攻撃を開始したのだ。

火の出る闘争が、かくして三度捲き起った。総動員された全日本の左翼的闘争力は「太陽のない街」にまったく集中され尽した。二万円を超ゆる寄附金と、延人員《のべ》五千の応援闘士とが、九州から、四国から、青森から、札幌から——礫《つぶて》のように飛び込んで来たのだ。

しかし、争議団は疲労していた。精魂つきてしまって、追いかけて来る弾圧に打ちひしがれてしまったかに見えた。

——誤算ではない——最初は電報でもよむ調子で云って——これはいままでにない資本の攻勢だ。その新らしい攻撃である以上こうなることが必然だ。

中井が顔を揚げてこう云った。

——なぜだ？

山浦達は承知しなかった。

——俺達は負けたんじゃないぞ——例えば第二回のあの交渉が成立したとしても

——あれは偶然にしか過ぎない——

中井の顔も憤っていた。山浦達は、負惜《まけお》しみだと怒鳴り返した。激論はさらに激論を生んで、会社の最後的通牒《つうちょう》が完全に、最幹会議を二分してしまった。

——争議団三分の一の人員を、会社の自由選択によって採用すること。

三分の二は、別紙規定の算法に基き手当を支給し、同時に争議団を解体すること。

——馬鹿野郎め、こんなに舐《な》められて堪《たま》るかい！

石塚は真ッ先に怒鳴った。

——全員解雇だ、突進しろ！

だが、高木一派はこれに応じなかった。彼らは、三千の失業者をいかにすべきかを考えねばならなかった。

——より多くの失業者が出ることは、革命がそれだけ早く近づくというものだ！

寺石が、臆病な彼らを嘲笑した。これは萩村にも黙っていられなかった。不用意に吐かれたこの言葉は、皆をすっかり憤らしてしまった。彼らはいま、この会社の最後通牒を黙殺することは問題でなく、感情の対峙《たいじ》となってしまった。

——てめえ弁当飯食ったことがねえから、平気だろうが、馘首《くび》になることたあ干上《ひあが》ることだぞ——

間抜けた啖呵《たんか》を、萩村はわれ知らず寺石にたたきつけてしまったのだ。ぶるッとくる寒さが、空《すき》ッ腹《ぱら》にこたえた。

彼は駈け足になった。

……まだ、卑屈で臆病な貧乏人根性が、自分自身に残ってることが、彼には淋しかった。しかし、やはり寺石の、あの労働者の苦痛を冷笑したような言葉が癪《しゃく》に障《さわ》った。

――もちろん覚悟は皆しているだろう。が、三千の失業者はいったいどこへもぐるんだ――。

指ヶ谷町の四ツ辻の少し手前、アヽズマガヽレヽーヽジの横町を近道《ちかみち》して、白山坂上、聾唖《ろうあ》学校前に出た。彼の家がすぐ間近であった。

しかし、理論としては中井は正しかった。彼はそれを認めない訳にはゆかなかった。

――一いき眠って、それからだ！

頭を一つ揺すぶって、彼は憂鬱を追っ払いながら急いだ。あたりはほとんど明るくなって、道路の小砂利が塩を撒いたように霜柱《しもばしら》に凍《い》てついていた――。

と――

最初、彼は自分の耳を疑った。

半鐘《はんしょう》が鳴るのだ！

しかも、乱調子の擦《す》り半鐘だ!!

——オッ、火事だ!

彼は思わず怒鳴った。首を真直《まっす》ぐにあげると、——すぐ足下に——谷底の凍てついた街の中央、大同印刷工場の屋根の一つから、真黒い、渦巻き上った煙の中から、サッと風に吹き煽《あお》られて、火柱が、噴き出した!!

彼は棒立ちに立ちすくんだ。

半鐘の音は、瞬《また》く間に、二、三ヶ所に伝染し、明方の空気を引き裂いて突っ走った。黒煙は高師の森へ流れ「太陽のない街」に君臨する「魔の城」は、その底に溺れてしまったかのようであった。

——おーい、火事だ!

彼は、眼前が、ちょうどトンネルから抜け出してでも来たかのように明るく感じられた。彼は坂を駈け下りながら、空腹も眠気《ねむけ》も憂鬱《ゆううつ》も、どっかへ飛び去らしてしまって、子供のように単純な声で怒鳴っていた。

3　怪火の二

春日町で萩村と別れた寺石は、萩村が白山坂上に出て来る十分ばかり以前に、正反対の極楽寺坂の中途を下りていた。

彼は、ちょうど萩村の家とは「谷底の街」を挟んで向い合った清水谷町の組合第二支部の二階に寝起きしていたから――。

古ぼけた学生マントに、強度の近眼鏡を掛けた背の低い彼の姿が、よくこの坂の中途にある交番の巡査に誰何《すいか》されることがあった。寺石は、幾分ビクビクもので、交番の前まで来ると、ボックスの中には、巡査の姿が見えなかった。

彼は、ちょっと気易い心持で、急ぎ足で下りてゆくと、不意に、背後に靴音が聞えた。彼はぞッとして振り返ると、制服が二人、どこから湧《わ》いたのか、ガラ空きだったボックスの前に現われて、こちらを見送っていた。

彼は、そのまますたすた歩き出した。背後に気をとられて、彼は、つい右側のたかいところにいる人影に、ぶっつかるまで気が附かなかった。

――おや？

一間《いっけん》ばかりの眼前に、ドサリと落ちて来た洋服の男に、彼はびっくりした。落ちて来た男は、その右側の鉄柵の上から飛び下りたのであった。そして慌《あわ》てた様子で起き直ると、落ちた黒い中折帽《なかおれぼう》を拾って、坂の上へ向って駈け出した。

その様子が、異常に慌てていた。寺石はその口髭《くちひげ》を生やした洋服男が、直感的に私服だと思った。

——何だろう?

飛び降りた鉄柵の内部は、いくらか空地になっていて、五、六軒の二階建の新貸家が出来ていた。以前、この鉄柵がない時分は、ここから工場へ抜道《ぬけみち》されて、彼も二、三度出入りしたことがあったのを覚えていた。

——あいつ、工場から出て来やがったんだ?

何となく気懸《きがか》りであったが、彼は振り返るのを躊躇《ちゅうちょ》した。自分だと判ったら、何でもかでも持っていかれる危険があったから——。

坂をほとんど降りつくした処に、極楽寺の貧弱な山門があって、そこの前から坂は左折して「太陽のない街」へ落ち込んでいた。

人の顔が、少し離れてもはっきり見分けがつくほどの明るさになって来て、両側の小商人《こあきんど》の店は、まだ意地汚なく、地べたにへたり込んで眠っていた。

——待て、おいッ。

突然、背後に乱れた跫音《あしおと》が迫った。彼は驚いて振り返ると、さっきのボックスの前に立っていた二人の巡査と、例の鉄柵の中から飛び降りて来た口髭とが、一緒になって追っ掛けて来た。

——失策《しま》ったッ——

と思いながら、彼は前後の考えもなく、ただ本能的に逃げ出した。争議団の幹部はほとんど誰でも理由なく検束されたから——。

彼は、坂の勾配《こうばい》の加速度に押されて駈け出す拍子に、下駄の鼻緒《はなお》を踏み切って、丸太ン棒のようにのめってしまった。

——こらッ、汝《きさま》が放火《つけび》したんだろう？

小突き廻されながら、二人の巡査に左右から、引き起されて立ち直った鼻づらへ、例の洋服が、ヌッと顔を突出《つきだ》して睨みつけた。

——放火？

捕まってしまうと、逃げたのが馬鹿馬鹿しくなって、寺石は落着きながら、その意外な言葉を反問した。——放火って何だ？

——白っぱくれるな、この野郎？

眼鏡がすっ飛んだほど、彼の頰《ほお》を洋服が擲《なぐ》りつけた。しかし、彼にはさっぱり訳が分らなかった。どこに放火？　だ。何の異常もなさそうな四辺《あたり》を彼は見廻した。

――愚図愚図云わんで歩けッ！

この制服は、左右から彼の腕を捻《ね》じ上げて、坂の上の方へ引っ張って行った。そして極楽寺の山門前を、曲ろうとしたとき不意に、乱調子な半鐘が鳴り出した。なるほど見廻したさっきの鉄柵の内部から、真黒い煙が、とぐろを捲いて旋廻しながら、物凄い勢いで空中に舞い上った。

寺石は、眼鏡を飛ばされた両眼をきつくほそめて、巡査の肩越しに、その煙を見つめていたが、瞬間サッと恐怖の色が面《おもて》を掠《かす》めた。

――畜生ッ、おとしいれやがったなァ。

彼は、憎むべき強大な敵が、物の本にあるような残虐な手段を思い泛《うか》べた。そして、平然とした面付《つらつき》で振り返って、その口髭の洋服を睨《にら》みつけた。

――太《ふて》え野郎だ、サッさと歩け！

彼はまた突き飛ばされながら、唇を噛んだ。太え野郎だと？　彼の頭脳は、渦巻きのぼる黒煙のように激しい憤怒《ふんぬ》に圧搾《あっさく》されてしまった。

怪しい火は、次第に大きく燃え拡がった。境一重の工場の背面に、素晴らしい勢いで火団の粉を振り撒いた。

激しい警鐘の乱打と、馳《は》せつける蒸気ポンプのサイレンの響《ひびき》とで、死んだような「太陽のない街」が揺すぶり起された。

火事だ、工場が火事だ!!

雨戸を繰る音、駈け出してゆく足音、叫びかわす声――まだ早暁の、寒い長屋の露《ろ》地《じ》奥《おく》に、赤ン坊が火のついたように泣き喚《わ》めいた。

工場だ！

会社だ！

千川橋の上へ、破けた褞袍《どてら》や、ねまき一枚で、長屋中の人々が、犇《ひし》めき合いながら、駈け出して来た。

畜生ッ、灰になっちまえ！

火焔《かえん》は、煉瓦の建物を、真赤に染めて、音響をたてつつ、高師の森の方へ、吹き靡《なび》けられては、また真直《まっす》ぐに天を焦《こが》した。

――見やがれ、天罰だ！

——裏切の奴らが青くなってるぞッ。

しかし、彼らがまず青くならなければならなかった。彼らは火事よりも、モッと大きな出来事に、また驚駭《きょうがい》した。

赤い消防自動車の間を縫って、幾台ものトラックが、制服巡査を載せて、「太陽のない街」の大手、搦手《からめて》を取り巻いた。放火嫌疑者を片ッ端から——五人や十人の少数ではない——ひっ捉えてそのトラックに積み込んだ。

ある争議団員は、懐《ふところ》に入れていた赤ン坊ごと持って行かれようとした。

——馬鹿ッ、赤ン坊は女房にやって来い！

苛立《いらだ》った制服が、その間抜けた四十男を怒鳴りつけた。

——へえ、女房は稼ぎに出て、家におりません。

彼は、恐縮しながら、赤ン坊の頭へ掌を冠《かぶ》せた。

——じゃ、近所へでも頼んで来い！

朝のうちを納豆売りする親爺が、身支度するところを……これは完全に納豆ごと持ってゆかれた——。

そして、不思議に火事は、ホンの狂言のように、すぐ鎮《しず》まってしまった。

工場は、コンクリートの塀を焦し、倉庫の屋根を少し焼いただけで、何喰わぬ顔をしていた。怪火の出所である工場裏の小さい空家は、五、六軒焼け尽して、濁った湯気のような残煙を、風に吹き飛ばされていた。

だが、放火嫌疑者の検束は、ますます激しくなった。前約でもあったように、女を除く目ぼしい争議団員は、南京袋《なんきんぶくろ》のように、トラックの上にほうり込まれた。

――こいつぁ本庁行だ。

チョークで、一人の背にしるしをつけながら制服の一人が、指揮して怒鳴った。彼ら、いわゆる放火嫌疑者は、この場合、一箇の荷物に過ぎなかった。そして萩村も、背にチョークをつけられた、比較的重要視された荷物の一箇であった。


ところがちょうど、その日の朝刊が、大川家の令孫、今年七歳になる悦子嬢が、昨夜十一時、急病で頓死《とんし》した――と報じていた。

怜悧《れいり》で、可愛かったこの孫娘を大川も他の何者よりも愛した。この唯一のペットは、彼の比較的恵まれてない私的生活の最大の光であった。一世を睥睨《へいげい》する彼の傲慢《ごうまん》と剛愎《ごうふく》も、このペットの前には平凡な好々爺《こうこうや》に過ぎなかった。

医師は、この令孫の急死の原因を、急激な中毒だと診断した。乳母《うば》や、書生が、駭《おどろ》きあわてたが、しかし、それほど急激な中毒を起すべき食物は、断じて「姫様」には差し上げた覚えはないと、女中頭は確信を以て申し立てたのである。

「姫様」が苦痛を愬《うった》え出したのは、午後七時頃、夕食後であり、苦悶《くもん》の後、息をひき取ったのが、午後十一時であった。

しかし、若い医学博士は、科学的な見地からして疑う余地はないと云い張った。

大川は、瞬時のうちに掌中《しょうちゅう》の玉を奪い去られて、さすがの彼の剛愎も堪え得られないらしかった。彼は書斎に閉じ籠って、家人に顔を見せなかった。

医師は、わが子の死の如く悼《いた》み悲しみ、家人の一人一人を呼んで訊き質《ただ》した。彼はわずかの吐瀉物《としゃぶつ》に含まる少量の亜砒酸《あひさん》を発見して、もし家内にこの劇毒物に類するものがないならば、他からこれを勧めるような外来者はなかったかと詰問《きつもん》した。

でも、出入り厳重な、この大邸宅に、そんな迂闊《うかつ》なことがあろうはずはなかった。

医師は、眼を泣き腫らした両親に云った。

——もし万一、これが外部からの何らかの、目的でなされた結果の中毒症であるとすれば、法医学上からも捨ておけませんし、お許しがあるならば、解剖したいと思いますが——。

忠実な医師は、まだ死因に十分の疑念を持っていた。

——馬鹿ッ、解剖したって生き返るかッ。

大川は振り返って、相談に来た令息夫妻を怒鳴りつけた。

——病気で死んだんだ——仕方がない。

強く言い切って、彼は、くるりと背を向けたままであった。

令息夫妻が、引き退《さが》って書斎の襖《ふすま》を閉《た》ててしまう音を聞くと、彼は、立ち上って階上の温室へ歩いて行った。

南側に、陽を受けた硝子《ガラス》張りの温室の中には数百種の草花が、ここばかりは春四月の陽気に咲き乱れていた。彼は籐椅子にゆっくり腰を下ろすと腕を組んで、じいっと空間を見入った。

——彼は勝った。確かに勝ったはずであった——。

彼は老年といえど未だ決して、彼の精神力に年は老《と》らせなかった。明治初期から先代を助けて、新興的な資本主義時代の潮流に棹《さおさ》してたたきあげた彼の腕に、まだ鈍《にぶ》りは来ない心算《つもり》であった。彼は、近頃の若僧連の事業家達のように、口で怒鳴りはしなかったけれど、ハッキリした支配階級としての自己意識を持っていた。彼は彼個人のみでなく、彼ら支配階級としての重荷を、ガッシリと担《にな》っていた。彼は、他の資本家のように、労働者の勢力を軽蔑しなかった。見透しの利く頭脳で、チャンとそれだけには買った。しかし、それ以上の影法師には決して迷わされなかった。

彼は、半白の五分刈頭を真正面に向けて、憎むべき、全国の左翼無頼漢共と闘って来た。彼は最初会社内における労働組合を、会社の営業上に差し響かない程度には認めていいと考えた。が、すぐそれは大変な間違いだと彼は判断しなければならなかった。職工共は、無限に増長する鋒鋩《ほうぼう》を遺憾なく現わしたからである。彼らは職工という身分の限界を平気で乗り越えようとした。彼らは鰻《うなぎ》ではなく蛇《へび》であったのだ。

争議になってから、総同盟の続文治《つづきぶんじ》という彼も一面識ある労働運動紳士が、訪問して来た。彼は、争議団中の右翼分子を主として、別に組合を組織し、労資協調の実を挙げたいという意味から、諒解を得たいというのであった。彼は、この肥《ふと》った有名な労働運動紳士に一言だけ言った。

——私の工場の従業員は鰻じゃないから、君の手に負えないでしょう!

そして彼は、この鰻でない蛇どもと闘って来た。それは単に、自己一人の立場からだけではなかった。四十もある会社のうちの一つくらい、どう転がっても、経済的には彼は重大なことではなかった。少くも彼が必死となるほどのものではないであろう。彼が、社会の各方面から攻撃非難を浴びながら、真直ぐに擡《もた》げてその白髪頭を傍見《わきみ》もしなかったものは、彼ら支配階級の根幹から嚙《か》み砕《くだ》こうとする、この激増する蛇共を、撲滅《ぼくめつ》せんがためであったのだ。

彼は、群がる蛇を睨《にら》み据《す》えて、一歩もたじろがなかった。一歩でもたじろぐことは、彼ら全体の破滅であった。彼は、彼らの持つすべての力を合流して、見事に撲滅した。たたきつけられ、引き千切られて、蛇共は、もはやその精魂を失い、わずかに醜い残骸をピクツカせてるに過ぎなかったはずだ……。

それだのに、これは何という不覚だ！　不意に背後から飛びついた一匹の女蛇のために、彼は彼の肉の一片を完全に嚙みとられた。

傷口は、彼の精神力の中で疼《うず》いた。可愛い悦子は、いま彼の掌中になかったのだ――。

愚鈍にして正直な医学博士の診断がなくとも、彼は疾《と》ッくにその死因を知っていた。

——解剖したッて生き返るかッ。

馬鹿め！　彼は再度、その一文字の大きな口を開いて怒鳴りつけるだろう。死因が判ったってそれが何になる。馬鹿め！

——ハッハハハ。

彼は口を開いて嘲笑するであろう。死因が判って、例えばそのために、蛇の一匹を八つ裂きにしたところで、それを彼らが怖れてでもいると思うのかッ！　馬鹿めッ。

——蛇を退治る方法は別にある！

弱味を見せてはならない。猛虎は己《おの》れの傷口のために、後退りはしない……。

彼は、空間から眼を放して、硝子《ガラス》戸越しに邸宅の門前を見下ろした。それから瞑目《めいもく》するように眼を閉じて、昨日午後五時頃、あの門前で毬《まり》を突いて遊んでた孫娘の姿を思い泛《うか》べた。

彼は、いつもの日課として、昨日もこの温室の草花に水をやってから、不意とそれを見たのだ。悦子は、二十歳あまりの身装《みなり》の上等でない娘にあやされて笑っていた……。近所の娘ででもあろうと彼は思っていたのだ——。

——彼女《あいつ》だ！

彼は、腕を組んで、じっと瞑目《めいもく》した。――お祖父《じい》さま――悦子の声が、耳に残って、レコードのように幾度も彼の耳で鳴った。

静かで、温かな温室が、明るい光線で彼を慰めた。彼は瞼《まぶた》の裏に、不甲斐《ふがい》なく熱いものを感じて来た。

――馬鹿な、生き返るか。

彼は、白髪頭を、グッとあげて、立ち上った。

4　旗を護る

大団円《カタストロフ》が近づいた。

怪火は、完全に、争議団へとどめを刺した。

組織された表面の、団制度は、故障を起したロボットのように、休止する機関が幾ヶ所も出来た。

各班は、集まるべき会場を失った。屋外にうろつけば、屋外集合の廉《かど》で蹴散《けち》らされた。

仮に萩村は、豚小舎《ぶたごや》に押し込められていなかったとしても、もはや、最幹会議の二つの論議に対して、態度を決する考慮は、不必要であった。事実は、前者を採るより他、何者もなくなっていたのだ――。

班細胞の眼を怖れていた右翼分子は、急に頭を擡《もた》げて、最幹会議、並びに班長会議に不信任を表明し、さらに、組合本部を攻撃して、反動空気を助長した。会社側の密偵は、公然と争議団員の裏切を勧告し、争議団の弱点や、計画の密告料は、急激にその価値を下落さした。トラックに包装されて搬《はこ》び込まれた荷物は、今はチャンと帽子を冠《かぶ》り、靴を穿《は》いて、勝ち誇った裏切共に導き入れられた。

警備隊は、漸次《ぜんじ》その機能を失い、ある者は出たきり、再び復隊しなかった。食糧班は炊く米を失った。行商隊の売上能力はほとんど零《ゼロ》となり、彼らの消費組合は、全財産を傾けつくして、今は店頭のどこにも、目ぼしい腹の足しになりそうなものはなかった。

協議会総本部は、拡大されてゆく戦線に忙殺されて、現在以上の応援は不可能であった。団長の高木始め、中井、萩村以下、ほとんど最幹は一人も残らず、檻《おり》の中に押し込められていた。班長会議は、その中心勢力を、最幹会議同様に殺がれてしまって、右翼的な幾分が残されてあるきりであった。ほとんど争議団は、斃《たお》れたのだ！

班長会議は、最幹会議に対して、公然と不信任を表明してしまった。班長達は、湧き返える班内団員達の不平と愚痴《ぐち》の洪水に堪え切れなくなったのだ。

争議団本部の階上に、佗《わ》びしい冬の陽を浴びて、団旗が幾多の悲壮な闘争の記念を、その真紅《しんく》の生地の織目にたたみこんで、厳粛に胸を拡げていた。

団旗の下に、班長会議が開かれていた。

班長の数は、十人に満たなかった。右翼的な、単に工場に永く勤めて人望があるというだけで、争議開始以来一回の検束を喰《くら》ったこともない、三、四人の班長を除いては、他は全部三人目、ないし四人目の補欠班長であった。前任の班長はことごとく、傷つき、斃《たお》れてしまったのだ。

この最も非左翼的な、三、四の右翼班長を中心とする顔触れが、この劃期的な大争議の光輝ある最後の決定をする、唯一の機関であったのだ！

彼らの、この光輝ある議事は、まず愚痴に始まった。過去に低徊《ていかい》し、最幹個人の誤《ご》謬《びゅう》を、抽象的に探し出し、感情的に攻撃した。

一、会社は、争議団解散後、任意選択によって、若干名を採用すべし

一、争議団は会社規定の退職手当金をもって解雇手当たることを承認すること

一、会社は、解雇手当の他に、金一封として争議団へ対し金何万円を交附すること

恐らくは、かくも無惨な敗北を何人が予期したろう。しかし班長会議は、この場合ほとんど骨抜きであった。それは呻《うめ》きをあげて昏倒《こんとう》する巨木に、偶然に最後まで結びつけられている牽引力を失った脆《もろ》い一本の細引《ほそびき》にしかすぎなかった。

——大会を開いて皆の意志に問おうじゃないか。

白いジャケツの坊主頭が、提議した。

——班長会議は、無決定で、皆の意志に問おうじゃないか！

積極的な中心のない空気の中へ、ぽつりと仄《ほの》かな灯が見えた。九つの頭は、水銀の玉のようにどっちへでも動いた。

——だが、報告は誰がする？

彼らは逡巡《しゅんじゅん》した。大会は恐らく、穏やかに始まろうとは考えられなかったからだ。非難罵声、怒号の渦の中で、どう進んでゆくべきか？　彼らは、必然的に「主観」を、「方針」を「眼」を要求さるるであろう。——駄目だよ。この際班長会議が決議を持たないことは、羅針盤のない船も同じだ。

しかし、彼らは、優良な舵手《だしゅ》ではなかった。激浪に揉まれながら、ただ縋《すが》りついてだけいた。

そのとき、階下の騒々しい声が入り乱れて、二階へのしあがって来た。五、六人の昂奮した顔が階段からツン出て、班長達へ怒声を抛《な》げつけた。

——馬、馬鹿野郎共、モウ俺達争議はやんねえぞッ！

——畜生ッ、騙《だま》しやがって、最幹の奴ら面目ねえから、態《わざ》と喰らい込んだってぇじゃねえか！

——何が幹部だ、間抜め！

彼らは、口々に罵《のの》しった。憤《おこ》った顔のあるものは、涙を頰に伝わらしていた。不意を喰《くら》って班長達は、あわててしまった。

——そ、そんな条件で承知するくらいなら、畜生ッ、最初ッから、眼を瞑《つむ》って我慢すらあい、この泥棒奴《め》ッ。

班長達は驚いた。彼らは未だ絶対秘密であるはずの、この解決条項が、どうして彼らに知れただろうか？

——何だ？　何を憤ってんだ？

黒い作業服の金東という班長が、年配顔に座を起《た》って行こうとした。すると、どかどかと飛び上ってきた一人が、突如、金東の胸倉を摑んで押し揺すぶった。

――白っぱくれるない、この野郎ッ。

胸摑んだ薄汚れた顔の四十男は、ひどく吃《ども》りながら、そのたんびに唾《つば》を相手の顔にひっかけた。

――か、解決条項は判ってんだ。てめぇ達あれで、俺達が承知すると思ってんのか、やい、思ってんのか？

つづいて、労働服や、いいよれよれの羽織が飛び上って来た。班長会議は、訳が判らぬままで混乱に陥ってしまった。

階下には、会場を失った班の者が押し寄せていた。彼らは歳晩を眼前に控えて、皆暗い顔をしていた。落着かぬ眼が血走って、ひどく強情なくせに、一面、些細《ささい》な物音にも、神経を尖《とが》らせ臆病になっていた。

――おい、とんでもねえこと聞いたぞッ。

鳥打《とりうち》が、十四、五人の団《かたま》りの中へ飛び込んでまず蹲《しゃ》がんだ。それは解決条項の内容だ！

——いま、班長会議はそれを承知してしまったんだそうだ！

彼らは、顔色を変えた。

——まあ聞きねえ。

鳥打は眼を光らして、また囁《ささや》いた。

——最幹の奴ら、いまとなって面目ねえから態《わざ》と喰らい込んだそうだ。

冬空は低く曇って、霙《みぞれ》が降り出しそうであった。青ざめた皆の顔は、惨《いた》ましく悄《しょ》げ返ったり、滑稽なほど憤ったりしていた。

——おい用心しろ！　そいつぁ怪しいぞ。

セーラーズボンが、気が付いて叫んだ。

——流言かも知れねえぞ！

気がついて怒鳴ったのは徒弟の久下であった。彼はさっき怪しい男を見た。和服に二重廻しを着て平常とすっかり容子《ようす》を違えているけれど、たしかに新聞班の高山という男であった。彼奴《きゃつ》はいつも、仕事のドタン場まで行っては、するりと抜けてしまって、高山が検束を喰《くら》ったということは一度も聞かなかった。

久下は、人混みを機敏に駈け廻りながら、その高山を捕えて、スパイの正体をひん剝《む》いてやろうと思ったのだ。しかし、彼の姿はいつの間にか見えなくなっていた。

――今日から一週間以内に願い出れば、第一回の解雇者でない者にかぎり、会社は再び採用するそうだ。

愚痴っぽい不平分子に、こんな流言も飛び移った。皆は、小僧ッ子の久下の言葉なんかに耳をかしていられなかった。

――押しかけろ、行って見りゃ分ることだ！

――班長会議に訊《き》き質《ただ》せ！

彼らは、流言の出所を探し出すほどの余裕を持たなかった。それでなければ自棄糞《やけくそ》に、仰向けにひっくり返って赤旗の歌でも唄うかであった。

班長会議は、混乱の中から、ほとんど致命傷の、単に流言を立証するばかりでなく、再び、この難破しかけた船の舵《だ》機《き》を向け直すことの出来ない事実を暴露してしまった。

――畜生ッ、騙《だま》しちまいやがって、何が幹部だ泥棒野郎ッ。

――俺達ぁ、もう明日から、争議やんねえぞ――彼らは罵《ののし》り喚《わ》めき、自暴自棄になっていた。

団旗は、暗く押し黙って垂れ下っていた――。

最後の大会が開かれた。

霙《みぞれ》が風に吹きつけられて肌寒さが身に沁《し》みる午前であった。会場の小石川伝通院の本堂へ、各方面の戦線から傷ついた団員達が集って来た。

薄暗い本堂の正面に、粗末な卓子《テーブル》が一脚置かれた。中央に団旗、左右に各支部旗が並んで、仄暗《ほのぐら》く光っていた——。

会場の周囲は、顎紐《あごひも》の制服に取り巻かれて、堂内は、気味の悪い海峡のように、いくつもの暗流が、渦巻き流れていて、ちょっとした機会で打《ぶ》っつかりそうであった。

五分、十分と経つに従って、その差別《けじめ》はますます濃くなり、険しくなった。

混乱した班長会議以後自棄糞《やけくそ》になり、臆病で狡猾《ずる》くなり、またすっかり疲労してしまった分子は、もはや最幹会議に不信任を表明すると同時に、即刻休戦を要求する主張において一致していた。彼らは右側の前方に陣取りめいめいに怒鳴った。

——早く始めろ！

——最幹、面《つら》を出せ！

左側の後方には各方面の戦線に生き残っていた青年達が、多く集まっていた。彼らも同じく憤《おこ》りっぽく唇をならして、まだ開会しない演壇を睨んでいた！　彼らはこの解決案に対して積極的に反対であった。彼らは意気地ない班長会議が、休戦要求者達に威嚇《おど》かされて解決案に承諾を与えてしまやしないかが気に掛った。

彼らは少数であった。疲労しきった団員達は、休戦論者の誘惑に打克《うちか》てそうにもなかった。彼らは巧みに紙片を、坐ってる順に、次から次の者へ及ぼした。

——休戦絶対反対‼

——勇気を奮い起せ‼

しかし、見ろ、堂内の顔の数を……、押しひしゃがれた生気のない顔は、わずか千人にも足りないではないか、過去二年にわたって訓練された三千の同志達は、すっかり疲れ切っているのだ。彼らの三分の一は、この最後の大会へ、不可避的なボイコットを起していた。頼もしい勇敢な同志の顔は、会場の隅にも見出せなかった。彼らは隔離されているのだ。

——休戦反対だ！

——最幹の釈放運動を起せ！

少数の青年達は、自分達の最後の任務を知っていた。今となっては班長会議は頼みにならなかった。右側の後方に集合している婦人達が、青年達の意見に合流した。彼女達はドタン場に来て、凄い粘り強さを見せた。

——もしわれわれの意見が容《い》れられないならば、この大会から退場してしまえッ。

房ちゃんと、おぎんちゃんが、立ち上って頭を振りながら怒鳴った。青年達の中から立ち上って叫ぶ者がいた。

——この屈辱的解決条項を蹴飛ばせ！

場内は騒がしくなり、殺気立った。休戦派の方から、揶揄《やゆ》と嘲笑が起った。婦人達は怒って座席に立ち上りながら応酬し、やがて「赤旗の歌」が唄い出された。警官が飛び込んで来た。しかし歌声はやまなかった。検束者が怒号と罵声との混乱から、場外へ引き摺り出された。

開会時刻は、既に過ぎた！

演壇は、まだひそまり返って、班長会議は休戦、非休戦の両派に押しまくられて、まだ態度を決しかねていた。

——早く始めろ！

場内の喧噪《けんそう》は、ますます甚《はなはだ》しくなった。そのとき、古ぼけた黒い帽子を阿弥陀《あみだ》に冠《かぶ》ったままの青年が、壇上に飛び上った。左側から拍手が起った。

——諸君！

青年は、顔を赭《あか》らめて、咽喉《のど》いっぱいに声を出した。

——俺達は、今日まで三ヶ月間、血みどろになって戦いつづけて来た。旱天《かんてん》に喘《あえ》ぐ魚のように、彼は怒鳴った。

——ある者は獄中に呻《うめ》き、ある者は病死し、ある者は狂人になった。技巧もなく、満身の力をこめて、阿弥陀帽の青年は、一句一句をハンマで棒杭《ぼうぐい》を打つようにたたき込んだ。

——しかし、そうした犠牲は、こんな屈辱的な解決条項を、受取ろうがためではなかったんだ！

「そうだッ」聴衆は、丸薬のように、言葉を呑みこんで答えた。青年は彼らの中では有名ではなかった。彼のガッシリした体格に、彼のいま喋《しゃ》べっている——われわれの最も重大な時機が、その両方の肩にのしかかっているように、頼母《たのも》しく見えた。青年は、片手で自分の帽子を引っ摑むと、縦横無尽に打ち振った。

——俺達は、いま、最後のとどめを刺されようとしている——この太刀《たち》を撥ね返すか、でなきゃ、そいつで斃《くた》ばるかというときだ！

右側に、敏感な警戒と沈黙が蔽《おお》いかぶさった。青年は声を激《はげ》ました。

——俺達は、モ一度、この屈辱案を撥ね返して闘おうじゃないかッ。

左側が喝采《かっさい》して降壇する青年を迎えた。しかし右側は、ひそひそ話し始めた。彼らの一人が立ち上って怒鳴った。

——休戦と継続の採決をしろッ。

議長席に、例の金東が班長会議を代表して、素ッ気ない顔を出した。彼は場内の空気に間誤《まご》つきながら、何か言おうとした。

——班長会議の決議を示せ！

左側は、すぐ立ち上って詰め寄った。右側は、採決を迫った。彼らは一緒くたになって、議長席へ押し寄せた。金東がシャがれた声で云った。

——班長会議の意嚮《いこう》は、この解決条項によって、涙を呑んで、いったん休戦することに決定しました。

言葉が終らぬうちに、左側の青年達が演壇に飛び上って、金東を突き飛ばした。婦人達の中から、金切声が起り、場内は沸騰した。

——退場しろ！　退場しちまえッ。

——団旗は俺達のものだ。

青年達は、団旗に飛び掛った。休戦派の者達が怒って奪い返そうとした。団旗は揉まれて、穂先の鞘《さや》がはじけ飛んだ。

——団旗を護れッ。

先刻の阿弥陀帽の青年が、壇上から旗をめがけて飛び降りると、素早く相手を突き飛ばして、団旗を持ったまま、脱兎《だっと》のように、場外に走り出した。

——退場しろ！

青年達につづいて、婦人達も場外へ出てしまった。阿弥陀帽の青年は、団旗を両手にしっかと抱きながら叫んだ。

——旗を護れ。

——旗を!!

——了——

注

（1）**摂政宮殿下**　皇太子裕仁親王、のちの昭和天皇のこと（一九〇一―八九）。大正天皇の病状悪化により、大正一〇（一九二一）年一一月、摂政となる。

（2）**高師**　高等師範学校の略。旧学制のもとで中等教育の教員養成を目的とした官立学校。この場合、東京高等師範学校を指し、小石川区大塚窪町（現・文京区大塚三丁目）にあった。

（3）**モジリ**　男性が着物の上に着る、筒袖または角袖の外套。

（4）**トンビ**　ケープ付きの袖無し外套。トビの羽に似ていることからいう。インバネスとも。

（5）**大同印刷争議団**　小石川区久堅町（現・文京区小石川）に所在した共同印刷での、大正一五（一九二六）年一―三月の大争議に基づく。社長大橋光吉。

（6）**つばくら**　ツバメの古称。

（7）**しんこ細工や**　白米の粉（しん粉）をこね蒸して色をつけ、花鳥・動物などに形づくったものを売る行商人。

（8）**小びん**　小鬢。鬢のこと。頭の左右側面の髪。特にこめかみあたり。

（9）**けだし**　蹴出。女性が腰巻の上に重ねて着る下着。着物の裾を持ち上げて歩くとき腰巻があらわに見えるのを防ぐ。

(10)**ダラ幹**　堕落した幹部の意。労働組合、政党などで、私利私欲に走るなど堕落した指導者をいう。

(11)**シャン**　美人をいう俗語。ドイツ語の schön から。

(12)**かくし**　ポケットのこと。

(13)**微衷**　自分の本心、真心をへりくだっていう語。

(14)**パッカード**　アメリカのパッカード・モーターズ社製の高級自動車の名。

(15)**あぎと**　あごのこと。

(16)**細胞**　工場、学校、地域などに設けられる共産党の末端組織のこと。

(17)**桃割**　若い娘の髪の結い方。左右に髪を分けて輪にして後頭上部で結び、鬢をふくらませたもの。

(18)**七三頭髪**　左右に七分と三分に分ける髪型。

(19)**腰弁**　腰弁当の略。江戸時代、勤番の下侍が袴の腰に弁当をさげて出仕したことから、毎日弁当を持って出勤するような下級役人や安月給取りのこと。

(20)**レポ**　レポーター、レポートの略。報告。また、非合法の政治運動や学生運動で組織の連絡にあたる人のこともいう。

(21)**鳥打**　鳥打帽の略。前びさしのついた平たい帽子。狩猟などに用いたことからいう。ハンチング。

(22)**菜ッ葉服**　薄青色の労働服。また、それを着る労働者。
(23)**闕下に骸骨を乞う**　闕下とは天子の御前のことで、天皇に総辞職を願い出ること。
(24)**モラトリアム**　債務者の破綻の影響を回避するため、法令により一定期間、債務の履行を延期する措置。支払猶予、支払延期。
(25)**文選工**　活版印刷で、原稿に合わせて必要な活字を拾う職人。
(26)**筒ッぽ**　筒袖の俗称。袂のない、全体を筒形に仕立てた袖の着物。
(27)**ブル**　ブルジョア、ブルジョアジーの略。資本家階級に属する人。
(28)**都腰巻**　毛糸で編んだ円筒状の腰巻。
(29)**インバネス**　ケープ付きの袖無し外套。スコットランド北部の地名から。幕末から明治初期に輸入され流行。トンビとも。
(30)**臨監制服**　臨監は、その場に臨んで監督または監視を行うこと。臨監制服は、特に演説会などに立ち会い、監視や取り締まりを行う制服警官のこと。
(31)**万丈**　一丈の万倍。非常に高いこと。意気盛んなこと。
(32)**花屋敷**　東京都台東区の旧浅草公園にある遊園地。江戸後期に草花の展示庭園として始まり、明治中期から遊園地となる。
(33)**じゅうのう**　十能。炭火を盛って運ぶ道具。金属製で、木の柄がついている。
(34)**斥候**　敵状・地形等の状況をひそかに偵察・探索させるため、部隊から派遣する少数の兵。
(35)**ニューム**　アルミニウムの略。

(36)**ナッシュ**　チャールズ・W・ナッシュが一九一七年に設立したアメリカの自動車メーカー。
(37)**ビューイック**　デイヴィッド・ダンバー・ビューイックが一九〇三年に設立したアメリカの自動車メーカー。
(38)**シトロエン**　アンドレ・シトロエンが一九一九年に設立したフランスの自動車メーカー。
(39)**調革**　ベルトのこと。二個の車輪にかけ渡して、他方に動力を伝える。
(40)**トロ**　トロッコのこと。工場、炭坑、工事現場などで使う運搬用の四輪台車で、敷設したレールの上を走らせる。
(41)**ボート**　ボルトのこと。
(42)**露台**　バルコニーのこと。
(43)**アブを喰う**　あぶれること。
(44)**リープクネヒト**　ドイツの社会主義者、政治家(一八七一―一九一九)。ローザ=ルクセンブルクらと共にスパルタクス団を結成。ドイツ革命蜂起の際に殺害される。
(45)**スキャップ**　ストライキに参加しない者。スト破り。
(46)**ハチ喰う**　恥をかかされること。
(47)**メリケン**　げんこつのこと。

作品について
――思い出ふうに――

徳永　直

一

この作を、私は一九二八年のくれから翌年三月ごろまでに、書いている。書きはじめる前後の思い出の一つは『戦旗』にのった小林多喜二の「一九二八年三月十五日」を読んだことだ。もちろん「太陽のない街」を書こうと思いたったのは、もっと以前からであるが、小林の作を読んで、なにか拍車をかけられた感じはいまもおぼえている。記録でみるとこの『戦旗』は一九二八年十一月号だったことがわかるが、私の記憶もさむい頃であった。いまはあとかたもないが、いわゆる「太陽のない街」(このよび名はこの小説以後できたもの)の千川ドブのふちにある風呂屋のうしろ、年じゅうしめっぽくくらい路次を、工場へいくみちすがら、雑誌のその小説を読みながら歩いた。石炭ガラでできている路次に霜柱がたっていた印象がのこっている。どうして「一九二八年三月十五日」を読んだか？　雑誌は買ったのか？　借りたのか？　いまもどうもわからない。というのは、その頃の私は、熱心な文学青年ではなかった。二十五、六歳まではそうであったが、三十歳の私は子供も二人あり、二十五歳から二十八歳頃まで組合運動に専心するようになってから、またならざるをえなくなってからは、「なげた」態度でいたからである。たぶん、「一九二八年三月十五日」が評判なので、『戦旗』読者というでもなかったのに、それだけ手にいれて読んだのではないかと思う。

だから「太陽のない街」を書くにも、作家をめざして、という態度とは、いい意味でも悪い意味でもいくらかちがっている。しかし自分のためにだけ書いたものでないことは、出来ると早速、金子洋文氏のところへみてもらいにいっているから、明らかだ。それなら小林多喜二のみならず、当時の革命的な作家や、その他の作品を勉強して、技術にそれをとりいれる苦労をしているか、というとそうでもない。それは作をみればわかる。当時翻訳されていたソ連の小説一、二を読んで、構成をまねたくらいのところはあるが、全体にいって通俗な、古い手法が至るところにある。一つは、組合がさかんだったころ私は機関紙「HP倶楽部」(百八十頁総ルビの月刊で労働組合機関紙としてはめずらしくりっぱなもの)に「何処《どこ》へ?」などいう通俗な連載ものを書いている。あとで述べるように組合執行部は私が小説を書くことに制限を加えたりするほど無理解であったが、必要から認めてくれて、私も妥協した態度で書いていた。ふつうの通俗作品と中味はだいぶんちごうが、これは組合員に喜ばれたりして、そんなことも「太陽のない街」の作風に影響していよう。(「何処へ?」はのち改造社からだした「何処へいく」とはちごう。今日私ももっていない。)

私は小説が好きだ。チリ紙に鉛筆で、小説のまねごとを書いたのは小学生のときだから、たしかに好きらしい。そんなに好きなのに、どうしてその頃は「なげた」気持でいたのだろう?　いま当時を思いかえして、それを語るのはなんだか哀しい気がする。

私ももちろんある程度の作家志望者だった。郷里熊本で工場仲間と回覧誌をだしていたのは二十一、二の頃だ。二十四歳で上京してからもいくつか短篇を書いた。同じ出版従業員組合(この組合には学者、芸術家が入っていた)員の青野季吉氏に一、二作(これは大震災でやけた)同じく金子洋文氏にたしか三作(一つは紛失、二つはのち私が作家になってから短篇集にいれた。「あまり者」「馬」がそれで、「馬」は戦後チェッコ語及び中国語に翻訳された）みてもらっている。だけれど、それだけの話で、私に力があるのかないのか？　そんな習作が文学的にみてどんな程度のものなのか？　もちろんわかりようがない。文学勉強の仲間がなく、まだ文学には私たち工場労働者の先輩がなかったから。

その頃、日本プロレタリアの運動は全体として弱かった。したがって組合運動とプロレタリアの文化芸術の運動とは統一されてなかった。すでに「種蒔く人」はあったけれど、そして革命的芸術家と、革命的労働団体ないしは無産政党（共産党を中心とする）の個々人には、提携や協力があったのだが、個々の組合内部では、文化芸術は「非実践」「逃避」「堕落」とされていた。私は「出版従業員組合」の執行委員のとき、執行委員会で、以後一切小説など書きません、と誓約させられたことがある。運動の歴史というものはいろいろジグザグなコースをとるもので、この面をここだけ強調してならないような実際もあったと思うが、しかし小林多喜二の「一九二八年三月十五日」などは、私の知っている組合運動者の某などを、非常に感動させていたから、そんな偏向をうちやぶる最も有力な作品の一つだったにちがいない。

だから以上のような当時の空気のなかで、工場労働者が作品を書いてでるということは、今日と比べて道順がむずかしかったといえる。そのことは当時まで二、三出現していた労働者作家といった人々が、同じ労働者といってもどんな性質や径路であったかをみれば、すぐわかる。

大震災以後の二、三年、日本のプロレタリア文学を中心とする芸術運動は、画期的な飛躍をした時代であるが、ちょうどその頃、私は組合運動に専心してしまって、知らなかったということもある。つまるところ、私にこの作を書かせた直接な力は、一つはこの争議で馘首《くび》になった失業者ばかりでつくっていた印刷工場の仲間であった。彼らは私がどうやら書けることを知っているし、自分たちの闘争を記録しておきたいし、印刷にする技術も道具ももっているし、なにかのときには、すぐそれをいってすすめたことである。二つは私の小説好きであろう。争議以来約二年、ある程度意識的に、想を練っていたことも事実である。でなければ書きだして三ヶ月、よくもあしくも一つの長編ができるものではないから。

そんなわけだから、私のばあいは自然発生的な、まだめずらしい部類であったにちがいない。もちろんそれも前期「種蒔く人」以来の、革命的インテリゲンチャ芸術家たちの闘争が、すでに六、七年の歴史をもっていたからであって、これなしには「自然発生的」さえ考えられないわけだけれど、それにしてみても二十年後の今日の組織的な「文学サークル運動」などは、びっくりするほど大きな発展の意義をもっていると思う。

したがって、私の素質に、その自然発生性もくわえて、「太陽のない街」はいろいろと弱さをもっている。第一には、この闘争を指導した、当時非合法だった日本共産党の実体をくわしく知らぬために、正確に描きだせないでいること、たとえば日本労農党との関係など特に不明瞭である。第二は、それと結びつくことだけれど、当時福本イズム的偏向が、この闘争にも如実にでており、作者がそれを批判的に描きえないでいることである。作中、高枝が大川の孫娘に毒物を与えて死に至らしめるところなど、実際にはなかった。実際には大川家族に傷害を与えようとして、団員のある者が邸宅に忍びこんだ、という事件があったのを、作者が誇張したのである。一九二〇年代の、まだ素朴な労働者の直接行動的闘争方法と、福本イズム偏向のないまざりが、作者によく理解されておらず、また描き出す力がなかったのである。第三に、それらの弱さが、作の通俗性とあいまって、労働者が事実上もっている健康なレアリズムを、いくらか怪奇な、ゆがんだものとした傾むきがある。(ついでにいうと、作中にあるビラ、ポスター、決議文やは、ほとんど実物からの引用であるが、それの日付は、構成上、この作を三ヶ月ばかり時日を前にずらしたために、それぞれ若干のちがいがある。)

しかし、これを書いたときの私は非常に熱心で、感動的であった。三ヶ月ばかりで書いた記憶であるが、最後の一ヶ月は「健康保険法」で、工場に病気届(当時六割の賃銀支給)をだして、友人Nの借間にかよって書いた。友人Nも植字工で、昼間は留守にする。牛込神楽坂、肴町の停留所から上の坂の方で、何とかいった有名な縄ノレンのある濁酒屋の横を入った路次内だった。

工場と同じなみに朝早く弁当もって、そこへいく。二百字原稿紙で、たいてい三十枚くらい書いた。書いていて感情が激してきて、原稿紙が涙にぬれてこまり、便所の手洗水で顔をあらっては、また坐りなおしたりすることがしばしばだったのをおぼえている。

あまり書きなおさなかったようだ。そこのお内儀さんが、うさんくさくみるので、途中で外へ出たりするのが気不自由だったが、書いているときの私は、「たのしい」

というのとはちごうが、充実した感動で幸福であった。

くどいようだが、この作を書いた当時の私の状態をいま少し述べておきたい。私という作家が、ごく初期の労働者作家にあたるとすれば、将来の労働者作家にとって、よかれあしかれ一つの歴史となると思うからである。

二

あとでくわしく述べるけれど、この作で書かれた争議で馘首《かくしゅ》された私は、一年足らず失業。失業者ばかりで小さい印刷工場をつくったりして、この作を書いた頃はTという、この争議のあった会社のちかくの、中くらいの印刷工場に、最初は臨時工で、のち本工となって働いていたが、その頃は、失業中ひどく無理な請負作業(長編「妻よねむれ」に書いている)をやったたたりで、からだをこわしていた。直接には大腸カタルだが、何しろ当時のでたらめな健康保険医では病因がハッキリせず、定時(十時間)の作業もつづけられない。それもしだいに高じていくというぐあいで、どっちをみても身のよせ場がない境遇の私たち夫婦は、手をとりあって泣くというようなこともあった。こわしたからだは今日もなおったわけではないのであるが、しかしこの作によって、肉体としてはしのぎのきく文学世界にでられたことは、私の人生にとって「命拾い」したほどの光であった。

伝統も、環境もない、まったくの一労働者が作家になるということは、一九二〇年代を今日かえりみて、なかなか大変な出来事だったと思う。私と同じ時期に佐多稲子、橋本英吉などの労働者作家がでている。それはまったく歴史がうみだしたものだ。日本プロレタリアの革命的昂揚期と、革命的インテリゲンチャ芸術家たちの先覚的苦闘の歴史、これなしには、よし私がチリ紙に鉛筆で小説のまねごとを書くほど好きであったとしても、作家になるなどとはとうてい考えられない。私個人としてみれば偶然な、自然発生的な道行《みちゆき》のようであるが、歴史的にはそうでなかった。しかし同時に、日本の労働者というものはなんと貧乏だろうか。ゴーリキーの困苦な生いたちを小説や回想で読んで、そう考える。経済という点だけでみれば、ゴーリキーは私らよりなお裕福である。彼は彼の永い少青年期を彼自身の口さえ養えばよかった。「放浪できる身分」だったのである。私らは物心地つくから扶養家族をしょって成長し、世帯をもてばさらに倍加した。私はこれを偉大なる作家ゴーリキーへ、日本の労働者の一人としてうったえるのである。日本の労働者は日本資本主義の発展期一九二〇年代にあってさえ、少年をふくめた青年労働者の半ば以上が、数人の家族をかかえることなしに身動きできなかったと。これは日本の封建的家族制度の上につみかさねられた怖ろしい貧苦である。もちろん資本主義没落期の戦後の今日は、もはや表現の言葉がないほど極限に達している。

自分の読んでいる書物で、自分の頬っぺたをみみずばれがするほどぶたれ、自分の書いているペンで、自分の手くびに黒血がよるほどなぐられた経験をもつ、日本の労働者作家は私一人だけだろうか⁉ それは「主人」や「工場主」だけではない、自分の両親によってさえそうだったのだ。

千年ものながい間、日本の文学歴史に、被圧迫階級の文学はなかった。まして階級を自覚した被圧迫階級の文学歴史はない。私らは日本プロレタリアの革命運動によって自覚し、日本の先覚的、革命的芸術家たちの歴史によってみちびかれ、はじめて日本文学歴史に登場したのである。私などホンの小粒な作家にすぎないけれど、このことを第一の光栄に思う。

この作ができたとき、紙函《かみばこ》にいれて、前記の金子洋文氏のところへ読んでもらいにいった。しかし、金子氏は当時「忠臣蔵」の演出で忙がしかった。私は持ちかえってそのままでしばらく過ぎたが、偶然のことから熊本時代の知人林房雄に逢った。私が小説好きであることを知っている彼は、私に創作をすすめた。そのとき私は彼が『戦旗』の同人であることや、「文芸戦線」派との分裂などいういきさつをいくらか知った。私は「太陽のない街」を彼に読んでもらい、こうして、一九二九年六月号の『戦旗』から、同年十一月号まで五回に分載され、最後の六分の一ほどは、単行本のときに加えられて、全部発表された。

同じ一九二九年六月号には、小林多喜二の「蟹工船」二回めがトップに掲載されており、「太陽のない街」の掲載期間中に、中野重治の「鉄の話」や、村山知義の「暴力団記」等が掲載されている。当時『戦旗』はほとんど毎号のように発売禁止をくいながら、しかも発行部数は急速に上昇し、二万(この部数は当時としては非常に大きい)台に接近しつつあったときで、まさに黄金時代だったといえる。

まったく未知の、一労働者の長編作品を『戦旗』がとりあげたことは、歴史的といっていいほど革命的であった。中野重治は原稿紙二枚ほどの、詩のような手紙を人づてに私にくれた。私は永いこと大事にして万一のばあいを考え細君のよそゆきの着物の袖にいれたりしてしまっといたけれど、どういうわけか紛失してしまったので、心おぼえだけを述べると——花嫁がきた。プロレタリアの、非常に美しい花嫁がきた。待ちに待った花嫁が、いま私たちのところへきた——というような意味であった。

戦旗社はその頃麹町の土手三番町にあった。格子戸のあるしもたやで、いつも殺気だった、くらい感じのする家であった。私は入口だけであがったことはない。自分で校正するためゲラ刷をもらいにいくので、自転車で一と口坂をおりていったりしたのをおぼえている。白須孝輔がいつもでてきて、よく叱るようにいった。——「君の小説は、どうしてこう漢字が多いんだ」「明日の朝までもってこんと知らんゾ」——。

はじめて自分の小説がのった雑誌を、私は本屋の店頭でみた。たぶん神田だったと思うが、『戦旗』という雑誌の売れぐあいはふつうとちがっていた。電灯の光がとどかないような店頭の片隅に、ぶあいそな顔で店員がたって眼を光らせている。次々と手がでる。その手は釣銭のいらないようにそろえた金をもっているらしく、おそろしく早い。ほかには何の用事もないようにさっさと消え、また次々と手がでてくる。そのとき私は子供をだいていて、ぶあいそな店員のうしろに、ずいぶんながいことたっていた印象である。

これは『戦旗』が発禁処分の直前、ホンの数時間のうちに売れてしまう風景であったのだ。『戦旗』の編集責任者であった壺井繁治は「新宿紀の国屋などは、一軒で三百部から四百部売さばいていたのであるが、それが幾つかの山に積み重ねられて並べられるのを読者は待ち受けて、非常に短時間にそれが売れてしまう」と『闘いのあと』(一九四八年刊)で述べている。

三

この作のモデルになる東京小石川共同印刷の大争議は、一九二六年一月早々から始まって三月まで、約七十日つづいたとおぼえているが、前年のくれからほとんど争議状態に入っていた。

この争議は、この争議後つづいておこった浜松の日本楽器争議や、千葉の野田争議とともに「三大争議」といわれている。それは規模の大きさ、当時としてはかくべつな長期間とかいうことからではなくて、その政治的意義と、闘争手段の新段階、日本共産党が直接指導した等の意味からいわれるのだ、と私は解釈している。

この三大争議は、二八年の「三・一五」の大弾圧につながっており、さらに二九年の「四・一六」につながっており、それらの抑圧遂行にもとづいて、さらに翌々年一九三一年、昭和六年のいわゆる「満州事変」、中日戦争から太平洋戦争への序幕となった侵略戦争へとつづいている、という年次的な鳥瞰《ちょうかん》だけでも、その「政治的意義」というのが理解できようと思う。

共同印刷争議は、三大争議の最初のものであり、最大の規模であり、ゼネストまではいけなかったけれど、いくつかの同情罷業《ひぎょう》や、単独罷業が、大小散発的に、出版労組傘下の印刷工場ではおこった。それはたしかに英雄的闘争といえるほどのもので、北は北海道から南は九州まで、当時の半非合法的状況下で、日本じゅうの革命的プロレタリアの総力が、東京小石川の長屋町の一角に集中されたといっても決して過言ではなかろう。

ほんとにこの争議は、もう最初から悲劇的な予感がみなぎってきた。売られたけんか、あとへひくにもひけない争議であったと思う。この争議の記録は非常にぼう大なもので、書記長上野山博の手から私に渡され、戦争中まで保存していたが、疎開前、当時の役員だった中村榊と萩原喜三郎へ保存をたのみ、戦後はまだそのままになっている。私個人としては、この争議はさけられるだけさくべきだと考えていた。争議前年くれの小石川支部執行委員会で、九対一でスト反対説の私はやぶれたが、いま一度採決やり直しを提案して、こんどは一対九でスト延期にきまったことがあることや、スト指令がでた払暁《ふつぎょう》まで、植物園前のソバ屋二階での会議、評議会指導部、労組本部合同の会議でも、私のスト反対理由は原則的に承認されたほど、そのときの悲痛な空気はいまも記憶にある。もちろんこれは私のスト回避説が正しかったなどいおうとするのではない。むしろ私のばあい山川イズム的な右翼日和見《ひよりみ》だったと思っているが、この争議を指導した日本共産党のこの争議への批判、評価などは、党員でなく、また組合運動からもその後漸次脱落した形で、消費組合運動へいってしまった私は知らないのである。ただ私がいおうとするのは、それほど困難な見透しであった状況、あるいは空気であったことだ。そして私のこの考え方が、作中では萩村という人物を通じて、くらい影となっていることを読者は気づかれるであろう。萩村はついに狂人、癈人とならなければならなかったのである。

争議は鋳造部三十八名馘首の、会社側の挑発にはじまっている。一部の馘首だが、それは氷山の一角でしかないもので、準備は怠《おこた》りなく、東京印刷同業組合内の財閥葛藤も整理され、苛烈な政治的方針(作中みられるように、財閥首脳部が顔をだし、争議の終局には内務大臣、警視総監もでてきたように)が会社側にあるとみえた。組合側には党員である中尾勝男（評議会幹部であり、出版労組幹部）などを中堅として、渡辺政之輔、佐野学（佐野はアジトでも私はみたことがない。渡辺は二度ほどみた）などの共産党首脳部が、かくれた最高指導者で、表面的には党員でない評議会委員長野田律太、争議部長南喜一などが指導して、まったくどっちも最高的な陣立であった。（当時労働争議に大臣とか総監などが口ばしいれるということは例が少かった。）非常に政治的性質の争議であった。もちろんどんな労働争議も政治闘争であり、故にこそ階級闘争であるが、この争議はかくべつであった。闘争手段は、資本家側でも他の財閥が一応の利害をこえて協力したり（楽器争議では憲兵隊が出動している）、共同印刷争議のときから、ブルジョア思想団体、仏教、基督教、社会婦人団体が、一方では暴力団とともに、切りくずしに乗りだしてきた。労働者側ではスト員の班組織を中心とする各種の自治組織、共産党を中心とする指導部は「アジト」と称して、非合法下を転々移動し、この争議ではじめて「細胞」という名前で、「アジト」からつながる別の行動組織がつくられた。「細胞」といってもこれは共産党員ではなく、優秀な青年分子を、争議団各班ごとに、秘密にどれだけかずつを結成し、闘争の前衛とするのでである。またプロレタリア芸術団体も援助参加して、「左翼劇場」の前身「トランク劇場」などはこのとき誕生したといわれている。

そしてこの共同印刷争議の政治的性質が「かくべつ」といわれるいま一つのわけは、この小石川支部が出版労働組合の最大根拠地であり、同時に、出版労働組合は、日本労働組合評議会の最も重要な組合であり、日本労働組合評議会はまた、日本共産党の最大の基盤だったということである。『日本労働組合評議会史』(谷口善太郎)によると、評議会に参加している当時の加盟組合は四十四、組合員総数は三万一千四百九十二人であるが、この産業別分布をみると、印刷出版が最高で三十二パーセント。「南葛」以来、最も革命的伝統をもつ金属の三十パーセントさえしのいでいるばかりでなく、出版の組織内容は、当時の産業状態もあって、もっとも会費完納の確実性をもった大工場が多かったという点などがある。一と口にいえば共同印刷の全部三千二百ないし三千五百が最大で、秀英舎、日清印刷、凸版の一部など、それに大阪であった。三十二パーセントとすると、公称は一万前後となるが、私の記憶では、全国で「会費完納組合員七千」といった時期が最高だったように思う。しかし当時、最左翼の組合で「会費完納七千」は驚異的なもので、このうちで共同印刷はその半ばを占めていた。

支部指令で、一時間以内に東京市内ならば、いつでも三百は動員できる態勢をとっていた。七台のトラックはいつでも積荷をおろして出動した。組合費は五十銭であったが、滞納者がないので、銀行預金は万という数字であったし、「評議会の常勝軍」という言葉さえあったから、支配階級が評議会と共産党のプールとしてねらう以上、当然共同印刷がマトとなるのであった。したがって、この作にみるごとく、「全員解雇」という、会社側としても経済的には破滅的な状況ででも、一応これを打破したことは、評議会勢力に大打撃を与えたことであり、これらの抑圧の上に「三・一五」「四・一六」が重ねられ、「満州事変」への地均《じな》らしをしていったのである。

四

しかし、「評議会の常勝軍」といわれた出版労働組合、その根拠地小石川支部は、忽然《こつぜん》として、「太陽のない街」にみるような英雄的闘争をなしうるほどにできたものではなくて、この点、「太陽のない街」は、ほとんど物語っていないから、読者のために一言つけくわえておきたい。

さきに述べたように、出版労働組合の前身は、関東印刷労働組合であり、一九二五年、大正十四年五月、日本労働組合評議会が創立された当時は、関東印刷三百五十名として参加している。さらに関東印刷の前身は出版従業員組合といい、これの創立は大正十二年、一九二三年早々で、労働者はホンの数十名、多くは思想家、学者、芸術家であった。私が出版従業員組合員として、共同印刷、当時「博文館印刷所」で、その久堅《ひさかた》支部(小石川支部の前身)をつくったときは、たしか私ほか二名だったと記憶している。

十二年九月の大震災をへて、十三年五月の第一次争議「博文館総罷業」にいたるまでは、五十人足らずの組合員を維持していった、いろいろな思い出がある。これらの顚末《てんまつ》は文化運動外史『闘いのあと』(江口渙、壺井繁治、窪川鶴次郎、中野重治等と共著)のうちに「一つの時期」として、比較的くわしく感想を述べているから、ここでは省略するが、この第一次争議の勝利と、この勝利までの、人々の忍耐ぶかい闘争なしには、けっして「常勝軍」はうまれえなかった。その意味では「太陽のない街」は、その花だけを描いたようなもので、まだ大部分が描かれてない。

ことに、十三年(一九二四年)争議の大勝利「賃銀三割値上獲得」は、大震災後の沈滞した労働者運動に大きな衝動と活気を与え、一、二ヶ月で印刷工の賃銀が、全国的に上昇したという歴史的勝利であったが、それまでの人々のつらい道行《みちゆき》は、革命運動の性質がいかなるものかを教えていて、ほんとに興味深いものがあった。いくたびか犠牲をだしても、なかなか労働者は起《た》たず、偶然、一九二四年のメーデー払暁第二製版室におこった火事、つづいて一週間後の第一印刷室におこった喧嘩、それらが導火線となって、歴史的な大罷業がはじまっている。偶然と必然。主体的条件と客観的条件の微妙なからみあい。そこにはまことにまなぶべき事柄がたくさんあって、私はけっして「革命家」などではないけれど、あの第一次争議の経験が、私にとっては、たとえ私自身がどんなに悲観し、臆病になっているときでも、「革命は必ずおこる」という理性だけは、絶対に失うことのできない貴重なものとなっている。

したがって私は当然、「太陽のない街」以前の、このへんから筆をおこすべきであったが、当時の私には、まだその力がなかったのだ。私がまだ今後どれだけか生きているとすれば、きっとそれを書くだろう。そしていまならそれを書ける気がする。

五

一九三〇年(私は二九年に日本プロレタリア作家同盟に参加している)に発行された『プロレタリア芸術教程』第三輯に「「太陽のない街」は如何にして製作されたか」と

いう文章を書いている。

題名が示すような、思いあがりのつよい向う意気みたいなものが、中みだしの一、従来の「創作型」を無視した。二、読者の基準をインテリにおかず、労働者においた。三、「読ませる」ことを第一条件とした。四、私の小説作法心得。五、インテリ批評家と労働者作家。などという文章にもあらわれているが、ここにはたくさんのあやまりがある。

——私は十三の年期小僧時代から、ずっと工場生活をしているので、従って規則だった小説作法といったものを習う時間を持たなかった。好きで読みはしたが、しかし現在文壇人の誰よりも、私はいちばん寡読《かどく》であるだろうと思う。読みたいが読む時間がなかったのだ。

しかし、私は、それを現在に至っても、決して悔いとしていない。それはいちめん知識が狭いという欠陥以上に、中毒されなかったという効果がより大きかったからだ。換言するとブルジョア文学に禍されるところが少くて済んだからだ——。云々。

このほかまだ書いているが、ここにはブルジョア文学への機械的反発と、自然発生的な労働者気質の無条件是認と、欠陥を逆に「禍されるところが少くて済んだ」とする似て非なる革命性、じつは思いあがりというべきものがある。三〇年頃の日本プロレタリア作家同盟の一部にあった偏向を代表するものであるが、この作を書いている当時は、そんな自信があったわけではないのである。しかしこういう偏向をおかす私自身の弱さは作にもでていると読者は感じないだろうか。

けれども、それらたくさんの欠陥はあっても、作者の私には、今日なおたくさんの愛着をもっている。小説を創る、という仕事は不思議なもので、あの争議をいま一度くりかえすことで、「萩村」は癈人になったが私は生きのびることが出来た。もし私がこの作を書くことをしなかったらば、「萩村」の運命が、そっくり私であったのだ、とつくづく今日思う。そして私が生きえたことで、あの争議で革命的エネルギーを燃焼させた人々の面影を、どれだけか再現しえたのであろう。

大正十五年、一九二六年秋、芝協調会館でひらかれた関東印刷労働組合と「HP倶楽部」とが合同した、出版労働組合創立大会のとき、人々は私を議長に推してくれた。HP倶楽部は大正十三年第一次争議後、全従業員をしめつけて組織するため、関東印刷とはべつにつくられた組織であるが、この合同によって、名実共に日本一の印刷労働者の大組合が出来あがった。人々が私を議長に推したのは、「共同印刷の草分け」

というよび名があった私への光栄ある「はなむけ」であったと同時に、山川イズム的右翼日和見主義者として、私に与えた訣別への弔鐘《ちょうしょう》でもあったのだと感じている。もちろん、この頃すでに福本イズムの発生があり、一方的にだけ片づけるわけにいかないものもあると思うが――。しかし以上のことを書きそえておくことは、この作を理解する上に何かと参考になると思う。

あらゆる人々が経験する。しかしその経験をどれだけ深く、完全に理解するかは、人それぞれの意識のたかさによってちがってくる。「太陽のない街」の争議を英雄的に闘争した人々のうち、私が描いたそれよりも何倍も深く自然の真実を理解しえた人々が、どれだけたくさんあることであろう。レーニンが、スターリンが、また毛沢東が、ソヴェート文学に、中国革命文学に、それぞれ基本的規定と方向を与えうるのは、そんなところから生れるのだろう。作家も作をつくる仕事で、この現実を変革し、より幸福な世界をつくりだすために、つねに前進しなければ、真実はその作家の眼につらなくなるにちがいない。

（一九五〇年四月）

解　説

鎌田　慧

作品の誕生

太陽のない街。それは「谷底の街」である。

最初に、摂政宮（昭和天皇）が、東京高等師範学校の高台から、向かい側の高台にひろがる、徳川家の御殿跡や薬草園などを遠望するシーンが置かれている。

しかし、谷底は森の陰になって見えない。シルクハットの摂政宮を案内していた高等師範の老校長は、かつては美しい渓谷でした、川も綺麗でした、しかし、田んぼや川岸が埋め立てられて工場ができ、街ができました、と説明する。

もちろん、街の一郭《いっかく》に、喰うや喰わずの貧しい労働者とその家族たちが、ひしめくようにして暮らしている、などとは語っていない。

工場は洋風、赤煉瓦造り。三〇〇〇人の男女労働者がはたらく大印刷工場である。川岸に建った工場の下流には、いつのまにか、東京最大の「貧民窟」といわれる、「トンネル長屋」が建ち並ぶようになった。

労働者とその家族たちが住む街、その中心にある、「魔の城」と著者が書く、大工場で発生した「全員解雇」をめぐる大闘争が、活劇《アクション》映画的手法で書かれたこの作品は、文学史上、極めてユニークな、労働運動の実録《ドキュメンタリー》風小説である。

というよりも、実際にあった、著者が体験した労働争議を題材にした小説である、というのが正確な表現であろう。三〇歳になっていた、印刷労働者・徳永直《すなお》(一八九九―一九五八)は、この一作を引っ提げて小説家としてデビューし、四歳下、すでに活躍していた小林多喜二《たきじ》と並ぶ、「プロレタリア文学」の代表的な作家となった。

多喜二の『蟹工船』は、海に浮かぶ缶詰工場内での闘争であり、徳永のこの作品は、印刷工場界隈での家族ぐるみのストライキ闘争である。この労働争議をテーマにした記念碑的なふたつの作品が、おなじ時期(一九二九年)に、おなじ雑誌(『戦旗』)に連載されたことは、偶然ではない。

労働者に、まず読ませよ

作品の背景に、労働運動昂揚の時代と、それら国内の運動を徹底的に弾圧して、日本政府が中国侵略に踏み切り、アジア・太平洋戦争にむかい、やがて破綻するその前史が、たくまずして記録されている。といって、徳永直は時代を先読みしていたわけではない。自分の体験を伝え、闘争に立ち上がる仲間をふやしたかっただけだった。労働者の言葉で、仲間の労働者に伝えよう、とする熱意が、この小説の特徴としての、「通俗的」手法を採らせている。

「まず読ませよ、労働者の眼を、活字の上に吸いとれ！　三百万を超える『キング』その他婦人雑誌を通じての敵陣に捕虜にされている労働者の読者大衆を闘いとれ！奪い返せ！」(「『太陽のない街』は如何にして製作されたか」『プロレタリア芸術教程』第三輯、一九三〇年四月)

と徳永直は書いている。この小説で「大同印刷」とされているのは、大日本印刷、凸版印刷とともに、日本の三大印刷会社と並び称されてきた、「共同印刷」のことである。

一九二六年の争議によってその工場を解雇された徳永は、こう書いている。

「私は、毎日毎日、ちょうどまる三年の間、共同印刷会社の構内を歩いて、近所の工場に通いながら生々しい古戦場の記憶を、出来るだけまとめた。単純から複雑へ、そしてやっと複雑から単純へ——

ちょうど芝居の場割のように、いくつにも、仕切って、筋書をマトめた。争議の進展の本筋と、幾つものエピソードと、当時の社会情勢と——をナイまぜて、二百三十枚あまりの筋書をまとめあげた。

そして、まず私のスローガンを第一に頭においた。『まず読ませよ』」（同前）

夜業がすんだあとでも、自分たちの仲間が、一、二枚はひきずられて読めるものを書く。それが彼の労働者にたいするアピールだった。

電車が停った。自動車が停った。——自転車も、トラックも、サイドカーも、まっしぐらに飛んで来ては、次から、次へと繋がって停った。

——どうした？

——何だ、何が起ったんだ？

書き出しの、横光利一風「新感覚派」的な文体が読者を惹きつける。叩きつけるような、ショットを積み重ねるモンタージュが、仲間の労働者たちに、自分の体験を読ませたい、とする徳永の熱望の到達点だった。

そのとき、突然列車は停車した。暫く車内の人々は黙ってゐた。と、俄に彼等は騒ぎ立った。

「どうした！」

「何んだ！」

「何処だ！」

「衝突か！」

横光の『頭ならびに腹』(一九二四年一〇月)の一節である。この小説の書き出しは、あまりにも有名だ。

真昼である。特別急行列車は満員のまま全速力で馳《か》けてゐた。沿線の小駅は石のやうに黙殺された。

しかし、『太陽のない街』の文体のスピード感や転換の速さ、クローズアップの多用は、横光の『蠅』や『頭ならびに腹』などの、ダンディな文体の影響というよりは、意外にも講談の影響のようなのだ。

講談的語り口

「僕は六歳のとき、いろはを覚えて、講談本を読んだ」(徳永直「文学的自叙伝」『新潮』一九三七年九月)

徳永直の父親は、熊本市の陸軍第六師団から、兵隊の夕食の残飯を入札で仕入れ、集まってくる浮浪者や流れ者たちに売り捌《さば》いていた。

ちなみにいえば、「徳永」家は由緒ある家系のように思われがちだが、「文学的自叙伝」によれば、村役場の役人に呼び出された祖父が、「面倒くさい。俺の姓をやるからそれにしろ」と与えられた。字を読めるようになったのは、直の代になってから、という。

流れ者たちは、ちいさな桶やお椀を抱え、空腹と闘いながら、土間に座って残飯の到着をまっていた。そのあいだ、小学生の徳永が、無聊《ぶりょう》に苦しむ連中の間をもたせるために、貸本屋が運んでくる講談本を読み聞かせていた。講談本を読むばかりか、いわば流浪《るろう》の民たちが語る「馬鹿話」や「ことわざ」などに浸《ひた》っていた。

本人自身、本書の自著解説(「作品について——思い出ふうに」)で、「全体にいって通俗な、古い手法が至るところにある」と書いている。たしかに「通俗」とはいいながらも、自身が底辺の民衆が語る物語を土壌にして、そのなかから産みだされた作家であることに、誇りをもっていた。

「私は或る工場での仲間に云われた『だんだん君はインテリ臭くなってゆくようだ』と。

私は、誰の批評よりもギョッとした。それは私が一番警戒していたところだ」（「『太陽のない街』は如何にして製作されたか」）

こうも書いている。

「『兄貴、あいつぁ面白いな』こう吾々仲間が云ってくれるところを、インテリ批評家は『あいつぁまずい』と批評された矛盾が私の場合にはいくつもある」（同前）

労働者出身の出自を矜持《きょうじ》としている徳永にとって、「インテリ層のなかに解消されない」ことが、最大の資格審査だった。

この論文で徳永は、従来の創作型を無視した、読者の基準をインテリにおかず、労働者においた、「読ませる」ことを第一条件にした、など、作品の狙いをあけすけに語っている。

「ブルジョア・イデオロギー」にたいするプロレタリア意識、二項対立による敵意についてのは、のちに本書「作品について」にもあるように、「思いあがりのつよい向う意気」との自己批判が示されている。

「陽のあたる場所」と「陽のあたらない場所」

瞬間！　二台の自動車は走り出した。バッ‼と、硝子板を圧搾するような音響が、闇を劈《つん》ざいた。

——アッ——。

一番最後に乗り込もうとして、身体を浮かした眼鏡が、叫びをあげて、内部へ倒れ込んだ——。

淡い、黄臭い煙が、すぐ風にちぎれた。

闇——

灯を消した二台の自動車は疾風《はやて》のように、夜気を揺すぶりながら見えなくなった——。

（本書一〇八ページ）

この活劇風小説の主人公は、どぶ川に沿った長屋の密集地帯に住む、貧しい男女のプロレタリアートだ。病気の老父を抱えた高枝と加代姉妹。ふたりにはそれぞれ、労働組合の幹部と社長襲撃未遂事件を起こす活動家が、恋人として配置され、ともすれば暗くなる労働争議小説に、やや華やかな彩りを与えている。

引用した描写は、暴力団との闘争シーンだが、銃声まで響いている。争議には警察官ばかりか、暴力団までもが介入するのは、長い戦争を挟んだ、戦後の一九五九年、三井三池炭鉱大争議でもよく知られていることである。

経営者と結託して、労働者を管理・支配する右翼、暴力団の存在は、炭鉱労働現場などで多くみられた。この伝統的ともいえる労務管理は、いま、暴力こそ公然と使用しないとはいえ、一九八六年に施行された「労働者派遣法」によって、労働者供給業の復活、拡大として闇が深くなっている。日本資本主義の宿痾《しゅくあ》といえるかもしれない。

この小説は、読者を飽きさせないドラマ仕立て、大衆小説風、あるいは劇画風なのが、もっとも大きな特徴である。仕事に疲れた、読書経験のすくない労働者に読ませようとする、著者の気負いがよくあらわれている。

王子製紙争議での、飛鳥山公園辺りの描写や工場内の活劇は、かなり過剰な描写である。さらにいえば、社長の孫娘が殺害される事件は、現実的にはまったくなかったフィクションである。

一九二〇、三〇年代、工場労働者で小説を読む人はかぎられていた。それでも、全日本無産者芸術団体協議会(ナップ)が発行する『戦旗』は、本書「作品について」に書かれているように、発禁処分を受けつつ、なお二万部に達していた。

『太陽のない街』のもう一つの特徴は、谷底に暮らす労働者たち、彼らを包みこむ街全体が、「すぐ怒鳴り出しそうな顔色」として、同格にあつかわれていることである。つぎのように書かれている。

> 疲れたような、すぐ怒鳴り出しそうな顔色は、彼ら若い男女ばかりではなかった。気むずかしく傲然と、がらんどうのくせに威張ったような工場の煉瓦の建物を取り巻く、この「太陽のない街」全体がそうだった。
>
> (本書一八ページ)

谷底の街と労働者。それと対比して描かれているのが、山上の邸宅とそこに住む経営者家族である。摂政宮(昭和天皇)が、松平公の上屋敷があった高台から、北東へ転じた眼に映ったのが、対岸の「植物園」の森だった。

しかし、摂政宮の視線は虚しく宙を泳ぎ、その手前に隠れるようにひろがる、谷底の街とそこで繰り広げられている、労働者の生き死にに気づくことがなかった。

千川どぶは、すっかり旧態を失って、無数の地べたにへばりついたようなトンネル長屋の突出に、押し歪められて、台所の下を潜《くぐ》り、便所を繞《めぐ》り、塵埃《じんあい》と、コークスのカラと、空瓶《あきびん》や、檻褸《ぼろ》や、紙屑《かみくず》で川幅を失い、洪水によって、やっとその存在を示しているに過ぎなかった。

（本書一七ページ）

その一方、徳永直の地を這うクローズアップは、植物園の塀に沿った坂道を登っていく。五代将軍・徳川綱吉の「白山御殿」にむかう、いまもそのままの「御殿坂」である。坂を登り詰めた上に、社長の邸宅があった。彼はこう書いている。

封建時代の遺物らしい城廓めいた真ッ黒い門が、威嚇《おど》かすようにのしかかっていた。

（本書一八八ページ）

著者は「上と下」、「地獄と極楽」とも書いている。「陽のあたる場所」と「陽のあたらない場所」。もちろん、地形の構えばかりではない、階級の断崖である。それがこの小説に込められた、もう一つのテーマでもある。

共同印刷大争議

『共同印刷百年史』（一九九七年刊）に収録されている工場全景（鳥瞰図）をみて、わたしは驚愕した。想像に絶する巨大な工場だった。

総面積一万坪(約三・三ヘクタール)の敷地に、鋸歯《きょし》状の明かり採りの三角屋根を、何十となく整然と並べたてた工場が、ギッシリと建っていて壮観である。女子労働者が多い、製本工場も備えられていた。

同社は、博文館印刷所と精美堂の二社が合併して、一九二五年一二月、「共同印刷」として発足した。その三年前、すでに現在地にあった博文館印刷所の工場は、建坪三五〇〇坪。機械平台大小一五〇台、輪転機一二台、自動給紙機付一五台、従業員一五〇〇人の規模だったが、一九二六年の争議当時、二一四三人に急増していた。合併によってである。

この大工場の鋳造、貯品、機械の三部門が不振、不採算部門として、会社側がその現場の作業日数を、三割から五割削減する、と提案した。それを労組側が拒否してストライキに入った。これにたいして会社側は、待ってました、とばかりに、ロックアウト攻撃(工場の全面閉鎖)。ほぼ七〇日間にわたって続けられた争議は、労組側の完全敗退、全員解雇で終わった。

これが、この小説に描かれた実際の経過である。ひとつだけ強調すれば、その前年の一九二五年、思想、運動に壊滅的打撃を与えた、「治安維持法」が成立している。争議の時代背景について、徳永直はつぎのように書いている。

「『太陽のない街』にあらわれる共同印刷大争議は、(浜松の日本)楽器争議や野田(醤油)争議とともに、日本の軍閥的支配階級が、満州事変を発端として、中日戦争、ついで太平洋戦争におよぶ大侵略の準備のため、日本民族のうちで、一番手ごわい戦争反対者、平和維持者である労働階級、その中心である日本共産党その他を、徹底的にぶちこわす必要からおこったものだということである」(徳永直「『太陽のない街』のころ」『世界春秋』第一巻第二号、一九四九年)

「『太陽のない街』当時、私は一職工であった。あの大争議のリーダーの一人でもあったが、共産党員でもなかったし、目前のことは知っていたが、あの争議がそれほど深い政治的意味をもっているとは、充分に知らないで闘っていた。『太陽のない街』争議が、秘密のうちに、日本共産党によって指導されていたことをはっきり知ったのは、何年ものちのことで、故人渡辺政之輔などによって、この大争議の政治的性質を語られても、ありていにいえば、『すこし先走り過ぎる』くらいの感情を、私はもっていた」(同前)

ちなみにいえば、渡辺政之輔《まさのすけ》は、治安維持法下の、非合法の日本共産党中央委員長として知られている。共同印刷争議のあと、浜松市の日本楽器争議をも指導した。一九二八年一〇月、国際会議の帰途、台湾の基隆《キールン》港で、私服警官に尋問されて逃走、包囲網のなかで拳銃自決する。波瀾万丈、三〇歳の生涯だった。

弾圧のきびしい治安維持法下だったが、まだ初期のうちで、共同印刷争議が最初の大規模な労働争議として注目をあつめた。全国の労働者の支援もえて長期戦となり、いったんは、仲介者をえて、事業縮小、四七八人の一部解雇を認める条件での、金銭解決のはずだった。

しかし、スキャップ(スト破り)を供給していた、右翼暴力団が妨害して、和解案は撤回された。労使交渉は中断され、ここから、徹底的な弾圧がはじまった。

「大橋社長邸には、多数の警官が配備され、『太陽のない街』にはいりこんだ警官隊は、わずか五、六人の相談会さえ解散を命じ、ストライキ団の情報隊、警備隊員は、公務執行妨害、暴行傷害、はては放火未遂などの罪名で検束され、その数は延べ一千五百人にものぼった。争議団の事務所や詰所は、毎回のように暴力団、街のならず者が襲い、器物を破壊したり、幹部に暴行を加えたりした」(大河内一男・松尾洋『日本労

働組合物語 昭和篇』一九六五年）

共同印刷争議とほぼおなじ時期に発生していた、浜松市の日本楽器争議でも、争議団、暴力団、警官隊が三つ巴《みつどもえ》の大闘争となった。この争議は一〇五日間も闘われ、ついに争議団の惨敗で終わった。日本楽器を乗っ取ろうとした「住友資本を背景とする若槻内閣の弾圧」（同前）だった。

共同印刷争議の終結は、一九二六年三月一八日。退職金総額一二万円、ほかに争議費用一万円。半月以内に二〇〇人を復職させる、という条件だった。

この小説の結末は、執行部提案の「休戦案」を呑むかどうか、との労組大会のシーンである。若い組合員たちが叫ぶ。

——退場しろ！

青年達につづいて、婦人達も場外へ出てしまった。阿弥陀帽の青年は、団旗を両手にしっかと抱きながら叫んだ。

——旗を護れ。

——旗を!!

この描写は、闘争の持続を希《ねが》う、著者のロマンだった。

「執行部の提案には全員が涙を流して納得し、泣き声は会場にひろがった」というのが、実際の光景だった、と「全印総連」(全国印刷出版産業労働組合総連合会)調査部長や『印刷界』編集長をつとめた横山和雄が書いている(「小説『太陽のない街』の背景――共同印刷の争議挑発と『赤色分子追放』劇」『マスコミ・ジャーナリズム論集』第二号、一九九四年)。

三二年後、もう一つの労働争議

わたしは「太陽のない街」で、その争議の敗北のあと、三二年後に再発した、ストライキ闘争について、つぎのように書いた。一九五八年七月、共同印刷の隣りにあった、共同製本労組が闘争中だった。

「あのやっと一平方哩《マイル》にも足りない谷底に、東京随一の貧民窟トンネル長屋があり、十数年前の千川上水が、現在ではあらゆる汚物を呑んで、梅雨期と秋の霖雨には、定《きま》って氾濫しては、四万の町民を天井へ吊し寝床を造らせている。……太陽は、山から山へかくれんぼした。」

徳永直は、一九二六年一月から約七〇日間つづけられた共同印刷争議当時のこの街をこう描写している。組合の本部があったため、ぼくはこの街に数えきれないほど通ったが、いつも暗い気持だったようにおぼえている。もっともそれは、いったのがほとんど夜になってからだったかもしれない。

このあたりには、ちいさな印刷屋や製本所がひしめきあっていた。そこでもここでも、パシャンパシャン、ドスンドスンと印刷機や断裁機の音がものうくひびいていた。

共同製本にいってみて、ぼくは驚いた。一階から二階までコンベアがはりめぐらされ、丁合い（折り帖をページ順にとりまとめて一冊分の本とする作業）もまた自動化されていた。それはよく出入りしていた三崎町の、S製本の家内工場を見慣れた眼には驚異的なものだった。大合理化時代がはじまりつつあった。

共同製本では臨時工七一名の首切りがでていた。機械化にともなう犠牲だった。本工たちも配転された。労働も分解され、秒単位の標準作業が提示されていた。

一九五八年七月、共同製本は三役をふくむ組合幹部一二名の解雇を通告した。地域での支援デモがおこなわれた。組合員たちは工場内に籠城した。ぼくも、泊りこみにいった。二百余名の暴力団が乱入した。屋外にたたきだされてからでも、歩道にムシロをしいての泊りこみがつづいた。

翌年、すぐちかく、神田三崎町にあった主婦と生活社でも、ストライキがはじまった。たしか、できたばかりの組合だった。ここにも泊りこみにいった。梯子《はしご》をかけて二階からはいって、玄関脇の小さな板仕切りの中で眠った記憶がある。社前でデモがおこなわれ、四階から紙吹雪が舞った。

いろんなところへでかけた。やわらかい土が雨を吸いこむように、なんでもどんどん吸収して成長していくような気分だった。

（『ぼくが世の中に学んだこと』一九八三年二月、岩波現代文庫版、二〇〇八年）

おなじ頃、共同製本にちかい、「和田製本」でも、ストライキとロックアウトがあった。まだ一〇代の女子労働者たちは、「鳩小舎」と自嘲する工場二階の部屋に、寝泊まりしていた。「南京虫を駆除してください」「一週間に一度休日をください」が、彼女たちの要求だった。

かつて、「陽のあたらない場所」の労働者たちは、人間的権利をもとめて闘っていた。共同印刷の工場正門を入って五〇メートルほど、右側の工場の二階に、全印総連の本部があった。一つの企業の労組のなかに、産業別労働組合本部の事務所が置かれていたほどに、このとき、共同印刷労組の力が強かった。

正門の守衛室の前で、入門者が自分の名前を記入させられるようになるまでには、まだしばらくの時間が必要だった。争議団に占拠されていた共同製本の建て屋は、いまはそのまま共同印刷の工場に併合されている。

そのころ、わたしは全印総連が組織していた、個人加盟労組の組合員だった。ちいさな印刷所で労働組合をつくり、共同印刷、共同製本の場合とおなじように、解雇、ロックアウト攻撃、七五日間の籠城ストを経験していた。

徳永がこの小説を書いた約三〇年あと、一九五〇年代の後半。全印総連本部に出かけていくとき、わたしは、水道橋から北へ、白山上経由、志村坂上にむかう都電に乗って、小石川柳町で下車した。そこから西へむかってまっすぐに歩いていった。

共同印刷は小石川植物園の東角のすぐ下から、東側に二〇〇メートルほど伸びてくる、軍艦のような巨大な建物である。小説になんどか登場する「千川橋」辺りに、長屋が密集していて、大争議のあった時代、住民たちは、川の氾濫に苦しんだようだが、現在は川も橋も姿を消して、ちいさなマンションが立ち並んでいるだけである。

わたしがよく通っていた時、すでに千川の流れは見当たらず、共同印刷へむかう道と化していた。その道を通る時、印刷機が紙をはき出す単調で律儀な音が聞こえ、断裁機の刃が落ちる音が響いていた。その頃でも、まだ共同印刷を城主にした、都内有数の印刷城下町、「太陽のない街」だったのだが、二〇一八年のいま、共同印刷以外の「印刷」の看板は、マンションの片隅に一軒確認できただけだった。

手持ちの一八八三(明治一六)年、五〇〇〇分の一の「東京測量原図」で調べると、千川に沿って、千川橋から上流の久堅橋にむかう両側は、水田と寺院と墓地に囲まれた一郭だった。この谷底の川が道路になり、播磨坂と吹上坂が交わる地点までの左側一帯が、共同印刷の巨大な敷地となった。

現在まで残っているいくつかの寺院の配置が、大印刷工場に通う労働者の足取りと話し声に満ちた、「太陽のない街」になる以前の、静かな田園地帯を髣髴とさせている。

「記憶」から新たな歴史へ

ストライキはいまや死語である。ほとんどの若者たちにはなんのことか判らないかもしれない。ストライキは労働者が仕事を放棄して、経営者を慌てふためかせることだ。ストライキは法律で保障されている。労働者の権利である、といっても、身近なものとして感じられないのは、労組に入っているひとが、全労働者の一七パーセントでしかないからだ。ストライキが、年に六六件(二〇一六年)しか発生していないのが、この国の現実である。

『太陽のない街』は、いじめられていた労働者の叛乱のドラマである。「パリ・コンミューン」のような、地域を席巻した大闘争の記憶である。会社でさえ認めざるをえない歴史の記録である。

「この争議をテーマとした徳永直の小説『太陽のない街』が発表されて人びとの関心を呼んだことも、この争議を長く記憶に残るものとした」(前掲『共同印刷百年史』)記憶が手がかりとなって、また歴史が動きだすことを、わたしは信じたい。

『太陽のない街』は、岩波文庫、新潮文庫、角川文庫に収録され、長い間、読み継がれてきた。英語、仏語、ロシア語など、多くの国で翻訳、出版されたのは、この貴重な労働者の闘争の記録が、ひとつの家族を中心にした読みやすい作品だったからだ。

岩波文庫の再刊が、かつてあった労働運動の熱気を伝え、これから労働者としての存在にプライドを持ち、人間的な解放にむかう機運となることを祈りたい。

(二〇一八年六月)

〔編集付記〕

一、底本には岩波文庫版(一九五〇年)を用いた。
一、旧岩波文庫版に付された徳永直「解説——思い出ふうに」は、「作品について——思い出ふうに」と改題し収録した。その際、表記の統一をはかった。
一、本書中に今日の人権意識からすると不適切な表現があるが、原文の歴史性に鑑みそのままとした。
一、左の要領にしたがい表記を改めた。

岩波文庫(緑帯)の表記について

近代日本文学の鑑賞が若い読者にとって少しでも容易となるよう、旧字・旧仮名で書かれた作品の表記の現代化をはかった。その際、原文の趣をできるだけ損なうことがないように配慮しながら、次の方針にのっとって表記がえをおこなった。

(一) 旧仮名づかいを現代仮名づかいに改める。ただし、原文が文語文であるときは旧仮名づかいのままとする。
(二) 「常用漢字表」に掲げられている漢字は新字体に改める。
(三) 漢字語のうち代名詞・副詞・接続詞など、使用頻度の高いものを一定の枠内で平仮名に改める。
(四) 平仮名を漢字に、あるいは漢字を別の漢字にかえることは、原則としておこなわない。
(五) 振り仮名を次のように使用する。
　(イ) 読みにくい語、読み誤りやすい語には現代仮名づかいで振り仮名を付す。
　(ロ) 送り仮名は原文どおりとし、その過不足は振り仮名によって処理する。
　　例、明に→明《あきらか》に

(岩波文庫編集部)

太陽《たいよう》のない街《まち》

1950年8月5日　第1刷発行
2018年7月18日　改版第1刷発行

作　者　徳《とく》永《なが》　直《すなお》

発行者　岡本　厚

発行所　株式会社　岩波書店
〒101-8002 東京都千代田区一ツ橋2-5-5

案内 03-5210-4000　営業部 03-5210-4111
文庫編集部 03-5210-4051
http://www.iwanami.co.jp/

印刷 製本・法令印刷　カバー・精興社

ISBN 978-4-00-310791-1　Printed in Japan

読書子に寄す

――岩波文庫発刊に際して――

岩波茂雄

真理は万人によって求められることを自ら欲し、芸術は万人によって愛されることを自ら望む。かつては民を愚昧ならしめるために学芸が最も狭き堂宇に閉鎖されたことがあった。今や知識と美とを特権階級の独占より奪い返すことはつねに進取的なる民衆の切実なる要求である。岩波文庫はこの要求に応じそれに励まされて生まれた。それは生命ある不朽の書を少数者の書斎と研究室とより解放して街頭にくまなく立たしめ民衆に伍せしめるであろう。近時大量生産予約出版の流行を見る。その広告宣伝の狂態はしばらくおくも、後代にのこすと誇称する全集がその編集に万全の用意をなしたるか。千古の典籍の翻訳企図に敬虔の態度を欠かざりしか。さらに分売を許さず読者を繫縛して数十冊を強うるがごとき、はたしてその揚言する学芸解放のゆえんなりや。吾人は天下の名士の声に和してこれを推挙するに躊躇するものである。このときにあたって、岩波書店は自己の責務のいよいよ重大なるを思い、従来の方針の徹底を期するため、すでに十数年以前より志して来た計画を慎重審議この際断然実行することにした。吾人は範をかのレクラム文庫にとり、古今東西にわたって文芸・哲学・社会科学・自然科学等種類のいかんを問わず、いやしくも万人の必読すべき真に古典的価値ある書をきわめて簡易なる形式において逐次刊行し、あらゆる人間に須要なる生活向上の資料、生活批判の原理を提供せんと欲する。この文庫は予約出版の方法を排したるがゆえに、読者は自己の欲する時に自己の欲する書物を各個に自由に選択することができる。携帯に便にして価格の低きを最主とするがゆえに、外観を顧みざるも内容に至っては厳選最も力を尽くし、従来の岩波出版物の特色をますます発揮せしめようとする。この計画たるや世間の一時の投機的なるものと異なり、永遠の事業として吾人は微力を傾倒し、あらゆる犠牲を忍んで今後永久に継続発展せしめ、もって文庫の使命を遺憾なく果たさしめることを期する。芸術を愛し知識を求むる士の自ら進んでこの挙に参加し、希望と忠言とを寄せられることは吾人の熱望するところである。その性質上経済的には最も困難多きこの事業にあえて当たらんとする吾人の志を諒として、その達成のため世の読書子とのうるわしき共同を期待する。

昭和二年七月